Genel

WILLIAM GOLDING
SİNEKLERİN TANRISI

ÖZGÜN ADI
LORD OF THE FLIES

İNGİLİZCE ASLINDAN ÇEVİREN
MÎNA URGAN

Sertifika No: 40077

EDİTÖR
RÛKEN KIZILER

GÖRSEL YÖNETMEN
BİROL BAYRAM

GRAFİK TASARIM VE UYGULAMA
TÜRKİYE İŞ BANKASI KÜLTÜR YAYINLARI

TÜRKİYE İŞ BANKASI KÜLTÜR YAYINLARI'NDA
1. BASIM TEMMUZ 2001, İSTANBUL
51. BASIM ARALIK 2021, İSTANBUL

ISBN 978-975-458-290-1

BASKI: UMUT KAĞITÇILIK SANAYİ VE TİCARET LTD. ŞTİ.
Keresteciler Sitesi Fatih Caddesi Yüksek Sokak No: 11/1 Merter Güngören/İstanbul
Tel. (0212) 637 04 11 Sertifika No: 45162

TÜRKİYE İŞ BANKASI KÜLTÜR YAYINLARI
İstiklal Caddesi, Meşelik Sokak No: 2/4 Beyoğlu 34433 İstanbul
Tel. (0212) 252 39 91 Faks (0212) 252 39 95
www.iskultur.com.tr

ÇEVİREN: MÎNA URGAN

(1915, İstanbul-2000, İstanbul) Arnavutköy Amerikan Kız Koleji ve İÜ Ed. Fak. Fransız Filolojisi'ni bitirdi; aynı fakültenin İngiliz Filolojisi Bölümü'nde doktorasını tamamladı, Elizabeth Devri Tiyatrosunda Soytarılar çalışmasıyla doçent (1949) ve ardından profesör (1960) oldu. 1977'de emekli oluncaya kadar İngiliz edebiyatı profesörü olarak öğretim üyeliği yaptı. William Golding, Thomas Malory, Henry Fielding, Balzac, Aldous Huxley, Graham Greene, John Galsworthy ve Shakespeare'i Türkçeye çevirdi. Onu geniş okur kitleleriyle tanıştıran *Bir Dinozorun Anıları* 1998'de, *Bir Dinozorun Gezileri* 1999'da yayımlandı.

Modern
Klasikler
Dizisi -1

William Golding

Sineklerin Tanrısı

İngilizce aslından
çeviren: Mîna Urgan

TÜRKİYE İŞ BANKASI
Kültür Yayınları

1

Denizkabuğundan Çıkan Ses

Sarı saçlı çocuk, kayadan indi, lagüne doğru yöneldi. Okul üniformasının ceketini çıkarmıştı. Elinde tuttuğu ceketin ucu yerlerde sürünüyordu. Ter içindeydi; kurşuni gömleği gövdesine, saçları alnına yapışmıştı. Vahşi ormanda açılan uzun yaranın izi sıcakta buğulanıyordu sanki. Sürüngen bitkilerle kırılmış ağaç gövdeleri arasında ağır ağır tırmanırken, bir kuş –kırmızılı sarılı hayalimsi bir kuş– cadılar gibi bir çığlık atıp, gökyüzüne doğru ışıl ışıl süzüldü. Başka bir ses yankıladı bu çığlığı.

"Hey!" dedi ses, "bekle bir dakika."

Vahşi ormanda açılan yaranın kenarındaki bitkiler sarsıldı, bir yığın yağmur damlası pıtır pıtır yere döküldü.

Sarışın çocuk durdu, farkına varmadan çoraplarını dizlerine doğru çekti. Bu hareketle birlikte, bir an için, bir İngiliz kasabasına döndü vahşi orman.

Ses gene konuştu:

"Bu sürüngen bitkiler yüzünden kıpırdayamıyorum neredeyse."

Konuşan, geri geri yürüyerek bitkilerin arasından sıyrıldı. Küçük dallar, kirli rüzgâr ceketini tırmıklıyordu. Çalılara takılan çıplak tombul dizlerine dikenler batmıştı. Eğilip, dikenleri dikkatle çıkardıktan sonra döndü. Sarışın çocuktan daha kısa boylu ve çok şişmandı. Ayaklarını güvenilir yerlere basa basa ilerledi. Başını kaldırdı, kalın camlı gözlüğüyle sarışın çocuğa baktı:

"Megafonlu adam nerede?"

Sarışın çocuk başını salladı:

"Burası bir ada. Yani bir ada olduğunu sanıyorum. Denizdeki şu kayalıklar bir resiftir. Belki hiç büyük yoktur buralarda."

Şişman çocuk şaşar gibi oldu:

"Pilot vardı. Ama yolcuların bölümünde oturmuyordu. Öndeki küçük bölmedeydi."

Sarışın çocuk, gözlerini kısmış, denizdeki kayalığa bakıyordu.

Şişman çocuk, "Bir yığın başka çocuk vardı" dedi. "Bazıları çıkabilmiştir uçaktan. Çıkabilmiştir, değil mi?"

Sarışın çocuk, elinden geldiği kadar kayıtsız bir halle denize doğru yürümeye başladı. Hem aldırmıyormuş gibiydi, hem de umursamadığını açığa vurmak istemiyordu. Şişman çocuk, onun peşinden gitti çabuk çabuk:

"Burada hiç büyük yok mu?"

"Yok, bana kalırsa."

Sarışın çocuk, bunu ağırbaşlı bir halle söylemişti. Ama böylesine istediği bir durumun gerçekleşmesinden duyduğu sevinci tutamadı. Uçağın bıraktığı izin ortasında, başının üstünde amuda kalktı. Tepetaklak sırıttı şişman çocuğa:

"Büyükler yok!"

Şişman çocuk, bir saniye düşündü:

"Ya pilot?"

Sarışın çocuk, ayaklarını yere indirdi, buğulanan toprağa oturdu:

"Biz düştükten sonra uçup gitmiştir. Buralara inemez. Tekerlekli bir uçakla inemez."

"Bize saldırdılar!"

"Pilot döner mutlaka."

Şişman çocuk başını salladı:

"Uçak düşerken, pencerelerin birinden baktım. Uçağın öteki bölmesini gördüm. Alevler çıkıyordu oradan."

Uçağın bıraktığı ize baktı:

"Bizim oturduğumuz bölme yaptı bunu."

Sarışın çocuk elini uzattı, bir ağaç gövdesinin çentik çentik olan ucuna dokundu. Bir an için, ilgileniyormuş göründü.

"Uçağın düşen bölmesi ne oldu?" diye sordu. "Nerede şimdi?"

"Fırtına çıkmıştı ya, denize sürükledi onu. Ağaçlar sapır sapır devrilirken çok tehlikeli bir şeydi bu. İçinde kalan çocuklar vardır herhalde."

Şişman çocuk bir an durakladı, sonra gene konuştu:

"Senin adın ne?"

"Ralph."

Kendi adının da sorulmasını bekledi şişman çocuk. Ama böyle bir öneride bulunan olmadı. Ralph denilen sarışın çocuk, belli belirsiz gülümsedi, ayağa kalktı, gene lagüne doğru yöneldi. Şişman çocuk, Ralph'ın yanından ayrılmıyordu.

"Herhalde bir yığın çocuk vardır, şuraya buraya dağılmış. Başkalarını görmedin, değil mi?"

Ralph, hayır dercesine başını sallayıp, daha hızlı yürümeye başladı. Derken, ayağı bir dala takıldı, paldır küldür yere kapaklandı.

Şişman çocuk, soluk soluğa durdu yanı başında:

"Teyzem koşma dedi bana. Astımdan ötürü."

"Astım mı?"

Şişman çocuk biraz şişindi:

"Evet, öyle. Nefes alamıyorum. Bizim okulda astımı olan tek öğrenci bendim. Üç yaşından beri de gözlük takarım."

Gözlüğünü çıkardı, gözlerini kırpıştıra kırpıştıra gülümseyerek Ralph'a uzattı. Sonra gözlüğün camlarını, pis rüzgâr ceketine sürmeye başladı. Bir acıya, içe dönük yoğun bir düşünceye kapılmışçasına, solgun yüzü değişti. Yanaklarının terini eliyle sildi; sonra hızla gözlüğü burnunun üstüne oturttu.

"O meyveler" dedi.

Uçağın gövdesinin bıraktığı ize bir göz attı.

"O meyveler" dedi. "Galiba..."

Gözlüğünün saplarını kulaklarının arkasına yerleştirdi, Ralph'ın yanından uzaklaştı ve karmakarışık bitkilerin arasında çömeldi:

"Bir dakika sonra gelirim..."

Ralph, dikkatle kendisine bir yol açtı, dalların arasından süzüldü gitti. Bir iki saniye içinde şişman çocuğun ıkınıp sıkınmalarını geride bıraktı. Kendisini lagünden ayıran bitkilerin yeşil perdesine doğru acele acele yürüdü. Devrilmiş bir ağacın gövdesini aştı, vahşi ormandan çıktı.

Kıyıda hindistancevizi ağaçları vardı. Ağaçlar, ışıkta dikiliyor, ışığa eğiliyor, ışığa yaslanıyordu. Yeşil tüyler, ta havalara yükseliyordu. Ağaçların dibi kaba otlarla kaplıydı. Devrilen ağaçlar, her şeyin altını üstüne getirmiş, otları paramparça etmişti. Çürüyen hindistancevizleri, ağaçların dalları her bir yana dağılmıştı. Arkada ormanın karanlığı ve uçağın bıraktığı iz vardı. Ralph, bir elini külrengi bir ağaç gövdesine dayadı; gözlerini kısıp, ışıldayan suya baktı. Orada, belki bir mil uzakta, beyaz köpüklü kocaman dalgalar, sığ mercan kayalığa çarpıyordu. Daha ötelerde, açık deniz koyu maviydi. Tam önünde, girintili çıkıntılı mercan kayalarla sınırlanan lagün, bir dağ gölü kadar durgundu. Mavinin her çeşidi, gölgeli yeşiller, morlar vardı bu sularda. Suyla hindistancevizi ağaçlarının yükseldiği set arasındaki kumsal, görünüşte sonu gelmeyen ince bir yaydı. Ralph'ın solundaki ağaçlar, kumsal ve sular, sonsuza dek uzanıyordu. Ve neredeyse gözle görülen sıcaklık, her bir yanı kaplamıştı.

Ralph, ağaçların bulunduğu setten aşağı atladı. Siyah ayakkabılarını kum örttü. Bir yumruk gibi tepesine indi sıcak. Giysilerinin yükünü hissetti sırtında. Ayakkabılarını tekmelercesine fırlattı. Diz kısmı lastikli çoraplarının her birini bir tek hareketle sıyırıp attı. Derken sete atladı gene, gömleğini çıkardı. Hindistancevizi ağaçlarıyla ormanın yeşil gölgeleri teninin üstünde kayarken, orada, kafatasını andıran hindistancevizleri arasında durdu. Sonra, kuşağının bir yılan biçiminde olan tokasını çözdü; kısa pantolonuyla donunu çekip çıkardı, göz kamaştıran kumsalla suya bakakaldı çırılçıplak.

On ikisini birkaç ay önce bitiren Ralph, hem küçük çocukların tombul göbeğinden kurtulmuş, hem de on dörtle on sekiz yaşları arasında olanların biçimsiz haline henüz girmemişti. Omuzlarının genişliği, güçlü kasları, ileride bir boksör olabileceğini gösteriyordu. Ama halim selim bir çocuk olduğu, ağzındaki ve gözlerindeki yumuşaklıktan anlaşılıyordu. Ralph, hindistancevizi ağacının gövdesini hafif hafif okşadı. Bu adanın gerçekliğine artık inanmak zorunda olduğunu kavrayınca, sevinçten güldü, gene amuda kalktı. Ayaklarını derli toplu yere indirdi, kumsala atladı. Diz çöküp, iki koluyla birden topladığı kumu göğsüne bastırdı. Sonra oturdu, ışıl ışıl, coşkulu gözlerle suya baktı.

"Ralph..."

Şişman çocuk, bacaklarını setten aşağı sarkıttı, dikkatle oturdu setin kenarına:

"Kusura bakma. Uzun sürdü... O meyveler yok mu..."

Camlarını silip gözlüğünü küçük yuvarlak burnunun üstüne oturttu. Gözlüğün çerçevesi, pembe ve derince tersine bir V izi bırakmıştı burun kemiğinin üstünde. Eleştirici bir gözle önce Ralph'ın altın gövdesine, sonra da kendi giysilerine baktı. Göğsünde boylu boyunca uzanan fermuarın ucuna el attı:

"Teyzem..."

Sonra kararlı bir hareketle fermuarı çekip açtı, rüzgâr ceketini sırtından sıyırdı:

"İşte..."

Ralph, şişman çocuğa yan yan baktı; bir şey söylemedi.

Şişman çocuk, "Hepsinin adını bilmemiz gerek herhalde" dedi. "Elimizde bir liste olmalı, bir toplantı yapmalıyız."

Ralph karşılık vermeyince, şişman çocuk konuşmasını sürdürmek zorunda kaldı.

İçini dökercesine, "Bana ne derlerse desinler, aldırmam" dedi. "Yeter ki, okulda taktıkları adla çağırmasınlar beni."

Ralph, birazcık ilgi gösterdi:

"Neydi o ad?"

Şişman çocuk, arkasına bir göz attı, sonra Ralph'a doğru eğildi, fısıldadı:

"Domuzcuk derlerdi bana."

Ralph kahkahalar attı, ayağa fırladı:

"Domuzcuk! Domuzcuk!"

"Ralph, ne olur..."

Domuzcuk, korku içinde ellerini kavuşturdu:

"Sana söyledim, istemiyorum..."

"Domuzcuk! Domuzcuk!"

Ralph, dans ede ede, sıcak kumsalda ilerledi. Sonra, kollarını açıp, bir savaş uçağı biçiminde geri döndü; makineli tüfekle ateş açtı Domuzcuk'a:

"Taka-taka-taka-tak!"

Domuzcuk'un ayaklarının dibinde kuma attı kendini, katıla katıla güldü:

"Domuzcuk!"

Domuzcuk, istemeye istemeye gülümsedi. Böyle bir adla da olsa, benimsendiğine seviniyordu gene de:

"Ötekilere söylemedikçe..."

Ralph, yüzü kumda, kıkır kıkır güldü. Gene bir acıya, yoğun bir düşünceye kapılmış gibi oldu Domuzcuk'un yüzü:

"Bir dakika..."

Acele ormana daldı. Ralph ayağa kalktı; tırıs giden bir at gibi koşarak, sağa doğru yöneldi.

Burada kumsal ansızın bitiyordu. Pembe granitten yapılmış kocaman bir dörtgen, ormana, hurma ağaçlarına, kuma, suya hiç aldırmadan dikiliveriyor; dört ayak yüksekliğinde bir çeşit iskele meydana getiriyordu. Üstünde ince bir toprak tabakası, yaban otları ve küçük hurma ağaçlarının gölgesi vardı. Burada boy atmalarına yetecek toprak bulunmadığı için, ağaçlar aşağı yukarı yirmi ayak yükselince, devrilip kuruyorlardı. Yerde çaprazlama duran bu kütüklerin üstüne oturmak çok rahattı. Devrilmeyen hurma ağaçları yeşil bir dam gibiydi. Bu damın altına, suyun karışık titreşimleri yansıyordu. Ralph kayaya tırmandı; burasını gölgeli ve serin buldu. Gözlerinden birini kapadı; bedenine düşen gölgelerin gerçekten yeşil oldukları kanısına vardı. İskele biçimindeki kayalığın denize bakan kenarına gitti, gözlerini suya dikti. Suyun dibi görülüyordu. Tropikal yosunların ve mercanların ışıltısıyla pırıl pırıldı su. Parlayan küçük balıklar, hızla oradan oraya yüzüyordu. Ralph, sevincinin çıkarabileceği en kalın sesle, kendi kendine bağırdı:

"Yaşaaa!"

İskele biçimindeki kayanın ötesinde, büyüleyici daha başka şeyler de vardı: Belki bir tayfunda, belki de geldikleri sırada çıkan fırtınada, kumları lagüne yığmak aklına esmişti Tanrının. Kumsalda uzun ve derin bir havuz meydana gelmişti böylece. Bu havuzun ucunda da pembe granitten yüksek ve düz bir çıkıntı vardı. Kumsallardaki havuzların derinliği konusunda kaç kez aldanmıştı Ralph. Onun için, hayal kırıklığına uğramaya hazırdı bu havuza yaklaşırken. Ne var ki, her şey gerektiği gibiydi bu adada. Deniz çok yükselince dolup taşan havuzun bir ucundaki su, koyu yeşil görünecek kadar derindi. Ralph, aşağı yukarı otuz yarda olan havuzu dikkatle inceledikten sonra suya daldı. Kanının ısısından daha sıcaktı su. Sanki kocaman bir banyoda yüzüyordu.

Domuzcuk gene göründü. Kaya çıkıntısına oturup, Ralph'ın yeşil ve beyaz bedenini kıskana kıskana seyretti:

"Fiyakalı yüzüyorsun."

"Domuzcuk..."

Domuzcuk, çıkardığı ayakkabılarıyla çoraplarını çıkıntının üstüne özenle yerleştirdi. Ayak parmağıyla suyu denedi:

"Sıcakmış!"

"Ne sandın yani?"

"Bir şey sanmadım, Teyzem..."

"Yuha teyzene..."

Ralph daldı, gözleri açık, suyun altında yüzdü. Havuzun kumlu ucu, bir tepenin yamacı gibi dikildi karşısına. Burnunu tutarak, sırt üstü yattı. Altın bir ışık, tam yüzünün üstünde oynadı, sonra paramparça oldu. Domuzcuk kararlı bir hal aldı, kısa pantolonunu çıkarmaya başladı. Şimdi solgun ve şişman bedeni çıplaktı. Ayak parmaklarının ucuna basa basa, havuzun kumlu kısmına gitti, Ralph'a gururla gülümseyerek, boynuna gelen suyun içine oturdu.

"Yüzmeyecek misin?"

Domuzcuk, hayır dercesine başını salladı:

"Yüzme bilmiyorum. İzin vermediler. Astımım..."

"Yuha astımına!"

Domuzcuk, bir çeşit alçakgönüllü sabırla katlandı buna:

"Sen çok güzel yüzüyorsun."

Ralph sırtüstü yüzüp, kum tepesinin yanından uzaklaştı. Ağzını suya soktu, havaya su püskürdü bir fıskiye gibi. Sonra çenesini kaldırıp konuştu:

"Beş yaşında yüzmesini bilirdim. Babam öğretti bana. Babam deniz kuvvetlerinde binbaşıdır. İzin alınca, gelip bizi kurtaracak. Senin baban neci?"

Domuzcuk, ansızın kızardı:

"Babam öldü" dedi çabucak, "Anneme gelince..."

Gözlüğünü çıkardı, camları temizlemek için boşuna bir şeyler aradı.

"Teyzemle otururdum. Teyzemin şekerci dükkânı vardı. Öyle çok şeker yerdim ki! Canımın istediği kadar yerdim. Baban ne zaman kurtaracak bizi?"

"Elinden geldiği kadar çabuk kurtaracak."

Domuzcuk sudan çıktı, sırılsıklam ve çıplaktı; gözlüğünü çorabıyla sildi. Kulaklarına gelen tek ses, mercan kayalıklarında parçalanan büyük dalgaların uzun gıcırtısıydı şimdi.

"Baban nereden biliyor bizim burada olduğumuzu?"

Ralph, tembel tembel yuvarlanıp durdu suların üstünde. Suyun ışıltısıyla çarpışarak her yeri kaplayan hayal görüntüleri gibi, uyku sardı onu.

"Baban nereden biliyor bizim burada olduğumuzu?"

Ralph "Biliyor" diye düşündü, "çünkü, çünkü, çünkü..."

Ralph'ın kulaklarından çok uzaklaşmıştı dalgaların kayalardaki gümbürtüsü:

"Havaalanında ona söylerler."

"Söylemezler, Pilotun dediğini duymadın mı? Atom bombası dediğini? Hepsi öldü."

Ralph sudan çıktı, Domuzcuk'un karşısına dikildi, bu alışılagelmemiş sorunu düşündü.

Domuzcuk direniyordu:

"Burası bir ada değil mi?"

Ralph ağır ağır konuştu:

"Bir kayanın üstüne tırmandım. Burası bir ada bence."

"Hepsi öldü" dedi Domuzcuk. "Burası da bir ada. Hiç kimse bilmiyor bizim burada olduğumuzu. Baban bilmiyor, hiç kimse bilmiyor..."

Domuzcuk'un dudakları titredi, gözlüğünün camları buğulandı:

"Ölünceye dek kalabiliriz burada."

Domuzcuk bunu söyler söylemez, sıcaklık sanki arttı, tehlikeli bir yüke dönüştü. Ve lagünün suları, gözlerini kör eden bir ışımayla, üstlerine saldırır gibi oldu.

"Üstümü başımı alayım" diye mırıldandı Ralph, "şurada."

Güneşin düşmanlığına boyun eğip, küçük adımlarla kumda koştu. İskele biçimindeki kayalığın üstünde, şuraya buraya atılmış giysilerini buldu. Kurşuni gömleği sırtına geçirmekten garip bir haz aldı. Sonra kayanın kenarında yeşil gölgelikte, rahat bir kütüğe oturdu. Giysilerinin çoğunu kolunun altına sıkıştıran Domuzcuk da oraya tırmandı. Durgun lagüne bakan küçük yalıyarın yanında devrilmiş bir ağaç kütüğüne yerleşti dikkatle. Sularla ağaçların karmakarışık yansımaları, teninin üstünde titreşiyordu.

Domuzcuk, çok geçmeden konuştu:

"Ötekileri bulmalıyız. Bir şeyler yapmalıyız."

Ralph bir şey söylemedi. İşte bir mercan adasıydı burası. Kendini güneşten koruyor, Domuzcuk'un uğursuz sözlerine kulak asmıyor, tatlı düşlere dalıyordu.

Domuzcuk ise direniyordu:

"Kaç kişiyiz burada?"

Ralph ayağa kalktı, Domuzcuk'un yanına dikildi:

"Bilmiyorum."

Küçük esintiler, sıcağın buğusu altında, cilalı suların üstünde şurada burada sürünüyordu. Esintiler, iskele biçimindeki kayaya varınca, hurma ağaçlarının yaprakları fısıldaşıyor, güneş ışığının silik benekleri gövdelerinin üstünden kayıp gidiyor ya da kanatlı parlak nesneler gibi oynuyordu gölgelikte.

Domuzcuk, başını kaldırıp Ralph'a baktı. Tüm gölgeler tersine yansıyordu Ralph'ın yüzüne: Üstte yeşiller, altta durgun suların pırıltısı vardı. Bulanık bir güneş beneği, saçlarının üstünde sürünüyordu.

"Bir şey yapmalıyız."

Ralph, başını Domuzcuk'a doğru çevirdi; ama onu değil, öteleri görüyordu ona bakarken. Düşlerinde kurup da hiçbir zaman tam kavrayamadığı yer, gerçek yaşamına girivermişti ansızın. Ralph'ın dudakları, sevinçli bir gülümsemeyle aralandı. Bu gülümsemenin ona yöneldiğini, Ralph'ın onu benimsediğini sanan Domuzcuk da kıvançla güldü:

"Eğer gerçekten bir adaysa..."

"Bu ne?"

Ralph gülümsemiyordu artık. Parmağıyla bir şey gösteriyordu suda. Fildişimsi bir şey vardı eğreltiotlarını andıran yosunlar arasında.

"Bir taş."

"Hayır. Bir denizkabuğu."

Domuzcuk, ölçülü bir heyecanla coştu ansızın:

"Doğru. Bir denizkabuğu! Böyle bir şey görmüştüm eskiden. Bir tanıdığımın arka bahçesinin duvarında asılıydı. Sarmal biçiminde denizkabuğu derdi buna. Öttürüp annesini çağırırdı; annesi de gelirdi. Öyle kıymetli bir şey ki..."

Ralph'ın dirseğine bitişik bir hurma fidanı, sulara doğru eğiliyordu. Ağırlığı yüzünden, verimsiz topraktan bir topak kopmuştu bile. Düştü düşecekti fidan. Ralph onu söktü, suyu karıştırmaya başladı. Pırıl pırıl balıklar şuraya buraya kaçışıyordu. Domuzcuk, tehlikeli bir biçimde suya doğru eğildi:

"Dikkat! Kıracaksın..."

"Kapat çeneni."

Ralph, dalgın dalgın konuşmuştu. Denizkabuğu ilginçti, güzeldi, elde edilmeye değer bir oyuncaktı. Ne var ki, Ralph'ın kurduğu düşlerin canlı hayalleri, Ralph ile Domuzcuk'un arasına giriyordu. Bu düşlerin arasında yeri yoktu Domuzcuk'un. Fidanın eğilen sapı, denizkabuğunu yosunlara doğru itti. Ralph, bir elini dayanak gibi kullanıp, öteki eliyle aşağı doğru bastı. Denizkabuğu, suları damlaya damlaya, yukarıya doğru çıktı. Domuzcuk yakalayabildi onu.

Denizkabuğu salt görülen bir şey olmaktan çıkıp, dokunulabilen bir şey olunca, Ralph da heyecanlandı. Domuzcuk ise konuşup duruyordu:

"Sarmal biçiminde bir denizkabuğu... Öyle pahalı ki... Bahse girerim, satın almaya kalksan, ne paralar verirsin, ne paralar... Onun arka bahçesinin duvarına asılıydı ve teyzem..."

Ralph, denizkabuğunu Domuzcuk'un elinden aldı. Kabuğun içinden biraz su aktı, kolu ıslandı. Denizkabuğu koyu krema rengindeydi; şurasında burasında solgun pembeler vardı. On sekiz inç [45,72 cm] boyunda, kocaman bir şeytanminaresine benzeyen denizkabuğunun aşınan ucunda küçük bir delik açılmıştı. Ağız kısmının dudakları pembeydi. Hafif sarmal kıvrımların üstünde, güzel ve ince bir kabartma gibi biçimler vardı. Ralph, denizkabuğunu sallayıp, borunun derinliklerindeki kumları silkti.

"Bir inek gibi böğürüyordu" diyordu Domuzcuk. "Beyaz taşları da vardı o tanıdığımın. Bir de kuş kafesi vardı, içinde yeşil bir papağanla. Beyaz taşları öttürmezdi elbette. Derdi ki..."

Domuzcuk, soluk almak için durdu; Ralph'ın elindeki ışıldayan şeyi okşadı:

"Ralph!"

Ralph başını kaldırdı.

"Ötekileri çağırmak için bunu kullanabiliriz. Bir toplantı yaparız. Bizi duyunca gelirler."

Sevinçle gülümsedi Ralph'a bakarak:

"Senin istediğin buydu değil mi? Onun için denizkabuğunu sudan çıkardın, değil mi?"

Ralph, sarı saçlarını itti eliyle:

"Senin tanıdığın nasıl öttürürdü bu şeytanminaresini?"

"Tükürüyormuş gibi bir şey yapardı. Astımım yüzünden, teyzem izin vermezdi benim üflememe. Şuradan nefes alıp üflediğini söylerdi."

Domuzcuk, elini tombul göbeğinin üstüne koyup, nereden nefes alındığını gösterdi:

"Hele bir dene, Ralph. Ötekileri çağırırsın."

Ralph, denizkabuğunun ucunu ağzına dayayıp, kuşkulu kuşkulu üfledi. Kendi soluğundan başka bir şey duymadı. Ralph, dudaklarındaki tuzlu suyu silip gene denedi ama ses çıkmıyordu denizkabuğundan.

"Tükürüyormuş gibi bir şey yapardı."

Ralph, dudaklarını büzdü, hava fışkırttı denizkabuğunun içine. Osuruğu andıran hafif bir ses çıktı. Bu ses, iki çocuğun da öyle bir hoşuna gitti ki, birkaç dakika, kahkaha nöbetleri arasında, osuruk sesi çıkarıp durdu Ralph.

"Şuradan nefes alarak üflerdi."

Ralph, Domuzcuk'un ne demek istediğini anladı; diyaframdan gelen bir solukla üfledi. Denizkabuğu hemen dile geldi: Kalın, haşin bir ses, hurma ağaçlarının arasında gümledi; ormanın çapraşıklığı içine yayıldı; dağın pembe granitine çarpıp yankılandı. Ağaçların tepesinden küme küme kuşlar havalandı. Ve bir hayvan, domuzlar gibi ciyak ciyak bağırarak çalıların içine daldı.

Ralph, dudaklarını ayırdı denizkabuğundan:

"Vay canına!"

Denizkabuğunun haşin gümbürtüsünün yanında, kendi sesi bir fısıltıyı andırıyordu. Denizkabuğuna dudaklarını dayadı, derin bir soluk alıp bir kez daha üfledi. Gümbürtü gene duyuldu. Ralph, kendini zorlayıp, daha derinden üfleyince, bir oktav yükselen ses, daha da uzaklara yayılan, kulak delici bir böğürtüye dönüştü. Domuzcuk, bağıra bağıra bir şeyler söylüyordu; yüzü sevinçliydi; gözlüğünün camları ışıldıyordu. Kuşlar öttü, küçük hayvanlar kaçıştı. Ralph'ın soluğu tükendi, denizkabuğunun sesi bir oktav düştü, gittikçe alçaldı, bir hava hışırtısı oldu.

Bir filin parlayan azı dişini andıran büyük şeytanminaresi sustu. Ralph, öylesine soluksuz kalmıştı ki, yüzü morarmıştı. Kuş çığlıklarıyla ve çınlayan yankılarla doluydu adanın havası.

"Yemin ederim ki, millerce uzaklara yayılır bu ses."

Ralph, soluğunu buldu, art arda kısa sesler çıkardı denizkabuğundan.

"İşte, bir tane geliyor!" diye bağırdı Domuzcuk.

Kumsalda, aşağı yukarı yüz yarda uzakta, hindistancevizi ağaçlarının arasında bir çocuk göründü. Belki altı yaşlarında, gürbüz, sarışın bir oğlandı. Üstü başı yırtılmış, yediği çeşitli meyveler yüzüne gözüne bulaşmıştı. Belirli bir amaçla pantolonunu indirmiş, beline tam çekememişti henüz. Ağaçların bulunduğu setten kuma atlayınca, pantolonu ayak bileklerine düştü. Ayaklarını pantolondan sıyırıp, küçük adımlarla kayalığa doğru koştu. Domuzcuk, oraya tırmanmasına yardım etti. Bu arada Ralph, ormandan sesler gelinceye dek öttürdü denizkabuğunu. Küçük oğlan, Ralph'ın önünde çömeldi, parlak gözlerle aşağıdan yukarıya doğru Ralph'a baktı. İşe yarayan bir şey yapıldığını kavrayınca, rahatlamaya başladı; bedeninde temiz olan tek şeyi, pembe baş parmağını, ağzına koydu.

Domuzcuk, küçüğe doğru eğildi:

"Adın ne senin?"

"Johnny."

Domuzcuk bu adı mırıldandı kendi kendine. Sonra bağırarak, Ralph'a bildirdi. Ama hâlâ denizkabuğunu öttüren Ralph ilgilenmedi. Bu akıllara sığmaz gürültüyü çıkarmanın yoğun hazzıyla yüzü morarmıştı; yüreğinin çarpışı, gömleğini kımıldatıyordu.

Artık kumsalda hayat belirtileri başlamıştı. Sıcaklığın buğusunda titreşen kumsal boyunca, bir yığın biçimler göründü. Erkek çocuklar, sessiz sıcak kumda yürüyerek, iskele biçimindeki büyük kayalığa doğru geliyorlardı. İnsanı şaşırtacak kadar yakında bulunan, Johnny yaşında üç küçük oğlan, meyve tıkındıkları ormandan çıkıverdiler ansızın. Domuzcuk'tan belki biraz daha küçük esmer bir çocuk, çalıları itip ortaya çıktı; kayalığa gelince, neşeyle gülümsedi herkese. Art arda geliyordu çocuklar. Saf Johnny ne yaptıysa, onlar da aynı şeyi yapıyor, devrilen hurma ağacı gövdelerine oturup bekliyorlardı. Ralph, denizkabuğundan, ta uzaklara yayılan kesik sesler çıkarıyordu hiç durmadan. Domuzcuk, çocuk kalabalığı arasında yürüyor, adlarını soruyor, bu adları aklında tutabilmek için kaşlarını çatıyordu. Çocuklar, yalın bir uysallıkla boyun eğiyorlar; megafonlu adamın sözünü dinledikleri gibi, Domuzcuk'un da sözünü dinliyorlardı. Kimi çıplaktı; giysilerini elinde taşıyordu. Kimi yarı çıplak, yarı giyinmişti. Okul üniformalarının gri, lacivert, bej, yünlü ceketleri vardı sırtlarında. Rozetleri, işaretleri, hatta çoraplarında ve kazaklarında renkli şeritler vardı. Yeşil gölgelikte, oturdukları ağaç kütüklerinden yükselen başları, kumraldı, sarışındı, siyahtı, kestane rengiydi, kum rengiydi, donuk kahverengiydi. Bu başlardan mırıltılar, fısıltılar çıkıyordu. Ralph'a bakan, hesaplayıp düşünen gözler vardı bu başlarda. Çocuklar olumlu bir iş yapıldığını biliyordu.

Kumsaldan tek başına ya da ikişer ikişer gelen çocuklar, sıcaklığın buğu perdesinin meydana getirdiği sınırı aşınca, birdenbire görülüyorlardı. Onlar yaklaşırken göze ilk ilişen şey, kumun üstünde oynayan, yarasayı andıran, kara bir yaratıktı. Bunun üstündeki gövde, biraz sonra görülebiliyordu ancak. Bu yarasamsı şey, çocuğun gölgesiydi; tam tepesinde olan güneş, telaşlı ayaklarının arasında küçük bir lekeye dönüştürmüştü gölgesini. Ralph, denizkabuğuyla uğraştığı halde, oynayan bir kara lekenin üstüne basa basa kayalığa son gelen iki kişiye dikkat etti gene de. Yusyuvarlak kafalı, çok açık saman sarısı saçlı bu iki çocuk, köpekler gibi soluyup Ralph'a gülerek, yere attılar kendilerini. İkizdiler. Ve böylesine güleryüzlü iki çocuğun birbirine tıpatıp benzemesi karşısında afallıyor, gözlerine inanamıyordu insan. Beraber nefes alıyorlar, beraber gülüyorlardı. Tombalak ve canlıydılar. Islak dudaklarını Ralph'a doğru kaldırmışlardı. Sanki yüzlerini gereğince örtecek derileri yokmuş gibi, profilleri belli belirsiz, ağızları açık kalmıştı. Domuzcuk, gözlüğünün ışıldayan camlarını onlara doğru eğdi; denizkabuğunun gümbürtüsü arasında, üst üste söyledi adlarını:

"Sam, Eric, Sam, Eric."

Derken aklı karıştı. İkizler, hayır dercesine başlarını sallayıp birbirlerini gösterdiler işaret parmaklarıyla; çocuk kalabalığı gülüştü.

Sonunda Ralph, denizkabuğunu öttürmekten vazgeçti, oraya çöktü. Denizkabuğu elinden sarkıyor, başı dizlerine doğru eğiliyordu. Yankılanan sesler dinince, gülüşmeler de bitti, bir sessizlik oldu.

Kumsalın bir pırlanta gibi ışıldayan pusu içinde, kara bir şey ilerliyordu bocalaya bocalaya. İlk Ralph gördü bunu ve öyle yoğun bir dikkatle bakmaya başladı ki, tüm gözler o yana çevrildi. Bu kara şey, buğulu sıcaklığın yarattığı hayalimsi görüntülerden çıkıp açık seçik görülen kuma basınca, karaltının gölgelerden fazla giysilerden ileri geldiği anlaşıldı. Bir alay çocuktu bu acayip şey. Birbirine az çok ayak uydurarak, ikişer ikişer, koşut iki çizgi halinde yürüyorlardı. Giysileri aklın alamayacağı kadar acayipti: Pantolonlarını, gömleklerini, ötelerini berilerini ellerinde taşıyorlardı, ama her çocuğun başına, gümüş rozetli, dört köşe kara bir şapka geçirilmişti. Bedenleri, boyunlarından ayak bileklerine kadar kara pelerinlerle örtülüydü. Bu pelerinlerin sol göğüs hizasında, gümüş rengi uzun bir haç vardı. Tropiklerin sıcağı, yiyecek aramak ve yanan kumsalda şimdi terler dökerek yürümek, yeni yıkanmış kırmızı eriklere döndürmüştü çocukların tenini. Onları komuta eden de aynı biçimde giyinmişti ama şapkasındaki rozet altın rengiydi. Alay, büyük kayalığa aşağı yukarı on yarda yaklaşınca, bu çocuk bağırarak bir emir verdi. Ötekiler, yabansı ışığın altında soluk soluğa, terleye terleye, sallana sallana durdular. Emir veren çocuk, pelerini uçuşarak kayalığa atlayıverdi; kapkaranlık görünen bu yere baktı gözlerini kısıp:

"Boru çalan adam nerede?"

Güneşten gözleri kamaştığı için çevresini göremediğini anlayan Ralph, konuştu:

"Borulu adam yok, yalnız ben varım."

Çocuk biraz daha yaklaştı, yüzünü buruşturup Ralph'ı süzdü tepeden. Gördüğü şey, yani kucağında fildişi renkli büyük şeytanminaresiyle oturan sarı saçlı oğlan, onu pek memnun etmemişti. Pelerinini savurarak, hızla döndü:

"Peki, bir gemi yok mu?"

Bol pelerinin örttüğü bedeni uzun, zayıf, kemikliydi. Kara şapkanın altında kızıl saçları vardı. Çilli yüzü çökmüştü. Aptal görünmeden çirkindi. Dik dik bakan açık mavi gözlerinden hayal kırıklığına uğradığı, öfkelendiği ya da öfkelenmeye hazır olduğu anlaşılıyordu:

"Bir büyük yok mu burada?"

Ralph, sırtı dönük olan çocuğa "Hayır, yok" dedi. "Bir toplantı yapıyoruz; gel sen de bize katıl."

Pelerinli çocuklar sırayı bozmaya başladılar. Uzun boylu çocuk bağırdı onlara:

"Koro, dur!"

Canından bezmiş koro üyeleri, söz dinleyip sıraya girdiler, sallana sallana durdular güneşin altında. Ancak birkaçı, hafif bir sesle karşı çıkmaya yeltendi:

"Ama Merridew... Ne olur Merridew... Biz..."

Derken, çocuklardan biri yüzükoyun kuma kapaklandı ve sıra bozuldu. Yere yığılan çocuğu kayalığa çıkardılar, oraya yatırdılar. Merridew, çevresine dik dik bakıp durumu idare etmek zorunda kaldı:

"Peki öyleyse, oturun. Bırakın onu."

"Ama Merridew..."

"İkide bir düşüp bayılır o. Gib'de de bayıldı. Addis'de de bayıldı, sabah duasında koroyu yönetenin üstüne düşüp gene bayıldı."

Merridew, ancak kendilerinin yakından bildiği bu konuya değinince, devrilmiş ağaç gövdelerine kara kuşlar gibi tüneyip Ralph'ı ilgiyle süzen kilise korosu üyeleri, sinsi sinsi gülüştüler. Domuzcuk, kimsenin adını sormuyordu. Bu oğlanların üniformalı üstünlüğünden, Merridew'in sesindeki kaygısız otoriteden çekiniyordu. Ralph'ın arkasına sığındı, gözlüğünü evirip çevirmeye başladı.

Merridew, Ralph'a döndü:

"Büyükler yok mu burada?"

"Yok."

Merridew, bir ağaç kütüğüne oturdu, çevresine göz gezdirdi:

"Kendi başımızın çaresine bakmak zorundayız öyleyse."

Ralph'ın arkasında kendini güvende bilen Domuzcuk, çekine çekine konuştu:

"İşte bu yüzden bir toplantı yaptık. Ne yapacağımızı kararlaştıralım diye. Adlarını aldık. Bu Johnny. Bunlar ikiz, Sam ile Eric. Hanginiz Eric'siniz? Sen mi? Hayır... Sen Sam'sın..."

"Ben Sam'ım."

"Ben de Eric."

Ralph, "Hepimizin adı bilinmeli" dedi. "Ben Ralph'ım."

Domuzcuk, "Çoğu adları aldık" dedi. "Demin aldık."

"Çocuk adları bunlar" dedi Merridew. "Bana ne diye Jack diyecekmişsiniz. Merridew'im ben."

Ralph, hemen Merridew'e baktı. Ne istediğini bilen bir kişinin sesiydi bu.

"Sonra bir çocuk var" dedi Domuzcuk, "unuttum onun..."

Jack Merridew, "Fazla konuşuyorsun sen" dedi. "Kapat çeneni, şişko."

Gülüşmeler oldu.

"O şişko değil," dedi Ralph, "gerçek adı Domuzcuk'tur onun."

"Domuzcuk!"

"Domuzcuk!"

"Hey, Domuzcuk!"

Herkes katıla katıla gülüyordu. En küçükler bile katılmıştı bu gülüşmeye. Şimdilik çocuklar bir çember kurup aralarında anlaşmışlardı; bu çemberin dışında kalmıştı Domuzcuk. Domuzcuk'un yüzü pembe pembe oldu; başını eğdi, bir kez daha sildi gözlüğünün camlarını.

Gülme faslı bitti sonunda. Gene adlar alındı. Kilise korosunun çocukları arasında, boy açısından Jack'tan sonra gelen Maurice'ydi. Maurice, boyuna sırıtan iri bir oğlandı. Herkesten kaçan, herkesten gizlenen, kendi içine kapanmış, hiç kimsenin tanımadığı ince bir çocuk vardı orada. Adının Roger olduğunu mırıldandı, sonra gene sustu. Bill vardı, Robert vardı, Harold vardı, Henry vardı. Bayılan koro üyesi, bir ağacın kütüğüne yaslandı, solgun dudaklarla Ralph'a gülümsedi, adının Simon olduğunu söyledi.

Jack, "Nasıl kurtarılacağımız konusunu bir karara bağlamalıyız" dedi.

Fısıltılar duyuldu. Adı Henry olan küçük çocuklardan biri, evine gitmek istediğini söyledi.

"Kes sesini" dedi Ralph dalgın dalgın. Denizkabuğunu havaya kaldırdı: "Karar vermek için bir şefimiz olmalı, bana kalırsa."

"Bir şef! Bir şef!"

Jack, dolambaçlı yollara sapmayı hor gören bir küstahlıkla, "Şef ben olmalıyım" dedi. "Çünkü benim, katedralin korosunda da yerim var. Hem de bu koronun başındayım. Do diyezi bile söyleyebilirim ben."

Çocuklar gene fısıldaştılar.

Jack, "Öyleyse" dedi, "ben..."

Jack duraksadı. Roger adlı esmer çocuk kıpırdandı ve konuştu:

"Oya koyalım."

"Tamam!"

"Şefi oyla seçelim!"

"Oylama yapalım..."

Denizkabuğu oyunu kadar hoş bir oyundu bu oylama işi. Jack karşı koymaya başladı. Birinin şef seçilmesi konusunda genel istek, Ralph'ın şef seçilmesi isteğine dönüştü oybirliğiyle. Aslında çocuklardan hiçbiri, bu isteğin yerinde olduğunu kanıtlayacak bir neden gösteremezdi; çünkü akıl belirtileri gösteren tek kişi Domuzcuk'tu; şef olarak ilk düşünülmesi gereken de Jack'tı. Ne var ki, tüm gözler, hiç kıpırdamadan oturan Ralph'a çevrilmişti: Ralph iriydi, Ralph güzeldi. Ama farkına varmadıkları halde, onu seçmek istemelerinin gerçek nedeni denizkabuğuydu. Bu büyük şeytanminaresini seslendiren, çabucak kırılabilecek bu güzel şeyi kucağında tutup onları kayalıkta bekleyen çocuğun bir ayrıcalığı vardı.

"Denizkabuğunu tutan!"

"Ralph! Ralph!"

"O boru gibi şeyi öttüren, şef olsun!"

Ralph, susmaları için elini kaldırdı:

"Peki, Jack'ın şef olmasını kim istiyor?"

Kilise korosundakiler, canlarından bıkmış bir uysallık içinde, ellerini kaldırdılar.

"Beni kim istiyor?"

Domuzcuk bir yana, kilise korosunun dışında kalanların tümü, ellerini kaldırdılar hemen. Sonra Domuzcuk da, isteye istemeye elini kaldırdı.

Ralph, kalkan elleri saydı:

"Öyleyse ben şefim."

Çocuklar alkışladılar. Koronun üyeleri bile alkışladı. İçerleyen Jack'ın kıpkırmızı kesilen yüzündeki çiller yok oldu. Önce ayağa fırladı, sonra caydı, gene oturdu. Her bir yan alkışla çınlarken Ralph, Jack'a baktı. Ona bir şeyler vermek istiyordu:

"Koro senindir elbette."

"Koro ordu olabilir."

"Ya da avcı olabilir."

"Koro... şey olabilir..."

Jack'ın yüzünün kırmızılığı geçmişti. Susmaları için gene elini kaldırdı Ralph:

"Korodan Jack sorumludur. Koro üyeleri... şey olabilir... Ne olmasını istiyorsunuz onların?"

"Avcı olsunlar."

Jack ile Ralph, çekingen bir dostluk duygusuyla birbirlerine gülümsediler. Öteki çocuklar, heyecanlı heyecanlı konuşuyorlardı aralarında.

Jack, ayağa kalktı:

"Koro, çıkarın pelerinlerinizi!"

Koro üyeleri, ders bitmiş de sınıftan çıkmışlar gibi, ayağa kalktılar; çene çala çala, kara pelerinlerini otların üstüne yığdılar. Jack, kendi pelerinini Ralph'ın oturduğu kütüğün yanına koydu. Kurşuni rengi şortu terden yapışmıştı bedenine. Ralph, hayran hayran baktı şortun haline. Jack, bu bakışı görünce açıkladı:

"Her bir yanımızın su olup olmadığını anlamak için, şu tepeye tırmanmaya çalıştım. Ama denizkabuğunun sesi bizi buraya çağırdı."

Ralph gülümsedi, herkes sussun diye denizkabuğunu havaya kaldırdı:

"Dinleyin hepiniz. Durumu düşünüp taşınmam için zaman gerek bana. Ne yapacağımızı hemen kararlaştıramam. Eğer burası bir ada değilse, bizi hemen kurtarırlar. Anlamamız gerek buranın bir ada olup olmadığını. Hepiniz burada kalıp bekleyeceksiniz. Uzaklaşmayacaksınız buradan. Üç kişi –üçten fazla olursak durum karışır, birbirimizi kaybederiz– keşfe çıkacağız, buranın ne olduğunu anlayacağız. Ben gideceğim, Jack gidecek, bir de..."

Ralph çevresindeki istekli yüzlere baktı. Bir yığın çocuk vardı seçebileceği.

"Bir de Simon."

Simon'un yanındakiler gülüştüler. Simon da hafif gülerek ayağa kalktı. Bayıldığı sırada yüzünü saran solgunluk geçmişti artık. Sıska, canlı bir küçük çocuktu. Dümdüz sarkan kalın telli kara saçların altından bakıyordu gözleri.

Simon, evet dercesine başını salladı Ralph'a:

"Gelirim."

"Ben de..."

Jack, arka cebinden çıkardığı büyükçe bıçağı kınından çektiği gibi bir ağaç gövdesine sapladı.

Çocukların gürültüsü arttı, sonra bir sessizlik oldu.

Domuzcuk kıpırdadı:

"Ben de geleceğim."

Ralph dönüp Domuzcuk'a baktı:

"Böyle bir durumda işe yaramazsın sen."

"Ama gene de..."

Jack kesip attı: "Seni istemiyoruz. Üç kişi yeter."

Domuzcuk'un gözlüğünün camları ışıldadı:

"Denizkabuğunu bulduğu sırada onun yanındaydım ben. Herkesten önce onun yanındaydım ben."

Jack ile ötekilerin aldırdığı yoktu Domuzcuk'a. Çocuklar dağıldı. Ralph, Jack ve Simon, kayalıktan atladılar; kumda yürüyerek doğal yüzme havuzunun yanından geçtiler. Domuzcuk peşlerinden gitti beceriksiz adımlarla.

"Simon ortamızda yürürse, başının tepesinden konuşabiliriz" dedi Ralph. Üç çocuk, birbirlerine ayak uydurarak yürümeye başladılar. Simon, arada sırada sekip ayak değiştirmek zorunda kalıyordu, onlara yetişebilmek için. Derken Ralph durdu, dönüp Domuzcuk'a baktı:

"Bana bak..."

Jack ile Simon, hiçbir şeyin farkında değilmiş gibi yürüyüp gittiler.

"Gelemezsin."

Domuzcuk'un gözlük camları gene buğulandı. Küçük düşürüldüğü için buğulandı bu kez.

"Onlara yetiştiriverdin. Oysa sana söylemiştim..."

Domuzcuk'un yüzü kızardı, dudakları titredi:

"Sana söylemiştim istemediğimi..."

"Kuzum, neler anlatıyorsun sen?"

"Bana Domuzcuk demelerini istemediğimi söylemiştim. Bana Domuzcuk demesinler de, ne derlerse desinler demiştim. Sana tembih etmiştim, onlara söyleme diye. Ama sen hemen yetiştirdin..."

Bir sessizlik oldu. Şimdi Domuzcuk'a daha anlayışla bakan Ralph, şişman çocuğun kırıldığını, ezildiğini gördü. Özür dilemekle, daha da ileri gidip onu iyice gücendirmek arasında bocaladı bir an. Sonunda, gerçek önderlerin toksözlülüğüyle konuştu:

"Şişko diyeceklerine Domuzcuk desinler daha iyi. Üzüldüm böyle kırılmana. Şimdi geri dön, onların adlarını al. Senin işin de bu. Hoşça kal."

Ralph döndü, Jack ile Simon'un peşinden koştu hızla. Domuzcuk durduğu yerde kaldı. Haklı bir öfkeyle kızaran yanakları, normal rengini aldı yavaş yavaş. Büyük kayalığa geri döndü.

Ralph, Jack ve Simon, çevik adımlarla kumda yürüdüler. Sular çekilmişti; kumsalın yosunla kaplı ince bir şeridi, toprak bir yol kadar rahattı. Bir çeşit büyüleyici güzellik vardı çevrelerinde. Bunun bilincinde, bunun mutluluğu içindeydi çocuklar. Birbirlerine bakıyorlar, coşkuyla gülüyorlar, kimin ne dediğini dinlemeden konuşuyorlardı. Hava pırıl pırıldı. Tüm bunları açıklayıp yorumlamak işiyle başa çıkamayan Ralph, amuda kalktı, tepe taklak yuvarlandı. Gülüşmeleri bitince, Simon, çekine çekine Ralph'ın kolunu okşadı. Gene gülmekten kendilerini alamadılar.

"Haydi gelin" dedi Jack, "biz kâşifiz."

Ralph, "Adanın ucuna gideceğiz, köşeden bakacağız" dedi.

"Eğer bu bir adaysa..."

Şimdi, öğleüstü bitmekteyken, hayalimsi görüntüler silinmeye başlamıştı. Adanın ucu, büyüyle biçim değiştirip akıllara sığmaz bir yer olmaktan çıkmıştı artık. Açık seçik görebiliyorlardı orasını. Adanın bildikleri kısmında olduğu gibi, oraya da dört köşe kayalar yığılıydı. Lagünün durgun sularında, koskocaman bir kaya yükseliyordu. Deniz kuşları oraya yuvalanmışlardı.

Ralph, "Bu yuvalar, pembe bir pastanın üstündeki beyaz şekerler gibi" dedi.

Jack, "Bu köşenin arkasında ne olduğunu göremeyeceğiz" dedi; "çünkü bir köşe yok; geniş bir kıvrım var yalnız... Görüyorsunuz, kayalar gittikçe daha berbat oluyor."

Ralph, eliyle gözlerini siper edip, dağa doğru yükselen kayaların çizdiği girintili çıkıntılı çizgiye baktı. Kumsalın dağa en yakın olan yerindeydiler şimdi.

Ralph, "Dağa buradan tırmanmaya çalışırız" dedi. "Bana kalırsa, en kolay yol buradan. Hem ormanın bitkileri filan daha az burada; çoğu pembe kaya. Haydi, gelin."

Üç çocuk tırmanmaya başladılar. Bilinmeyen bir güç, kayaları yerinden koparıp paramparça etmiş; küçüklerini üstte bırakarak, çarpuk çurpuk yığmıştı onları. Tepesinde eğri bir taş duran pembe dik kayalar, başlıca özelliğiydi buranın. Her dik kayanın üstünde bir dik kaya daha vardı. Böylece ormanın karmakarışık sürüngen bitkileri arasında dengelenen pembe kayalar, gökyüzüne doğru yükseliyordu. Bu dik kayalardan çoğunun dibinde, yukarıya doğru dolanan daracık bir yol vardı. Çocuklar, yüzlerini kayalara çevirip, bitkilerin içine bata çıka yan yan ilerleyebiliyorlardı bu yolda.

"Bu yol nasıl olmuş?"

Jack durdu, terli yüzünü sildi. Ralph yanında, soluk soluğaydı.

"İnsanlar mı açtı bu yolu?"

Jack, hayır dercesine başını salladı:

"Hayvanlar."

Ralph, gözlerini kıstı, ağaçların altındaki karanlığa baktı. Küçücük titreşimler içindeydi orman.

"Haydi, gelin."

Girintili çıkıntılı kayalar arasında dik yokuşu tırmanmak değil, bir sonraki yolu bulmak için bitkilerin içine dalmak zorunluluğuydu asıl güç olan. Sürüngen bitkilerin kökleriyle sapları birbirine öyle bir karışmıştı ki, çocukların bükülebilen esnek iğneler gibi, onların arasından sıyrılmaları gerekiyordu. Çocuklara yol gösteren tek şey, kahverengi toprakla tepelerindeki yapraklar arasından zaman zaman sızan ışıktı. Bir de yolun yukarı doğru yükselmesine dikkat ediyorlardı. Sürüngen bitkilerin urganlarıyla kaplı deliklerden hangisi biraz daha yüksekse, ona basıyorlardı hep.

Nasıl yaptılarsa yaptılar, yukarıya doğru ilerleyebildiler. Birbirine giren bitkiler arasında takılıp kaldıkları bir anda, belki geçirdikleri en güç anda, Ralph ışıldayan gözlerle dönüp baktı iki arkadaşına."

"Yaşasın!"

"Müthiş!"

"Şahane!"

Neden keyiflendikleri belli değildi. Üçü de kan ter içinde, pisliğe bulanmış, bitkindi. Ralph'ın her bir yanı fena halde çizilmişti. Sürüngen bitkiler, bacaklarının üst kısımları kadar kalındı. Aralarından geçebilmek için daracık tüneller bulmaları gerekiyordu. Ralph, bir deney yapmak için bağırdı. Boğuk yankıları dinlediler.

"Gerçekten kâşiflik yapıyoruz" dedi Jack. "Bizden önce kimsecikler buraya ayak basmadı bana kalırsa."

"Bir harita çizmeliyiz" dedi Ralph. "Ne çare ki, kâğıdımız yok."

Simon, "Ağaç kabuklarına çizeriz" dedi. "Sonra da üstüne kara bir şeyler süreriz, çizgiler belirsin diye."

Ormanın kasvetli karanlığında, sessiz ve ağırbaşlı bir anlaşma içinde, ışıl ışıl gözlerle gene baktılar birbirlerine.

"Yaşasın!"

"Müthiş!"

Amuda kalkacak yer yoktu burada. Ralph, heyecanının yoğunluğunu, Simon'u yumruklayıp yere yıkıyor gibi yaparak açığa vurdu. Üç çocuk, üst üste yığılıp alacakaranlıkta sevinçle itişip kakıştılar.

Birbirlerinden ayrılınca ilk konuşan Ralph oldu:

"Haydi, düşün yola."

Bundan sonra vardıkları dik kayanın pembe graniti, sürüngen bitkilerden ve ağaçlardan biraz uzak kaldığı için yukarı doğru koşabildiler küçük adımlarla. Burada, orman ağaçları öyle seyrekleşti ki, uzaklara yayılan denizi gördüler bir ara. Ağaçların gölgesinden çıkınca, güneş, ormanın karanlık rutubetli sıcağında tere batan giysilerini kuruttu. Artık karanlıklara dalmaktan kurtulmuşlardı. Dağın tepesine varmak için, pembe kayalara tırmanmaları gerekiyordu sadece. Çocuklar, daracık geçitlerde, sivri kayaların dibindeki küçük taşların üstünde ilerleyip yollarına devam ettiler.

"Bakın! Bakın!"

Adanın bu ucunda, paramparça kayaların üst üste yığılan bacaları gökyüzüne doğru yükseliyordu. Jack'ın yaslandığı kayayı ittikleri zaman, gıcırdayarak kımıldadı kaya.

"Haydi, gelin..."

Ne var ki, "Haydi, tepeye gelin" demek istemiyordu. Üç çocuk, ancak bu kayayla başa çıktıktan sonra tepeye karşı saldırıya geçeceklerdi. Küçük bir otomobil boyundaydı kaya.

"İtin!"

İleri geri sallanın, gereken uyumu bulun...

"İtin!"

Daha hızlı sallansın sarkaç, daha hızlı, daha hızlı... Kayanın dengede durduğu noktaya yüklenin... Daha çok dayanın, daha çok...

"İtin!"

Kocaman kaya, tembel tembel sallandı, ayak parmağının ucunda bir saniye durdu, eski yerine dönmemeye karar verdi, düştü, bir yere çarptı, tersyüz oldu, kalın bir vızıltıyı andıran bir sesle aşağı atladı ve ormanın tavanında derin bir çukur kazdı. Yankılar ve kuşlar uçuştu, ak ve pembe bir toz yükseldi. Uzaklarda orman, ağaçların arasından kudurmuş bir canavar geçmişçesine titredi. Sonra, gene sessizlik sardı adayı.

"Yaşasın!"

"Tıpkı bir bomba!"

"Hurrraaa!"

Beş dakika boyunca, bu görkemli başarıyı elde ettikleri yerden ayrılamadılar. Ama sonunda yürümeye başladılar gene.

Dağın tepesine tırmanmak kolaylaşmıştı artık. Oraya varacakları sırada, Ralph durdu:

"Vay canına!"

Dağın yamacında oyulmuş, çember ya da yarım çember biçiminde bir yere gelmişlerdi. Bir çeşit kaya bitkileriyle, mavi çiçeklerle dolup taşıyordu burası. Mavi çiçekler, kayalardan sarkıyor, aşağıda ormanın üstüne dökülüyordu bereketle. Yükselen, uçuşan, konan kelebeklerle doluydu hava.

Dağın dört köşe doruğu, bu çemberin ötesindeydi. Çok geçmeden vardılar oraya.

Buranın bir ada olduğunu önceden sezmişlerdi. Sağlarında sollarında deniz, tepelerinde billur gibi yükselen gökyüzü, pembe kayalara tırmanırken, suların her bir yanlarını sardığını içgüdüleriyle sezmişlerdi. Ne var ki, ancak doruğa çıktıktan sonra, suların ufku çepeçevre sardığını ancak kendi gözleriyle gördükten sonra son sözü söylemek, her nedense daha uygun görünmüştü onlara.

Ralph döndü, öteki iki çocuğa baktı:

"Burası bizim."

Ada, az çok bir tekne biçimindeydi. Bu ucunda bir tümsek yükseliyordu. Çocukların arkasında, darmadağınık kayalar deniz kıyısına iniyordu. Her bir yanda taşlar, yarlar, ağaç tepeleri ve dik bir yamaç vardı. Önlerinde, yani teknenin ortasını oluşturan bölümde, yokuş pek dik değildi; şuraya buraya ağaçlar ve granitin pembeliği serpilmişti. Sonra, çengelin kapladığı, koyu yeşil, yassı kısmı geliyordu adanın. Bunun ucunda pembe bir kuyruk vardı. Kıyının ufalıp sularda eridiği yerde, bir ada daha görülüyordu. Çocukların bulunduğu adadan neredeyse kopmuş bir kaya parçasıydı bu. Pembe ve belalı bir tek tabyası olan bir kale gibi, yeşil ormanın ötesinde karşılarına dikiliyordu bu kaya.

Çocuklar, tüm bunlara, sonra denize baktılar. Öğleüstü bitmek üzereydi. Işığın yarattığı hayaller yok olmuştu; her şey olduğu gibi görünüyordu.

"Denizin yüzeyine yükselen sığ bir kayalıktır bu. Bir mercan kayalığı. Buna benzer resimler görmüştüm."

Denizdeki mercan kayalıklar, adanın yalnız bir tek yanını kapatmıyordu; aşağı yukarı bir mil uzaklara yayılıyor, artık kendi kumsalları saydıkları kıyıya koşut olarak uzanıp gidiyordu. Sanki bir dev, eğilip sularda adanın resmini kabataslak çizmek istemiş de, işini bitiremeden bezmiş gibi, mercan kayalar denize çiziştirilmişti. Kayaların çevrelediği su, bir tavuskuşunun tüyleri kadar alacalıydı; bu suyun içindeki taşlarla yosunlar, sanki bir akvaryumdaymış gibi açık seçik görülüyordu. Kayaların dışındaki deniz koyu maviydi. Sular yükseldiği, kayalardan uzun uzun köpük şeritleri aktığı için, adanın bir gemi gibi yol aldığını sandılar bir an.

Jack, aşağıları gösterdi:

"İşte oraya indik."

Dik yamaçlarla yarların ötesinde, ormanın parçalandığı bir yer vardı. Ağaç gövdelerini devirdikten sonra sürüklenen uçak, bu yara iziyle deniz kıyısı arasında, bir sıra hindistancevizi ağacından başka bir şey bırakmamıştı. Lagüne uzanan büyük bir iskeleye benzeyen kayalık da görülüyordu oralarda. Çevresinde böcek gibi küçücük, kımıldayan biçimler vardı.

Ralph, durdukları ağaçsız yerden başlayıp, aşağı doğru dolanan; bir derin hendeği, bir çiçek yığınını ve yarın başladığı kayayı izleyen bir çizgi çizdi parmağıyla:

"En çabuk bu yoldan geri dönebiliriz."

Gözleri ışıl ışıl, ağızları açık, bir zafer kazanmanın, egemen olmanın mutluluğunu tattılar. Coşmuşlardı; dosttular.

Ralph, akıllı uslu konuştu:

"Tüten bir baca olmadığına göre, köy yok; bir sandal da yok. Sonradan iyice araştırırız bunu. Ama ıssız bir adadayız bana kalırsa."

"Yiyecek buluruz" dedi Jack, "Ava çıkarız, bir şeyler yakalarız... Sonra onlar gelir, bizi kurtarırlar."

Simon ikisine de baktı. Bir şey söylemedi ama başını öyle bir salladı ki, kara saçları bir öne döküldü, bir arkaya. Yüzü ışık saçıyordu.

Ralph, denizde kayalıkların bulunmadığı yana baktı.

"Orası daha dik" dedi Jack.

Ralph, iki avucunu birleştirip, bir çanağı tutar gibi yaptı:

"Aşağıdaki şu orman parçası... Dağ onu tutup kaldırıyor sanki."

Dağın her bir yanına ağaçlar takılıp kalmıştı: Çiçekler ve ağaçlar. Derken orman kımıldadı, gürledi, savruldu. Onlara yakın olan kaya çiçekleri uçuştular. Ve yarım dakika serin bir yel esti yüzlerine.

Ralph, kollarını açtı.

"Hepsi bizim."

Güldüler, takla attılar, bağırıp çağırdılar dağın doruğunda.

"Karnım acıktı."

Simon açlığından söz edince, öteki ikisi de farkına vardılar aç olduklarının.

"Haydi gidelim" dedi Ralph. "Öğrendik öğrenmek istediğimizi."

Kayalık bir yamaçtan aşağı kayıp geçtiler, çiçeklerin arasına düştüler, ağaçların altında yürüdüler. Durup merakla incelediler çevrelerindeki bitkileri.

İlk konuşan Simon oldu:

"Mumlar gibi. Mum çalıları. Mum tomurcukları."

Koyu yeşil ve güzel kokuluydu hiç solmayan bu bitkiler. Işığa kapanmış, yeşil balmumu renginde bir yığın tomurcuk vardı üstlerinde. Jack, tomurcuklardan birini bıçağıyla kesince, güzel kokular sardı dört bir yanlarını.

"Mum tomurcukları."

Ralph, "Bunları tutuşturamazsınız" dedi. "Ama tıpkı muma benziyorlar."

Jack, "Yeşil mumlar" dedi hor görürcesine. "Bunları yiyemeyiz. Haydi, yürüyün."

Ağaçların çok sık olduğu bir yere varıp, yorgun argın yürürken, gürültüleri duydular: Ciyak ciyak bağıran hayvan sesleri ve toynakların yere sert sert vuruşu. Çocuklar ilerledikçe, sesler yükseldi, bir çılgınlığa dönüştü. Sürüngen bitkilerin örtüsüne takılıp kalan, akıllara sığmaz bir korkunun kudurganlığı içinde, lastiği andıran bitkilere saldıran bir domuz yavrusu gördüler. Boyuna bağıran hayvanın çıkardığı ses ipinceydi, bir iğne kadar sivriydi. Üç çocuk atıldılar. Jack, gösterişli bir davranışla bıçağını çekti; kolunu havaya kaldırdı. Bir duraklama, bir anlık bir duraksama oldu. Domuz yavrusu hâlâ bağırıyor, sürüngen bitkileri hâlâ çekiştiriyor, kemikli bir kolun ucundaki bıçak hâlâ parlıyordu. O bıçağın domuz yavrusunun üstüne inmesinin, ne denli akıl almaz, ne denli korkunç bir şey olacağını anlamalarına yetti bu duraklama anı. Derken hayvan, bitkileri parçalayıp kurtuldu, çalıların arasına kaçtı. Üç çocuk birbirlerine ve bu korkunç şeyin olduğu yere bakakaldılar. Jack'ın yüzü bembeyazdı çillerinin altında. Bıçağı hâlâ kaldırdığının farkına vardı, kolunu indirdi, bıçağı kınına soktu. Sonra üçü de utana utana güldüler, gene yürümeye başladılar.

Jack, "Bir yer arıyordum" dedi. "Bir an bekliyordum bıçağı neresine saplayacağımı kestirmek için."

Ralph, yabancı bir hırsla konuştu:

"Domuzun belirli bir yerini delmek gerek" dedi. "Domuzu delmekten söz ederler hep."

Jack, "Domuzun gırtlağı kesilir, kanı aksın diye" dedi, "yoksa etini yiyemezsin."

"Neden onu..."

Nedenini çok iyi biliyorlardı. Bıçağın canlı bir gövdeye inmesi, yaşayan gövdeyi parçalaması korkunçtu da, ondan; kanın akmasına dayanılamazdı da, ondan.

"Onu öldürecektim," dedi Jack. Önden yürüdüğü için yüzünü göremiyorlardı. "Bıçağı saplayacak bir yer arıyordum. Bir dahaki sefere..."

Jack, kınından çekip çıkardığı bıçağını bir ağacın gövdesine mıhladı. Bir dahaki sefere acıma nedir bilmeyecekti. Yabansı gözlerle çevresine bakındı. Sanki ona karşı çıkan varmış gibi, meydan okudu arkadaşlarına. Sonra, ormandan çıkıp, gün ışığına vardılar. Uçağın bıraktığı ize, iskele biçimindeki büyük kayalığa ve toplantı yerine doğru giderken, yiyecek bir şeyler arayıp tıka basa yediler bir süre.

2

Dağdaki Ateş

Ralph, artık denizkabuğunu öttürmüyordu ve büyük kayanın üstü çocuklarla dolmuştu. Sabahki toplantıdan farklıydı bu toplantı. Öğle sonrası güneş gökyüzünde alçalmış, kayanın öteki yanından parlıyordu şimdi. Güneşte yanmanın acısını çeken çoğu çocuklar, iş işten geçtikten sonra, giysilerini sırtlarına geçirmişlerdi. Eskisi gibi ayrı bir grup olmaktan az çok kurtulan koro üyeleri, pelerinlerini bir kenara atmışlardı.

Ralph, devrilen ağaç gövdelerinden birine oturdu. Güneş sol yanından geliyordu. Koro üyelerinin çoğu sağ yanındaydı. Solunda, yaşadıkları ülkeyi savaştan ötürü terk ettikleri sırada birbirlerini tanımayan daha büyükçe çocuklar vardı. Küçükler, Ralph'ın karşısında otların üstüne çömelmişlerdi.

Bir sessizlik oldu. Ralph, yer yer pembe benekli, fildişi renkli büyük şeytanminaresini kucağına aldı ve ansızın esen bir rüzgâr, ışık serpti kayanın üstüne. Ralph, ayağa kalkması mı, yoksa oturması mı gerektiğini bilemiyordu. Yan yan soluna, yüzme havuzuna doğru baktı. Domuzcuk oralarda, yakındaydı ama yardım etmiyordu Ralph'a.

Ralph boğazını temizledi:

"İşte."

Rahat rahat konuşabileceğini, söylemek istediklerini söyleyebileceğini anladı birdenbire. Elini sarı saçlarının arasından geçirdi, konuşmaya başladı:

"Biz, bir adadayız. Dağın tepesine çıktık, her bir yanda su gördük. Ev görmedik, baca dumanı görmedik, ayak izi görmedik, tekne görmedik, insan görmedik. Issız bir adadayız; bizden başka kimsecikler yok burada."

Jack, Ralph'ın sözünü kesti:

"Ama gene de bir ordu gerek. Avlanmak için bir ordu. Domuzları avlamak için."

"Evet, domuzlar var bu adada."

Çocukların üçü de, sürüngen bitkiler arasında çırpınan o pembe canlı yaratığın varlığını anlatmak istediler.

"Gördük..."

"Ciyak ciyak bağırıyordu..."

"Kurtulup kaçtı..."

"Ben onu öldüremeden... Ama bir dahaki sefere..."

Jack, bıçağını bir ağaç gövdesine sapladı, meydan okurcasına baktı çevresine.

Toplantı gene düzene kavuştu.

Ralph, "Görüyorsunuz ki, bize et bulacak avcılar gerek" dedi. "Bir şey daha var."

Denizkabuğunu kucağından aldı, güneşin yaraladığı yüzlere baktı.

"Burada büyükler yok. Kendi kendimize bakmak zorundayız."

Toplantıdakilerden bir uğultu yükseldi, sonra herkes gene sustu.

"Bir şey daha var. Herkes bir ağızdan konuşmamalı. Okulda olduğu gibi el kaldırmalıyız."

Denizkabuğunu yüzünün hizasına kaldırdı; kıvrımlı kısmın üstünden baktı:

"Konuşmak isteyene vereceğim bu büyük şeytanminaresini."

"Şeytanminaresi derler bu tür denizkabuğuna. Benden sonra konuşmak isteyene vereceğim bunu. Konuşurken elinde tutabilir."

"Ama..."

"Bak dinle..."

"Ve hiç kimse konuşanın sözünü kesemeyecek benden başka."

Jack ayağa fırladı:

"Kurallarımız olacak" diye bağırdı heyecanla. "Bir yığın kural! Eğer kurallara boş veren çıkarsa..."

"Yaşaaa!"

"Hurraaa!"

"Hey be!"

"I – huuu!"

Ralph, denizkabuğunun kucağından alındığının farkına vardı. Domuzcuk, fildişimsi kocaman şeytanminaresini bağrına basarak ayağa kalkmıştı. Bağırıp çağırmalar kesildi. Ayakta kalan Jack, kararsız, Ralph'a baktı. Ralph gülümsedi; eliyle ağaç kütüğünü göstererek, Jack'ı yanına çağırdı. Jack oturdu. Domuzcuk gözlüğünü çıkardı; camları gömleğiyle silerken, gözlerini kırpıştıra kırpıştıra baktı toplantıdakilere:

"Ralph'ın konuşmasını engelliyorsunuz. Bırakmıyorsunuz söylesin en önemli şeyi."

Herkesi etkilercesine durakladı.

"Kim biliyor burada olduğumuzu, ha?"

"Havaalanında biliyorlardı."

"O boru gibi şeyle seslenen adam..."

"Benim babam..."

Domuzcuk gözlüğünü taktı.

"Hiç kimsecikler bilmiyor burada olduğumuzu" dedi. Domuzcuk'un yüzü daha da solgundu şimdi; soluk soluğaydı. "Nereye gideceğimizi belki biliyorlar, belki de bilmiyorlardı. Ama nerede olduğumuzu bilmiyorlar; çünkü biz gideceğimiz yere varamadık."

Domuzcuk, ağzı açık, bir an bakakaldı toplantıdakilere. Sonra sendeledi, yere çöktü. Ralph, denizkabuğunu Domuzcuk'un elinden aldı.

"Ben de bunu söyleyecektim" dedi. "Ama hepiniz..." Çocukların yoğun bir dikkatle gerilen yüzlerine baktı: "Uçak, alev alev yanarak düşürüldü. Hiç kimse bilmiyor nerede olduğumuzu. Uzun süre kalabiliriz burada."

Öyle bir sessizlik oldu ki, Domuzcuk'un tıkana tıkana nefes aldığını duyabildiler. Alçalan güneş, altın gibi yayıldı büyük kayanın yarısına. Durgun suların üstünde, kendi kuyruklarını kovalayan kedi yavruları gibi fır fır dönen esintiler, artık kayaya ve ormana doğru esmeye başlamıştı. Ralph, alnına düşen karmakarışık sarı saçlarını eliyle itti:

"Yani uzun süre burada kalabiliriz."

Hiç kimse bir şey demedi. Ralph güldü ansızın:

"Ama burası güzel bir ada. Biz, Jack, Simon ve ben dağa tırmandık. Yaman bir yer. Yiyecek var, içecek var..."

"Ve kayalar var..."

"Mavi çiçekler var..."

Biraz toparlanan Domuzcuk, Ralph'ın elindeki denizkabuğunu gösterdi. Jack ile Simon sustular. Ralph, konuşmasını sürdürdü:

"Beklerken, hoş vakit geçirebiliriz bu adada."

Ralph, her bir yanı gösterircesine kollarını açtı:

"Kitaplarda anlatılanlar gibi tıpkı."

Çocuklar, hep bir ağızdan bağırdılar:

"*Hazine Adası* gibi..."

"*Kırlangıçlar ve Amazonlar* gibi..."

"*Mercan Adası* gibi..."

Ralph, elindeki denizkabuğunu havada salladı:

"Bu, bizim adamız. Güzel bir ada. Çok eğleneceğiz, büyükler gelip bizi alıncaya kadar."

Jack, elini uzatıp denizkabuğunu aldı:

"Domuzlar var" dedi; "yiyecek var. Yıkanacak su var şuradaki küçük kaynakta... Her bir şey var. Başka şeyler de bulanlar yok mu aranızda?"

Jack, denizkabuğunu Ralph'a geri verdi; yerine oturdu. Başka şeyler bulan yoktu anlaşılan.

Küçük bir oğlan, büyükçe çocukların dikkatini çekti o sırada. Öteki küçüklerden birkaçı, onu ileri doğru itiyor, oğlan karşı koyuyor, ortaya çıkmak istemiyordu. Altı yaşlarında, ufacık tefecik bir şeydi. Yüzünün bir yanını olduğu gibi kaplayan, karadut renginde bir lekeyle doğmuştu. Tüm gözler ona çevrildiği için dik duramıyor; bir ayağının başparmağıyla yerdeki yaban otlarını karıştırıyor; ağlamaya hazır, bir şeyler mırıldanıyordu.

Öteki küçük oğlanlar, ağırbaşlı hallerle, fısıldaşa fısıldaşa Ralph'a doğru ittiler onu.

"Peki" dedi Ralph. "Gel bakalım."

Küçük oğlan müthiş bir korkuya kapılıp çevresine bakındı.

"Konuş."

Karadut lekeli olan, denizkabuğunu almak için uzanınca, toplantıdakiler kahkahayı bastılar. Çocuk, hemen geri çekti ellerini, ağlamaya başladı.

"Bırakın alsın denizkabuğunu!" diye bağırdı Domuzcuk. "Bırakın alsın!"

Ralph, çocuğu sonunda kandırdı, denizkabuğunu eline tutuşturdu ama kahkahalar, küçük oğlanın üstüne bir yumruk gibi inmiş, sesini soluğunu kesmişti. Domuzcuk, onun yanında diz çöktü, bir elini büyük şeytanminaresinin üstüne koydu; çocuğu dinleyip, söylediklerini toplantıdakilere aktardı:

"Yılan-gibi-şey konusunda ne yapacağınızı bilmek istiyor."

Ralph güldü. Ötekiler de güldüler Ralph ile beraber. Küçük oğlan büsbütün kendi içine kapandı.

"Anlat bize yılan-gibi-şeyi."

"Bir canavar diyor şimdi de."

"Canavar mı?"

"Yılan-gibi-şeymiş. Koskocamanmış. Onu görmüş.

"Nerede?"

"Ormanda."

Ya şurada burada esen meltemler, ya da güneşin ufukta alçalması yüzünden, biraz serinlemişti ağaçların altı. Bunu hisseden çocuklar, kıpırdadılar tedirginlik içinde.

Ralph, sevecenlikle açıkladı:

"Bu kadar küçük bir adada canavar da olmaz, yılan-gibi-şey de olmaz. Öyle şeyler, ancak büyük ülkelerde olur, Afrika ya da Hindistan gibi yerlerde."

Çocuklar mırıldandılar; ağırbaşlı hallerle başlarını salladılar.

"Canavarın karanlıkta geldiğini söylüyor."

"Karanlıktaysa, göremez ki!"

Hepsi gülüştü, alkışladı.

"Duydunuz mu bunu? Karanlıkta görmüş o şeyi..."

"Ama gördüm diye direniyor. Canavar gelmiş, gitmiş; sonra gene gelmiş, onu yemek istemiş..."

"Düşünde görmüştür bunları."

Herkes gene gülüştü. Ralph, sözlerinin onaylanmasını istercesine çevresindekilere baktı. Büyükçe çocuklar, Ralph gibi düşünüyorlardı. Ama mantıksal güvencelerle yetinemeyen bir kuşku vardı kimi küçüklerin arasında.

"Bir karabasan görmüştür. Sürüngen bitkilerin arasında düşüp kalkarken."

Baş sallayanlar daha da ciddileştiler: Karabasan denilen şeyin ne olduğunu biliyorlardı.

"Canavarı, yılan-gibi-şeyi gördüğünü söylüyor. Bu gece gene gelecek mi diye soruyor?"

"Ama yok ki öyle bir canavar!"

"Yılan-gibi-şey, ağaçlara ip gibi sarılan şeylere dönüşmüş sabahleyin. Dallarda asılı kalmış. Bu gece gene gelecek mi diye soruyor."

"Ama yok ki öyle bir canavar!"

Hiç kimse gülmüyordu artık. Çocuklar, ağırbaşlı hallerle gözetliyorlardı birbirlerini. Ralph, iki elini birden saçlarının arasından geçirdi. Yarı gülerek yarı öfkelenerek, küçük oğlana baktı.

Jack, denizkabuğunu yakaladı:

"Ralph'ın hakkı var elbette. Yılan-gibi-şey yok. Ama bir yılan varsa, biz onu avlarız, öldürürüz. Domuzları avlayacağız, herkes et yiyebilsin diye. Yılanı da ararız..."

"Ama yılan yok ki!"

"Ava çıkınca, bundan emin oluruz."

Ralph, hem içerlemiş hem de yenilmişti o anda. Elle tutulamayacak bir şeye göğüs germek zorunda kaldığını sezdi. Şakalaşmanın ne olduğunu bilmiyordu ona yoğun bir dikkatle dikilen gözler.

"Ama canavar yok ki!"

Varlığından hiç haberi olmadığı bir şey, içinde kabarıyor, yüksek sesle bunu gene söylemeye zorluyordu onu:

"Ama söylüyorum size, öyle bir canavar yok ki!"

Toplantıdakiler susuyorlardı.

Ralph, denizkabuğunu havaya kaldırdı; bundan sonra ne söyleyeceği aklına gelince, keyfi de yerine geldi:

"Şimdi en önemli konuya geldik. Uzun uzun düşündüm. Dağa çıkarken de düşünüyordum."

Jack ile Simon'a "anlarsınız ya" dercesine gülümsedi:

"Demin kumsalda da düşündüm. Düşündüğüm de şu: Biz hoş vakit geçirmek istiyoruz. Bir de bizi kurtarmalarını istiyoruz."

Toplantıdakilerin, gürültülü bir heyecanla bu sözü onaylamaları, bir dalga gibi çarptı Ralph'a. Ne söyleyeceğini unuttu. Bir süre gene düşündü:

"Bizi kurtarmalarını istiyoruz ve kurtarılacağız elbette."

Toplantıya katılanların hepsi, sevinç içinde konuşmaya başladılar. Hiçbir kanıtı olmayan, ancak Ralph'ın yepyeni yetkileriyle desteklenen bu basit söz, herkesin içini aydınlatmış, herkesi mutlu kılmıştı. Ralph, dinlemeleri için denizkabuğunu havada sallamak zorunda kaldı:

"Benim babam deniz kuvvetlerindedir. Artık bilinmeyen ada kalmadı dedi bana. Kraliçenin büyük bir odası varmış, haritalarla dolu. Dünyanın tüm adaları çiziliymiş orada. Demek ki, bu adanın da bir resmi var Kraliçede."

Çocukların sevindiğini, yüreklendiğini gösteren sesler yükseldi.

"Er geç bir gemi gelecek buraya. Hatta belki de benim babamın gemisi gelir. Demek ki, er geç kurtaracaklar bizi."

Asıl söylemek istediği buydu. Bunu söyledikten sonra, bir an durdu. Bu söz sayesinde toplantıdakiler güven içindeydiler şimdi. Onu seviyorlar, ona saygı duyuyorlardı. İçten gelerek el çırpmaya başladılar. İskele biçimindeki büyük kaya çınlıyordu alkış sesiyle. Ralph'ın yüzü kızardı. Onu gizlemediği bir hayranlıkla dinleyen Domuzcuk'a baktı yan yan. Sonra başını çevirip Jack'a baktı. Jack, kendini beğenmişçesine gülümsüyor, "Alkışlamayı ben de bilirim" dercesine el çırpıyordu.

Ralph, denizkabuğunu havada salladı:

"Susun! Bekleyin! Dinleyin!"

Herkes sustuktan sonra, zaferinin kanatlarıyla yücelerek konuşmasını sürdürdü:

"Bir şey daha var. Onların bizi bulmalarına yardımcı olabiliriz. Bir gemi adanın yanından geçerken farkına varmaz bizim burada olduğumuzun. Onun için duman çıkmalı dağın tepesinden. Bir ateş yakmalıyız."

"Bir ateş! Bir ateş yakmalıyız."

Çocukların yarısı ayağa fırlamıştı hemen. Denizkabuğu unutulmuştu. Jack avaz avaz bağırıyordu:

"Hadi, peşimden gelin!"

Hurma ağaçlarının altı gürültü ve hareketle doldu. Ralph, susmaları için bağırıyor, ama kimse duymuyordu ne dediğini. Çocuk kalabalığı, bir dakikada adanın iç kısmına doğru yöneldi; ortadan yok oldu. Jack'ın peşinden gitmişlerdi hepsi. Küçücük oğlanlar bile, yapraklar ve kırık dallarla başa çıkmak için ellerinden geleni yaparak, Jack'ın peşinden gittiler. Ralph, elinde denizkabuğu, baş başa kaldı Domuzcuk ile.

Domuzcuk'un nefes alıp verişi düzenliydi artık. Hor görürcesine konuştu:

"Bebekler gibi!" dedi. "Bir sürü bebek gibi davranıyorlar!"

Ralph kararsız, Domuzcuk'a baktı; denizkabuğunu bir ağaç kütüğünün üstüne koydu.

Domuzcuk, "Evde herhalde çay vaktidir şimdi" dedi. "Acaba ne halt etmeyi tasarlıyorlar dağın tepesinde?"

Domuzcuk, denizkabuğunu saygıyla okşadı. Sonra durdu, başını kaldırdı:

"Ralph! Hey! Nereye gidiyorsun?"

Ralph, uçağın ormanda açtığı yaranın ilk izlerine varmıştı bile. Çatırdayan dalları, kahkahaları duyuyordu çok önlerinde.

Domuzcuk, tiksinircesine seyretti Ralph'ın gidişini.

"Tıpkı bir sürü bebek gibi..."

İçini çekti, eğildi, ayakkabılarının bağlarını bağladı. Yollara düşen toplantının gürültüsü uzaklaştı dağda. Domuzcuk, çocukların saçma sapan taşkınlıklarına ayak uydurmak zorunda kalıp, kurban durumuna düşen bir babanın acılı yüzüyle denizkabuğunu aldı, ormana doğru yöneldi. Uçağın ormanda açtığı yaranın kargaşası içinde kendine yol aradı.

Dağın doruğunun öte yanında, aşağılarda, ağaçlı bir düzlük vardı. Ralph, iki avucunu birleştirerek, bir çanak tutuyormuş gibi yaptı gene:

"İstediğimiz kadar odun bulabiliriz aşağıda."

Jack, evet dercesine başını salladı; alt dudağını parmaklarıyla tutup çekiştirdi. Aşağı yukarı yüz ayak kadar altlarında, dağın en dik yamaçlarından birindeki orman, yakıt olarak özellikle hazırlanmıştı sanki. Rutubetli sıcağın yıprattığı ağaçlar, gereğince toprak bulamadıkları için tam büyüyememişler, vaktinden önce devrilip çürümüşlerdi. Sürüngen bitkiler onların beşiği olmuş; yeni fidanlar, doğrulup büyüyebilmek için bir yol aramışlardı kendilerine.

Jack, üniformalarının kara şapkaları bere gibi yana kaymış, hazır durumda bekleyen koro çocuklarına döndü:

"Bir odun yığını yapacağız. Haydi, gelin."

Aşağı inmeye en uygun olan patikayı buldular. Kütükleri çekmeye koyuldular. Doruğa varan küçük oğlanlar da, bayır aşağı kayıp geldiler. Domuzcuk'tan başka herkes uğraşıp duruyordu. Odunların çoğu öylesine çürümüştü ki, çekince böcekli, küçük parçalara ufalanıyor, darmadağın oluyordu. Ama kimi kütükler tek parça halinde kalmıştı. İşe yarayacak ilk kütüğü, Sam ile Eric adlı ikizler buldu. Ne var ki Ralph, Jack, Simon, Roger ve Maurice gelip kütüğü kaldırıncaya kadar bir şey yapmadılar. Çocuklar, bu çirkin, gülünç, ölü şeyi, ağır ağır kayanın üstüne çekip tepeye devirdiler. Her çocuk grubu, az çok bir katkıda bulundu ve odun yığını yükselmeye başladı. Bir ara Ralph ile Jack, baş başa uğraştılar bir odun parçasıyla ve birbirlerine güldüler bu yükü paylaşırken. Esen meltemlerin, bağırıp çağırmaların, yüksek dağa yandan vuran güneş ışınlarının arasında dostluğun, birlikte bir serüveni yaşamanın, hoşnut olmanın, o gözle görülmeyen garip aydınlığı, o büyüleyici havası, bir kez daha sardı iki çocuğu da.

"Öyle ağır ki, kaldıramayacağız neredeyse."

Jack güldü Ralph'a:

"İkimiz birleşince, ağır olmaz."

Aynı yükü taşımanın çabasında birleşerek, dağın son dik yamacına birlikte tırmandılar sendeleye sendeleye. Birlikte "Bir! İki! Üç!" diye bağırarak, kütüğü paldır küldür odun yığınına devirdiler. Sonra, bir adım geri çekilip, zaferin sevinciyle güldüler. Ralph, gene amuda kalkmak zorunluluğunu duydu. Aşağıda çocuklar hâlâ didinip duruyorlardı. Ancak, odun toplama işine ilgisini kaybeden bazı küçükler, bu yeni ormanda meyve aramaya başlamışlardı. O sırada ikizler, onlardan beklenilmeyen akıllı bir davranışla, dağın doruğuna kucak dolusu kuru yaprak getirip, odun yığınının üstüne boşalttılar. Yığının tamamlandığını birer birer kavrayan çocuklar, gidip aşağıdan odun getirmekten vazgeçtiler, dağın paramparça pembe doruğunda kaldılar. Soluk soluğa değildiler artık; terleri kurumuştu.

Çocuk topluluğu çevrelerinde beklerken, Ralph ile Jack birbirlerine bakakaldılar. Cahilliklerini bilmenin utancı içindeydiler ve bilgisizliklerini nasıl açıklayacaklarını da bilemiyorlardı.

İlk konuşan Ralph oldu; yüzü kıpkırmızıydı:

"Lütfen sen..."

Boğazını temizledi:

"Sen yakabilir misin ateşi?"

Durumun saçmalığı uluorta belirince, Jack'ın da yüzü kızardı. Belli belirsiz bir şeyler homurdanmaya başladı:

"İki değneği birbirine sürtersin. İki değneği..."

Jack, Ralph'a baktı. Ralph ise, beceriksizliğin en son kertesine varmışçasına konuştu:

"Aranızda kibriti olan var mı?"

Roger, "Bir yay yaparsın, okun ucunu da yere dayayıp fırıl fırıl çevirirsin" dedi. Pantomim yaparcasına ellerini birbirine sürttü: "Pısss! Pısss!"

Dağın üstünden hafif bir meltem esti. Bu esintiyle birlikte, sırtında kısa pantolonu ve gömleği, Domuzcuk göründü. Zahmetle, dikkatli dikkatli yürüyerek, ormandan çıktı. Akşam güneşi, gözlüğünün camlarında ışıldıyordu. Denizkabuğu koltuğunun altındaydı.

Ralph, ona seslendi:

"Domuzcuk! Kibritin var mı?"

Dağ yankılarla çınlayıncaya dek, öteki çocuklar da aynı soruyu yinelediler bağıra çağıra.

Domuzcuk, hayır dercesine başını sallayıp, odun yığınına yaklaştı:

"Vay! Amma da çok odun yığmışsınız!"

Jack, ansızın bir şey gösterdi parmağıyla:

"Gözlüğü... Ateşi yakmak için mercek olarak kullanın gözlüğünü!"

Domuzcuk kaçamadan, çevresi sarıldı.

"Bırakın beni!"

Jack, gözlüğünü yüzünden kapınca, Domuzcuk'un sesi yükseldi, müthiş bir korku çığlığına dönüştü:

"Dikkat edin! Verin bana gözlüğümü! Kör gibiyim neredeyse! Denizkabuğunu kıracaksınız!"

Ralph, Domuzcuk'u dirseğiyle itti; odun yığınının yanıbaşında diz çöktü:

"Geri çekil ki, görebileyim."

Bir itişip kakışma, gereksiz bağrışmalar oldu. Ralph, batmak üzere olan güneşin beyaz ve parlak bir görüntüsü, çürük bir odun parçasına yansıyıncaya kadar, gözlüğün camlarını bir ileri bir geri, şuraya buraya tuttu. Hemen yükselen ince bir duman, Ralph'ı öksürttü. Jack da çömelip hafif hafif üfledi. Duman yayıldı, arttı ve küçücük bir alev belirdi. Pırıl pırıl güneş ışığında ilkin neredeyse görülmeyen bu alev, küçük bir dalı sardı, büyüdü, renk renk oldu, irice bir dala erişti. Dal, keskin bir çatırdamayla tutuşuverdi. Alev, uçuşa uçuşa yükseldi, çocuklar "Yaşaaa!" diye bağrıştılar.

Domuzcuk, "Gözlüğüm!" diye uluyordu. "Gözlüğümü verin bana!"

Ralph, odun yığınından uzaklaştı. Domuzcuk'un uzanıp arayan eline verdi gözlüğü. Domuzcuk'un sesi alçaldı, bir homurdanmaya döndü:

"Ancak bulanık lekeler, işte o kadar. Kendi elimi bile zor görüyorum..."

Çocuklar dans ediyorlardı. Odun yığını, öylesine çürük, şu sırada öylesine kupkuruydu ki, koskocaman dallar yukarıya doğru yirmi ayak yüksekliğe salkım saçak fışkıran alevlere tutkuyla teslim oluyordu. Ateşin çevresindeki sıcaklık, çocukların üstüne bir yumruk gibi iniyordu. Havadaki esinti, bir kıvılcım nehri olmuştu. Kütükler ufalanıyor, beyaz bir toza dönüşüveriyordu.

Ralph bağırdı:

"Daha çok odun! Daha çok odun getirin hepiniz!"

Çocukların yaşamı, ateşle yapılan bir yarış halini aldı. Üst yamaçtaki ormana dağıldılar hepsi. Dağın tepesindeki tertemiz bir alev bayrağının dalgalanması biricik amaçlarıydı; bundan başka bir düşündükleri yoktu şimdilik. En küçük oğlanlar bile, meyvelerin çekiciliğine kapılmadıkları sıralarda, ufak odun parçaları getiriyorlar, ateşe atıyorlardı. Esintiler biraz daha hızlandı, hafif bir rüzgâr çıktı. O zaman ateşin rüzgâr altı yanıyla rüzgârlı yanı, kesinlikle ayrıldı birbirinden. Rüzgârlı yanda hava serindi; ama rüzgâr altı yanda, ateş yabansı bir kol gibi uzanıyor, çocukların saçlarının uçlarını kavuruveriyordu dakikasında. Terli yüzlerinde akşam rüzgârını hissedenler, bu serinliğin keyfini sürmek için bir an duraklıyorlar, bitik olduklarının farkına varıyorlardı o zaman. Ve paramparça kayalıkların arasındaki gölgeli yerlere atıyorlardı kendilerini. Salkım saçak alev hızla küçüldü; sonra odun yığını, kül gibi hafif bir ses çıkararak çöktü. Kıvılcımlar kocaman bir ağaç gibi yükseldi, yan yattı, rüzgâra kapılıp dağıldı. Köpekler gibi yerde soluk soluğaydı çocuklar.

Ralph, başını kollarının üstünden kaldırdı:

"İşe yaramadı bu."

Roger, becerikli haller takınarak sıcak tozlara tükürdü:

"Ne demek istiyorsun yani?"

"Hiç duman yoktu. Ancak alev vardı."

Domuzcuk, iki kaya arasında bir köşeye yerleşmiş, kucağında denizkabuğu, oturuyordu.

"İşe yarayacak bir ateş yakamadık" dedi. "Böyle bir ateşin sönmesini engelleyemeyiz, ne kadar uğraşırsak uğraşalım."

Jack, Domuzcuk'u küçümsercesine konuştu:

"Sanki sen çok uğraştın da! Oturup durdun sadece."

Simon, kolunu yüzüne sürüp yanağına kara bir leke yayarak, "Gözlüğünü kullandık" dedi. "O da böyle yardım etti bize."

Haklı bir öfkeye kapılan Domuzcuk, "Denizkabuğu bende" dedi. "Bırakın da ben konuşayım."

Jack, "Denizkabuğu dağın tepesinde geçerli değil" dedi. "Onun için kapat çeneni."

"Denizkabuğu benim elimde."

Maurice, "Ateşe yeşil dallar atmalı," dedi. "Duman yapmanın en iyi yolu budur."

"Denizkabuğu bende..."

Jack, hışımla döndü:

"Sen çeneni kapatacak mısın!"

Domuzcuk sindi. Ralph, denizkabuğunu Domuzcuk'un elinden aldı; etrafında halkalanan çocuklara baktı:

"Ateşle uğraşacak belirli kişiler olmalı. Oralara bir gemi gelebilir herhangi bir gün." Elini kaldırıp, gergin bir tel gibi çevrelerini saran ufku gösterdi. "Eğer hep işaret verebilirsek, o zaman gelirler, bizi alıp götürürler. Bir şey daha var: Daha çok kurallarımız olmalı. Denizkabuğu neredeyse, orada toplantı var demektir. İster aşağıda olsun, ister burada."

Çocuklar bunu doğru buldular. Konuşmak için ağzını açan Domuzcuk, Jack'ın ona baktığını görünce, gene ağzını kapadı. Jack, denizkabuğunu almak için elini uzattı. Ayağa kalktı; bu güzel ve çabucak kırılabilecek şeyi, isten kararmış ellerinde dikkatle tuttu:

"Ben de Ralph'tan yanayım. Kurallarımız olmalı ve bu kurallara uymalıyız. Ne de olsa, vahşiler değiliz biz. Biz İngiliziz ve İngilizler her şeyi en iyi biçimde yaparlar. Demek ki, doğru olanı yapmalıyız bizler de."

Ralph'a doğru yürüdü:

"Ralph... Koromu... yani avcılarımı gruplara böleceğim. Ateşin hep yanmasından biz sorumlu olacağız."

Çocuklar, yer yer alkışladılar bu ulu gönüllü davranışı. Jack, onlara gülümsedi; sonra, sessizce dinlesinler diye, denizkabuğunu havada salladı:

"Şimdi ateşi bırakacağız, sönsün. Zaten geceleyin kim görecek dumanı? Canımız isteyince, gene yakarız. Alto sesliler, bu hafta sizler bakacaksınız ateşe; gelecek hafta da soprano sesliler..."

Toplantıdakiler, ağırbaşlı hallerle onayladılar bu sözleri.

"Denizi gözetlemek işinden de biz sorumlu olacağız. Oralarda bir gemi görürsek..."

Herkesin gözü, Jack'ın kemikli kolunun işaret ettiği yöne çevrildi.

"Yeşil dallar atacağız ateşe. O zaman daha çok duman çıkar."

Çocuklar, bir geminin küçücük biçimi sanki her an beliriverecekmiş gibi, ufkun koyu maviliklerine baktılar yoğun bir dikkatle.

Batıda güneş, tutuşmuş bir altın damlasıydı; gittikçe dünyanın kenarına kayıyordu. Akşamın bitmesiyle birlikte, aydınlıktan yoksun kalacaklarını, ısınamayacaklarını anlayıverdiler ansızın.

Roger, denizkabuğunu aldı; kasvetli gözlerle baktı çocuklara:

"Ben denizi gözetledim hep. Gemi filan yok. Belki hiçbir zaman kurtaramayacaklar bizi."

Hafif bir mırıltı yükseldi; sonra dağılıp yok oldu. Ralph, denizkabuğunu gene aldı:

"Daha önce de söyledim bunu; günün birinde kurtarılacağız. Ancak, beklememiz gerek; işte bu kadar."

Domuzcuk öfke içinde, meydan okurcasına kaptı denizkabuğunu:

"Bunu söyleyen bendim. Toplantılar yapalım diyen de bendim; başka şeyler söyleyen de. Ama sonra sizler, bana kapat çeneni dediniz."

Domuzcuk'un sesi yükseldi, kendini erdemli bilip başkalarından yakınanların sızlanmasına döndü. Çocuklar kıpırdandılar, Domuzcuk'u susturmak için bağırıp çağırmaya başladılar.

"Küçük bir ateş istediğinizi söylediniz, sonra gittiniz bir ot yığını gibi koskocaman bir odun yığını yaptınız. Ben bir şey söylersem..."

Domuzcuk, acı gerçekleri dile getiriyordu şimdi:

"Kes sesini diyorsunuz. Ama Jack, Maurice ya da Simon bir şey söyleyince..."

Domuzcuk, kıyametleri koparan çocukların arasında sözünü kesti. Ayakta, daha ötelere, dağın düşman yamacına, odun topladıkları yerin bulunduğu kocaman lekeye gözlerini dikti. Sonra öyle garip garip güldü ki, herkes sustu; Domuzcuk'un gözlüğünün ışıldayan camlarına hayretler içinde bakakaldı. Çocuklar, bu tatsız şakanın ne olduğunu anlamak için, Domuzcuk'un baktığı yere çevirdiler gözlerini.

"Pek güzel yanıyor sizin o küçük ateşiniz."

Kurumuş ya da kurumak üzere olan ağaçları saran sürüngen bitkilerin arasından, oradan buradan duman yükseliyordu. Çocuklar bakarken, incecik bir fidanın kökünde ateş parladı. Sonra duman çoğaldı. Küçük alevler bir ağacın kütüğünü sardı, yapraklarla ince dalların arasına sızdı, bölündü, büyüdü. Alev, başka bir ağacın gövdesine yanaştı, ışık saçan bir sincap gibi tepesine tırmandı. Duman arttı, dağıldı, yuvarlana yuvarlana yayıldı. Ateşten sincap, rüzgârın kanatlarıyla yukarıya doğru sıçradı; bir ağaca yapıştı, aşağıya doğru inerek ağacı yuttu. Yangın, yaprakların ve dumanın kara örtüsü altında, ormana el koydu, onu kemirmeye başladı. Kara ve sarı kocaman duman bulutları, sürekli olarak denize doğru yuvarlanıyordu. Alevleri ve yangının karşı koyulmaz gücünü gören çocuklar, heyecanlı tiz seslerle sevinç çığlıkları attılar. Sanki yabancı bir canlılığı vardı alevlerin. Bir jaguar, karnının üstünde sürüne sürüne usulcacık nasıl ilerlerse, alevler de tıpkı aynı biçimde, pembe kayanın kenarında yükselen ve huş ağacını andıran bir sıra fidana doğru ilerlediler. Kanatlarıyla çarptılar ilk ağaca. Dallarda, kısa ömürlü ateşten topaklar belirdi. Alevin özü, ağaçlar arasındaki boşluktan çevik bir hareketle sıçradı, parlaya parlaya bir fidandan ötekine atladı, bütün sırayı sardı. Zıp zıp sıçrayan oğlanların altında, bir çeyrek millik orman, duman ve alev saçarak kudurdu. Yangının çeşitli gürültüleri birleşti, tüm dağı sanki temelinden sarsan bir davul sesine döndü.

"Pek güzel yanıyor sizin o küçük ateşiniz."

Ralph irkildi; aşağıda özgür bırakılan gücün karşısında dehşete düşmeye başlayan çocukların, artık kımıldamadıklarını, sustuklarını gördü. Bunu sezen, aynı dehşeti duyan Ralph, öfkeye kapıldı.

"Of! Kapat çeneni!"

Domuzcuk, gücenmiş bir sesle, "Denizkabuğu bende" dedi. "Konuşmaya hakkım var."

Çocuklar, boş gözlerle Domuzcuk'a baktılar; davul seslerine kulak kabarttılar. Domuzcuk sinirli sinirli, aşağıdaki cehenneme bir göz attı; denizkabuğunu bağrına bastı:

"Şimdi kendi kendine sönmesini beklemek zorundayız. Oysa bizim yakıtımızdı orası."

Domuzcuk diliyle dudaklarını ıslattı:

"Yapabileceğimiz hiçbir şey yok. Daha dikkatli olmalıyız. Ben korkuyorum..."

Jack, gözlerini yangından ayırdı zorla:

"Sen hep korkarsın. Yuh sana şişko!"

Domuzcuk, "Denizkabuğu bende," dedi donuk bir sesle.

Dönüp Ralph'a baktı:

"Denizkabuğu bende değil mi, Ralph?"

Ralph kendini zorladı; bu görkemli, bu korkunç görüntüden gözlerini ayırdı:

"Ne oluyor?"

"Denizkabuğu. Benim konuşmaya hakkım var."

İkizler, aynı anda fıkır fıkır güldüler.

"Duman istiyorduk..."

"Buna bak..."

Adanın millerce açıklarına uzanan bir tabut örtüsüydü duman. Domuzcuk'dan başka, çocukların hepsi gülüşmeye başladılar. Çığlık çığlığa kahkahalar atıyorlardı çok geçmeden.

Domuzcuk, fena halde kızdı:

"Denizkabuğu bende! Beni dinleyin! Aşağıda, kumsalda barınaklar yapmamız gerekirdi ilk iş olarak. Geceleyin oraları oldukça soğuk. Ama Ralph ateş lafını eder etmez, bu dağa koştunuz bağıra çağıra. Tıpkı bir sürü bebek gibi!"

Çocuklar, bu söylevi dinlemeye başlamışlardı artık.

"İlk yapılması gereken şeyleri hemen yapmazsanız, gerektiği gibi davranmazsanız, gelip sizi kurtaracaklarını ummaya ne hakkınız var."

Domuzcuk gözlüğünü çıkardı, denizkabuğunu bırakacak gibi oldu. Ama büyükçe oğlanların çoğu denizkabuğunu kapmak için hemen davranınca, onu kolunun altına sıkıştırdı, çömelip bir kayaya yaslandı:

"Buraya varınca da, keyfiniz için hiç işe yaramayan bir ateş yaktınız. Adayı olduğu gibi tutuşturdunuz. Adanın her bir yanı yanarsa, halimiz pek hoş olmaz mı? Pişmiş meyve yeriz o zaman; bir de domuz rostosu! Hiç de gülünecek şeyler değil söylediklerim! Ralph şefimizdir dediniz, ama Ralph'ın düşünmesine vakit bırakmıyorsunuz. O bir şey söyler söylemez, fırlayıp koşuyorsunuz dakikasında, tıpkı, tıpkı..."

Domuzcuk, soluk almak için durdu. Yangın, yabansı bir hayvan gibi homurdandı çocuklara.

"İş bu kadarla da bitmiyor. O küçükler. O küçücük oğlanlar. Onlara hiç aldıran var mı? Kim biliyor onların kaç tane olduğunu?"

Ralph, ansızın bir adım attı ileri:

"Ben sana söylemiştim. Adlarını al, bir liste yap, demiştim."

Domuzcuk, haklı bir öfkeyle bağırdı:

"Nasıl alabilirdim ki! Tek başıma nasıl alabilirdim? O küçükler, iki dakika bekliyorlardı. Sonra denize düşüyorlardı; ormana gidiyorlardı, dört bir yana dağılıyorlardı. Hangisinin hangisi olduğunu ben nereden bileceğim?"

Ralph, solgunlaşan dudaklarını diliyle ıslattı:

"Demek bilmiyorsun kaç kişi olmamız gerektiğini?"

"Nereden bileceğim, o küçükler böcekler gibi şuraya buraya koşuşurken? Sonra siz üçünüz geri dönüp de ateş lafı eder etmez, hepsi kaçtı; bir fırsat geçmedi elime..."

Ralph, denizkabuğunu kaptığı gibi, "Yeter!" dedi sert bir sesle. "Fırsat geçmediyse geçmedi!"

"Üstelik de buraya gelip gözlüğümü aşırıyorsunuz..."

Jack, öfkeyle baktı Domuzcuk'a:

"Kes sesini sen!"

"O küçükler, aşağılarda, yangının olduğu yerde dolaşıp duruyorlardı. Hâlâ orada olmadıklarını nereden biliyorsun?"

Domuzcuk ayağa kalktı, dumanlarla alevleri gösterdi parmağıyla. Oğlanlar bir şeyler mırıldanıp, sustular. Garip bir şey oluyordu Domuzcuk'a. Nefes alamıyordu.

"O küçük" dedi tıkanarak, "yüzünde leke olan küçük. Onu göremiyorum. O nerede şimdi?"

Bir ölüm sessizliği çöktü çocukların üstüne.

"Yılanlardan söz eden küçük. Aşağıdaydı..."

Yangında bir ağaç bomba gibi patladı: Upuzun sürüngen bitkiler havaya fırladılar bir an için; can çekiştiler, sonra düştüler gene. Bunu gören küçük oğlanlar bağrıştılar:

"Yılanlar! Yılanlar! Yılanlara bakın!"

Hiç kimse farkına varmadan güneş batıda iyice alçalmış, denizin birkaç parmak üstünde kalmıştı. Alttan gelen kızıl bir ışık, çocukların yüzüne vuruyordu. Domuzcuk, bir kayanın üstüne yığıldı; iki eliyle sıkı sıkı sarıldı kayaya:

"Yüzünde bir leke olan... o küçücük... nerede... nerede şimdi. Onu göremiyorum diyorum size."

Çocuklar, korkuyla birbirlerine baktılar. İnanmak istemiyorlardı.

"O nerede şimdi?.."

Ralph utanmış gibi mırıldandı:

"Belki geri dönmüştür oraya, şeye..."

Aşağılarda, dağın çocuklara düşman olan yamacında, yangının davulları gümleyip duruyordu.

3

Kumsalda Kulübeler

Jack iki büklümdü. Yarışa başlamak üzere olan bir koşucu gibiydi. Burnu, nemli toprağa değdi değecek. Tepesindeki ağaç gövdeleri ve bunlara sarılan sürüngen bitkiler, otuz ayak yukarılarda, yeşil bir alacakaranlık içinde yok oluyorlardı. Fundalık, çepeçevre sarmıştı Jack'ı. Domuzların buradan geçtiğini gösteren bir iz yoktu neredeyse. Kırılan bir dal, belki de toprakta bir toynağın yarısının biçimi vardı ancak. Jack çenesini göğsüne dayadı, onları konuşmaya zorlamak istercesine, dik dik baktı bu izlere. Sonra ellerini toprağa dayadı; böyle dört ayak üstünde yürümenin rahatsızlığına aldırmadan, bir köpek gibi beş yarda ilerleyip durdu. Orada halka biçimini alan bir sürüngen bitki gözüne ilişmişti. Bu halkanın içinden atlayıp geçen domuzlar, sert kıllarını sürte sürte, bitkinin bir boğumundan sarkan filizin altını cilalamışlardı sanki.

Çömelen Jack, bir ipucu saydığı bu filize iyice yaklaştırdı yüzünü; sonra ileriye, bitkiler arasındaki alacakaranlığa baktı. Kızılımtrak sarı saçları, adaya ilk düştükleri sırada olduğundan, hem bir hayli daha uzun, hem de daha açık renkti şimdi. Çıplak sırtında bir yığın koyu çiller ve derisi soyulan güneş yanıkları vardı. Sağ elinde tuttuğu, aşağı yukarı beş ayak uzunluğunda ucu sivrilmiş sopayı yerde sürüklüyordu. Bıçağının asılı olduğu kemerle beline tutturulan paramparça bir şorttan başka bir şey yoktu üstünde. Gözlerini kapadı, başını kaldırdı; burun deliklerini yana doğru açarak, ılık hava akımından bilgi edinmek istercesine, hafif hafif içine çekti havayı. Jack da, orman da hiç kıpırdamıyordu.

Sonunda Jack, uzun uzun iç çeker gibi, nefesini koyuverdi, gözlerini açtı. İstediğini yapamamanın hırsı içinde, pırıl pırıl mavi gözleri şimşekler çakıyor, bir delinin gözlerini andırıyordu neredeyse. Diliyle kupkuru dudaklarını ıslattı, uzun uzun inceledi sır vermeyen ormanı. Sonra usulcacık gene ilerledi, gözlerini yere dikti, bir o yana bir bu yana baktı.

Sıcaktan da daha bunaltıcıydı ormanın sessizliği. Günün bu saatinde, böceklerin vızıltısı bile duyulmuyordu. Ancak Jack, alacalı bulacalı bir kuşu, küçük değneklerle yapılmış ilkel bir yuvadan kaçırınca, sessizlik paramparça oldu ve çok eski çağların uçurumundan yükselmişe benzeyen haşin bir çığlık, ormanda yankılandı. Bu çığlığı duyunca, Jack da irkildi, nefesi daralıyormuş gibi bir ses çıktı gırtlağından. Bir avcıdan çok, ağaçların kargaşası arasında ürküp kalan maymunumsu bir yaratığa benzedi bir an için. Sonra, domuzları izlemek kaygısı, istediğini gerçekleştirememenin tedirginliği ağır bastı; aç gözlerle ipucu aradı toprakta. Kurşuni gövdesinden soluk renkli çiçekler çıkan bir ağacın yanında durdu, gözlerini kapadı, yeniden içine çekti ılık havayı. Ve bir ara tıkanır gibi oldu, hatta yüzü sarardı. Sonra kanı gene düzenli akmaya başladı. Ağacın karanlığı altında, bir gölge gibi süzüldü, çömeldi, ayaklarının dibindeki çiğnenmiş toprağa baktı.

Domuzların tersi henüz soğumamıştı. Zeytin yeşili ve pürüzsüz olan bu domuz pisliği, altüst edilen toprağa yığılmış, hafif hafif tütüyordu. Jack başını kaldırdı, domuzların geçtiği yeri kaplayan sürüngen bitkilerin gizemli yığınına dikti gözlerini. Sonra mızrak olarak kullandığı sopayı havaya kaldırdı, usulcacık ilerledi. Sürüngen bitkilerin ötesinde, domuzların geçidi başlıyordu. İyice ezilen toprak bir hayli geniş olduğu için, burası bir patika sayılabilirdi. Domuzlar koşa koşa hep buradan geçtiklerinden, toprak sertleşmişti. Jack doğrulunca, bir şeyin kımıldadığını gördü. Sağ kolunu geriye salladı, mızrağı olanca gücüyle fırlattı. Domuzların geçidinden, toynakların hızlı hızlı, sert sert toprağa vuruşu duyuldu. İnsanı baştan çıkaran, deliye döndüren bir kastanyet sesini andırıyordu bu; "yakında et yiyeceksin, söz veriyorum sana" diyordu bu ses. Jack, bitkilerin arasından fırladı, mızrağını kaptı. Domuzun ayak sesleri, uzaklaşıp duyulmaz oldu.

Jack orada kalakaldı, kan ter içinde; kahverengi toprağa bulanmıştı. Sabahtan akşama kadar av peşinden koşmanın, kimi zaman umut veren, kimi zaman hayal kırıklığına uğratan değişik olayların, sanki damgasını taşıyordu üstünde. Domuzu izlemekten vazgeçti küfrede ede. Ormanın ağaçları biraz seyrekleşinceye kadar; karanlık bir damı destekleyen çıplak ağaç gövdelerinin yerini, açık kurşuni renkte gövdeler ve tüylü hindistancevizi ağaçlarının kümeleri alıncaya kadar ilerledi. Denizin madensi ışıltısını gördü, çocukların seslerini duydu bunların ötesinde. Ralph, hurma ağaçlarının gövdelerinden ve yapraklarından yapılmış, lagüne bakan, kaba saba, neredeyse yıkıldı yıkılacak bir barınağın yanında duruyordu. Jack'ın ona bir şey söylediğinin farkına varmadı.

"Suyun var mı?"

Kaşlarını çatmış, çapraşık yaprakları inceleyen Ralph, Jack'a bakarken bile onu görmüyordu sanki.

"Suyun var mı dedim. Susadım."

Ralph, gözlerini barınaktan ayırdı. Jack'ın geldiğinin farkına vardı:

"A! Merhaba. Su mu? Orada ağacın yanında. Herhalde kalmıştır biraz."

Jack, gölgeye serilmiş içi su dolu hindistancevizi kabuklarından birini aldı, içti. Su, çenesine, boynuna, göğsüne döküldü. İçtikten sonra, gürültülü bir nefes aldı:

"Çok susamıştım."

Barınağın içinden Simon'un sesi duyuldu:

"Biraz kaldır."

Ralph, tuğla yerine her bir yanı yapraklarla örtülü bir dalı, barınağın üstünden kaldırdı.

Yapraklar düştü, uçuşarak yere döküldü. Açılan delikten, Simon'un üzgün ve pişman yüzü görüldü:

"Kusuruma bakma."

Ralph, hoşnut olmayan gözlerle seyretti yıkıntıyı:

"Hiç yapamayacağız bu barınağı."

Jack'ın ayaklarının dibinde kendini yere attı. Simon, barınağın tepesindeki delikten başını çıkarmış, bakakalmıştı. Ralph, yattığı yerden açıkladı:

"Günlerdir çalışıyoruz ama bak şunun haline!"

Pek sağlam görünmemekle beraber, iki barınak dikilmişti. Üçüncüsüyse, bir yıkıntıydı.

"İkide bir de kaçıp gidiyorlar. Toplantıyı hatırladın mı? Barınaklar bitinceye kadar, sözde sıkı çalışacaktı herkes."

"Ben ve benim avcılarım dışında, herkes."

"Avcılar dışında herkes. Ama küçükler..."

Ralph, elini kolunu salladı, gerekli sözcüğü aradı:

"Bir şey beklenmez onlardan. Daha büyük olanlarda da iş yok. Anladın mı? Sabahtan akşama kadar, Simon ile ben didindik durduk. Hiçbiri yoktu ortada. Denize girmek için, yemek için, oynamak için basıp gidiyorlar."

Simon, dikkatle başını çıkardı delikten:

"Şef sensin. Azarla onları."

Ralph sırtüstü yattı, hindistancevizi ağaçlarına ve gökyüzüne baktı:

"Toplantılar! Amma da bayılırız toplantılara! Tanrının günü toplantı olsun. Günde iki kez toplantı olsun. Konuşup duralım..." Dönüp dirseğine yaslandı: "Bahse girerim ki, şimdi denizkabuğunu öttürsem, koşa koşa gelirler hemen. Hepimiz ağırbaşlı haller takınırız. Biri kalkıp der ki, bir jet uçağı yapalım, ya da bir denizaltı, ya da bir TV alıcısı. Toplantı bittikten sonra, beş dakika çalışırlar; sonra gene basıp giderler ya da ava çıkarlar."

Jack'ın yüzü kızardı:

"Et istiyoruz."

"Öyle ama henüz et yok ortada. Barınak da istiyoruz. Üstelik senin avcılarının hepsi saatlerce önce döndüler. Yüzüyorlardı."

Jack, "Ben yolumda gittim" dedi. "Onları bıraktım, dönsünler. Ama ben, yolumda gitmek zorundaydım. Ben..."

İzleyip yakalamak ve öldürmek tutkusunu, onu kemiren bu tutkuyu dile getirmek istedi:

"Ben yolumdan gittim. Sandım ki, tek başıma olursam..."

Gene çıldırır gibi oldu gözleri:

"Öldürebilirim sandım."

"Ama öldüremedim."

"Öyle sandım."

Ralph'ın sesinde de gizli bir tutku titredi:

"Ama henüz öldüremedin."

İçinde saklı bir anlam taşımasaydı, gelişigüzel bir söz sayılabilirdi Ralph'ın şimdi yaptığı çağrı:

"Barınakların yapılmasında yardımcı olmak istemezsin herhalde?"

"Bize et gerek."

"Ama et yok ortada."

İki çocuk arasındaki çatışma, seslerine yansımıştı artık.

"Ama öldüreceğim. Bu mızrağın ucuna sivri bir kanca takmalıyım. Bir domuzu yaraladık ama mızrak sırtına saplı kalmadı. Kancalar yapabilsek..."

"Bize barınaklar gerek."

Jack, kudurmuşçasına bağırdı ansızın:

"Beni suçluyor musun?.."

"Sadece çok çalıştığımızı söylüyorum, işte o kadar."

İkisinin de yüzü kızarmıştı; göz göze gelmekte güçlük çekiyorlardı. Ralph yuvarlanıp yüzükoyun yattı, otlarla oynamaya başladı:

"Buraya ilk düştüğümüz sırada olduğu gibi yağmur yağarsa, barınacak yerler gerekecek bize. Sonra şunu da unutmamalı. Şey... şeyden ötürü de barınak gerek bize..."

Ralph, durakladı. İkisi de öfkelerini bir yana ittiler. Artık konu değişmiş, tehlikesiz olmuştu. Ralph konuşmasını sürdürdü:

"Farkındasın, değil mi?"

"Neyin?"

"Korktuklarının."

Ralph, yattığı yerde döndü, Jack'ın yabansı kirli yüzüne baktı:

"Yani durumdan ötürü demek istiyorum. Düşler görüyorlar. Söyledikleri duyuluyor. Sen geceleyin uyanıyor musun hiç?"

Jack, hayır dercesine başını salladı:

"Sayıklayıp bağırıyorlar küçükler. Hatta büyükler bile. Sanki..."

"Sanki burası iyi bir ada değilmiş gibi."

Sözleri kesildiği için şaşakalıp, Simon'un ağırbaşlı yüzüne baktılar.

"Sanki" dedi Simon, "sanki canavar... canavar ya da yılan-gibi-şey gerçekten varmış gibi. Hatırladınız mı?"

Simon'dan daha büyük olan Ralph ile Jack, ayıp sayılan yılan sözünü duyunca, irkildiler. Yılan sözü edilmiyordu artık; edilemezdi de.

"Sanki burası iyi bir ada değilmiş gibi" dedi Ralph ağır ağır. "Evet, doğru söylüyor."

Jack oturup, bacaklarını uzattı:

"Kafadan kontak onlar."

"Keçileri kaçırmışlar. Keşfe gittiğimiz zaman hatırlıyor musunuz?"

İlk günün büyüleyici güzelliğini anımsayıp, göz göze güldüler.

"Bize barınak gerek" dedi Ralph, "bir çeşit... bir çeşit şey olarak..."

"Yuva olarak."

"Evet, tamam."

Jack, bacaklarını karnına doğru çekti, kollarını dizlerine doladı; daha açık seçik düşünebilmek çabasıyla, kaşlarını çattı:

"Gene de... ormanda. İnsan ava çıkmışken... Meyve toplarken aynı şey değil elbette; ama tek başınayken..."

Jack sustu bir an; Ralph'ın onu ciddiye alıp almayacağını bilemiyordu.

"Devam et."

"Ama çıkmışken, kimi zaman farkına varmadan, sanki..."

Jack birden kızardı:

"Bunun aslı yok elbette. Bir duygu ancak. Ama sanki sen avlamıyorsun da... seni avlıyorlar. Sanki biri var, senin hep peşinden gelen."

Gene sustular. Simon, yoğun bir dikkat içindeydi. Ralph inanmıyor, biraz öfkeleniyordu. Oturdu, kirli eliyle omuzunu ovdu:

"Bilmem ki..."

Jack ayağa fırladı, çabuk çabuk konuştu:

"Eh işte, ormanda bunları duyabiliyor insan. Aslı yok bunların elbette. Ama... ama..."

Jack, kumsala doğru hızla bir iki adım attı; sonra geri döndü:

"Ama ben biliyorum onların neler duyduğunu. Anladın mı? İşte bu kadar?"

"Yapabileceğimiz en doğru şey, bizi kurtarmalarını sağlamak."

Kurtarılmanın ne olduğunu anımsayabilmek için, Jack'ın bir saniye düşünmesi gerekti:

"Bizi kurtarmaları mı? Evet, elbette. Ama bir domuz yakalamak isterdim kurtarılmadan önce..."

Jack, mızrağını kaptığı gibi fırlatıp yere sapladı. Gene donuk donuk, deli deli olmuştu gözleri. Ralph, karmakarışık sarı saçlarının arasından, onu eleştirircesine süzdü:

"Yeter ki, senin avcıların ateşi unutmasınlar..."

"Şimdi başlarım sana da ateşine de..."

İki çocuk, kumsala doğru koştular; suyun kenarında durup, pembe dağa baktılar. İnce bir duman, gökyüzünün yoğun maviliğini bir tebeşir izi gibi çiziyor, dalgalanarak yukarılara doğru yükseliyor ve yok oluyordu. Ralph kaşlarını çattı:

"Acaba ne kadar uzaklardan görülebilir bu?"

"Millerce uzaklardan."

"Yeterince duman çıkartamıyoruz."

Çocukların baktığının farkındaymış gibi, dumanın alt kısmı hafif kalınlaştı, krem rengi bulanık bir lekeye döndü, güçsüz duman sütununa sarıldı, yukarılara doğru tırmandı.

Jack, "Ateşe yeşil dallar attılar" diye homurdandı. "Acaba..."

Gözlerini kıstı, tüm ufku tarayabilmek için hızla döndü:

"Tamam!"

Jack, öyle bir bağırış bağırmıştı ki, Ralph sıçradı:

"Ne? Nerede? Bir gemi mi?"

Ama Jack, adanın yassı kısmına inen dik yamaçları gösteriyordu parmağıyla:

"Elbette! Orada yatıp duruyorlardır. Yatmaları gerek, güneş fazla kızgın olunca..."

Şaşkına dönen Ralph, Jack'ın heyecanlı yüzüne bakakaldı.

"Yukarılara çıkıyorlar. Ta yukarılara. Sonra, hava çok sıcak olunca, bizim memleketteki inekler gibi, serinliyorlar gölgeli yerlerde..."

"Bir gemi gördüğünü sanmıştım!"

"Usulcacık gidip onları yakalayabiliriz. Yüzlerimizi boyayabiliriz görmesinler diye... Onları kuşatabiliriz belki o zaman..."

Ralph, öfkeden kendini kaybetti:

"Ben dumandan söz ediyordum! Yoksa kurtulmak istemiyor musun sen? Domuzlar, domuzlar, domuzlar! Başka laf edemiyorsun!"

"Ama bize et gerek!"

"Ben bütün gün çalışıp duruyorum. Simon'dan başka yardım eden yok. Kulübelerin farkında bile değilsin sen!"

"Ben de çalışıyorum."

"Ama sen o işten hoşlanıyorsun!" diye bağırdı Ralph. "İsteye isteye ava gidiyorsun. Oysa ben..."

Apaydınlık kumsalda göz göze geldiler. İkisi de şaşıyordu böylesine çatışmalarına. Başını ilk çeviren Ralph oldu. Kumda oynayan küçüklerle ilgilenir gibi yaptı. İskele biçimindeki büyük kayanın ötesinden, yüzme havuzundaki avcıların bağırıp çağırmaları geliyordu. Kayanın ucunda, yerde yüzükoyun yatan Domuzcuk, suya bakmaktaydı.

"Pek yardım etmiyorlar insana."

Ralph açıklamak istiyordu; hiç kimsenin tam sanıldığı gibi olmadığını anlatmak istiyordu.

"Simon... O yardım eder."

Parmağıyla barınakları gösterdi.

"Ötekilerin hepsi fırlayıp gittiler. O benim kadar çok çalıştı. Ama..."

"Her zaman el altındadır Simon."

Ralph, yanında Jack, barınaklara geri döndü.

"Biraz sana yardım edeyim" diye homurdandı Jack. "Sonra suya girerim."

"Zahmet etme."

Ama barınaklara varınca, Simon'un ortada olmadığını gördüler. Ralph, barınağın tepesindeki deliğe başını sokup baktı; sonra Jack'a döndü:

"Basıp gitmiş."

"Bıkmıştır" dedi Jack. "Yıkanmaya gitmiştir."

Ralph kaşlarını çattı:

"Simon gariptir. Acayiptir o."

Jack, bir konuda Ralph ile aynı görüşte olabileceğini göstermek amacıyla, evet dercesine başını salladı. Birbirlerine bir şey söylemeden, barınağı bıraktılar, yüzme havuzuna doğru yöneldiler.

"Sonra" dedi Jack, "yıkandıktan ve bir şey yedikten sonra, dağın öteki yanına gideceğim, bir ipucu var mı diye bakacağım. Sen de gelir misin?"

"Ama güneş battı batacak!"

"Vaktim olur belki..."

Yan yana yürüdüler. Ayrı ayrı yaşantıları, ayrı ayrı duyguları olan iki kıta gibiydiler; bir ilişki kurulamıyordu aralarında.

"Bir domuz yakalayabilsem!"

"Geri dönüp barınakla uğraşacağım gene."

İki çocuk, sevgiyle kin arasında bocalayarak, şaşkın şaşkın birbirlerine baktılar. Yüzme havuzunun ılık tuzlu suları, bağırıp çağrışmalar, su sıçratmalar, gülüşmeler, zor bela yetti onları yeniden birleştirmeye.

Yüzme havuzunda bulacaklarını sandıkları Simon, orada değildi.

Ralph ile Jack, dağı görmek için deniz kıyısına koşunca, Simon birkaç adım onların peşinden gitti, sonra durdu. Kaşlarını çatarak, bir çocuğun küçük bir ev ya da bir kulübe haline sokmak istediği kum yığınına bakakaldı. Sonra döndü, nereye gittiğini bilircesine ormana daldı. Simon ufak tefek, sıska, sivri çeneli bir oğlandı. Gözleri öyle ışıl ışıldı ki, Ralph aldanmış, onu neşeli ve sevimli bir yaramaz sanmıştı. Kalın telli bir yığın kara saç öne doğru dökülüyor, alçak ve enli alnını neredeyse örtüyordu. Şortundan arta kalan paçavralar vardı üstünde. Jack gibi o da yalınayaktı. Zaten esmerce olan terle cilalanmış tenini, güneş iyice koyulaştırmıştı.

Simon, uçağın bıraktığı yara izinden yürüdü; ilk sabah Ralph'ın tırmandığı büyük kayanın yanından geçti, sonra ağaçların arasında sağa döndü. Buralarda yürümeye alışık adımlarıyla, en küçük bir çaba harcamaya yanaşmayanların bile, kolayca ama doymadan yiyebileceği meyveler veren ağaçların altında ilerledi. Dönümlerce yer kaplayan bu ağaçların dallarında, hem çiçek hem de meyve vardı ve olgun meyveleri güzel kokusu, çiçeklere dadanan milyonlarca arının vızıltısı, her bir yana yayılmıştı. Simon'un peşinden koşan küçükler, burada yetiştiler ona. Konuştular, bağıra çağıra anlaşılmayan sözler söylediler. Simon'u ağaçlara doğru sürüklediler. Simon, akşam güneşi aydınlığında, arıların gürültüsü içinde, erişemeyecekleri meyveleri bulup onlara verdi. Yaprakların örttüğü en güzel meyveleri kopardı, uzanan sayısız ellere dağıttı onları. Küçükleri doyurduktan sonra, durup çevresine göz gezdirdi. Küçükler, iki ellerinde avuç dolusu meyve, sır vermeyen gözlerle ona bakıyorlardı.

Simon küçüklerden uzaklaştı, ancak iyice dikkat edilince görülebilen bir patikada yürüdü. Çok geçmeden cengel ağaçlarının sıklaştığı bir yerdeydi. Upuzun ağaç gövdelerinde, ta tepelere kadar, hiç beklenmedik solgun renkli çiçekler bitiyor; yukarılarda, yaprakların koyu örtüsü altında, çığlık çığlığa bir yaşam sürüp gidiyordu. Orada hava da koyu renkti; ve sürüngen bitkiler, batmış gemilerin ipleri gibi aşağıya doğru sarkıyordu. Simon'un ayakları yumuşak toprakta iz bırakıyor ve onlara çarptıkça, boylu boyunca titriyordu ipe benzeyen sürüngen bitkiler.

Biraz daha fazla güneş alan bir yere vardı sonunda. Sürüngen bitkiler, ışığa erişmek için uzağa gitmeleri gerekmediğinden, kocaman bir hasır örmüşlerdi burada. Bu hasır yüksek olmadığı için üstünde ancak küçük bitkiler ve eğrelti otları çıkan bir kaya parçasından cengele açılan bir düzlüğün kenarına asılıydı. Güzel kokulu, koyu renkli çalıların çevrelediği bu yer, sıcaklık ve aydınlık dolu bir kâsenin içine benziyordu. Bir köşede devrilen kocaman bir ağaç, ayakta kalan öteki ağaçlara yaslanmıştı. Ağacın her bir yanı, hızla tırmanan bir sarmaşığın, kırmızı ve sarı çiçekleriyle örtülüydü.

Simon durdu. Tıpkı Jack gibi o da arkasına, arkasında kapanan yollara baktı; tamamıyla yalnız olduğuna iyice güvenebilmek için, hızla göz gezdirdi çevresine. Bir saniye için neredeyse gizlice kaçıyormuş gibi bir hal aldı. Sonra eğildi, sarmaşıklarla örtülü hasırın ortasından kendine bir yol açtı. Simon geçer geçmez hemen eski yerlerine dönen sürüngen bitkilerle çalılar öylesine sıktı ki, sürtündükçe teri bulaşıyordu onlara. Bitkilerin ortasına varınca, kendini güvende hissetti. Küçücük bir oda gibiydi burası. Bitişikteki ağaçsız düzlükten bir yaprak perdesiyle ayrılıyordu. Simon çömeldi; yaprakları aralayıp düzlüğe baktı. Sıcak havada birbirinin etrafında uçuşan bir çift kelebekten başka, hiçbir şey kıpırdamıyordu. Simon soluğunu tuttu; dikkat kesilerek, adanın gürültülerine kulak verdi. Akşam yavaşça yanaşmaktaydı adaya. Pırıl pırıl acayip kuşların sesi, arı vızıltıları, hatta dört köşe kayalardaki yuvalarına dönen martıların çığlıkları bile daha az duyulur olmuştu. Millerce uzaklarda, sığ kayalıklara çarpan derin deniz, damarlarda akan kandan daha hafif bir sesle hışırdıyordu.

Simon, yapraktan örülü perdeyi yerli yerine koydu. Yandan gelen bal renkli güneş ışınları solgunlaştı; çalıların üstünden kaydı, yeşil mumu andıran tomurcukları aştı, ağaçların tepesindeki yaprak örtüsüne yükseldi. Karanlık yoğunlaştı ağaçların altında. Işığın solmasıyla birlikte, renk kargaşası söndü; sıcaklığın ve tedirginliğin yerini serinlik aldı. Muma benzeyen tomurcuklar kıpırdadılar. Yeşil yaprakları hafif hafif aralandı ve çiçeklerin beyaz uçları, açık havaya kavuşmak için, nazlı nazlı doğruldular.

Şimdi gün ışığı ağaçsız düzlükten uzaklaşmış, gökyüzünden çekilmişti. Sular gibi akan bir karartı, ağaçların arasına doldu; denizin dibine benzeyen, alacakaranlık, garip bir yere döndü oraları. İlk yıldızların aşağıya doğru sızan ışığında, mumu andıran tomurcukların geniş beyaz çiçekleri ışıl ışıl açıldı. Güzel kokuları her bir yanı sardı ve adaya egemen oldu.

4

Boyalı Yüzlerle Uzun Saçlar

Alıştıkları ilk uyumlu düzen, şafağın sökmesiyle hızla basan alacakaranlık arasında ağır ağır geçen zaman süresiydi. Sabahın eğlencelerini, parlayan güneşi, dört bir yanlarını saran denizi ve tatlı havayı benimsemişlerdi. Oynamak hoştu ve yaşamları öylesine dopdoluydu ki, umuda gerek duymuyorlar, umudun ne olduğunu unutuyorlardı o sırada. Öğleye doğru, ışık selleri gökyüzünden neredeyse dikine boşalırken, sabahın yalın renkleri yumuşuyor, inci ya da opali andıran bir aydınlığa bürünüyordu. Ve sıcaklık, sanki güneş yükseldikçe hızını alıp saldırıyormuş gibi, yumruklarcasına tepelerine iniyordu. O zaman bu yumruğun altından kaçıyorlar, gölgeliklere koşup orada yatıyorlar, hatta uyuyorlardı belki.

Öğleyin garip şeyler oluyordu. Işıldayan deniz yükseliyor; sular, akıl almaz, olanaksızlığı kuşku götürmez bir biçimde bölünüyor; denizdeki sığ mercan kayalıklar ve bunların biraz yüksekçe olan kısımlarına tutunabilen bodur hurma ağaçları, havada uçuyor, titreşiyor, kopup dağılıyor, bir tele asılı kalan yağmur damlaları gibi akıp gidiyor ya da arka arkaya dizilmiş acayip aynalara yansırcasına art arda beliriyordu. Denizin üstünde, toprak olmayan yerlerde bir ada kabarıyor; çocuklar seyrederken, bir su kabarcığı gibi yok oluveriyordu. Domuzcuk, bilgiç hallerle, "serap" deyip geçiyor, önemsemiyordu tüm bunları. Çocuklardan hiçbiri, ağızları kapmaya hazır köpekbalıklarının beklediği suları aşıp mercan kayalıklara gidemeyeceğine göre, bu gizemli olaylara alıştılar; akıllara sığmayan, yürekler gibi atan yıldızları görmemezlikten geldikleri gibi, bunları da görmemezlikten geldiler. Öğleyin, bu hayal görüntüleri gökyüzüyle karışıyor ve tepelerinde güneş, öfkeli bir göz gibi çocukların üstüne dikiliyordu. Öğleden sonra, hayal görüntüleri azalıyor; güneş alçalmaya başlayınca, ufuk düzleşiyor, mavileşiyor, kesin çizgilerle beliriyordu. Hava az çok serinliyordu o sırada. Ne var ki, karanlığın basması tehdidi altındaydı bu serinlik. Güneş batınca, karanlık, adanın üstüne ansızın çöküveriyor ve çok geçmeden, uzak yıldızların altında, huzursuzlukla doluyordu barınaklar.

Avrupa'nın kuzeyine özgü, tüm gün boyunca çalışma, oynama, beslenme alışkanlığı, çocukların bu yeni yaşam temposuna tamamıyla uymalarını engelledi. Küçüklerden Percival, sürüne sürüne bir barınağa girmişti erkenden. Kendi kendine konuşarak, şarkı söyleyerek, ağlayarak orada iki gün geçince, öteki çocuklar onun keçileri kaçırdığını sanmışlar, biraz da eğlenceli bulmuşlardı bu durumu. O günden beri Percival mutsuzdu; yüzü solgun, gözleri kızarmıştı; az oynayan, sık sık ağlayan küçüklerden biriydi.

Yaşı küçük oğlanlara, genel olarak "küçükler" adı takılmıştı artık. Ralph'tan sonra boy açısından derece derece küçülüyordu çocuklar. Gerçi Simon, Robert ve Maurice'in içinde bulunduğu, "küçük" mü yoksa "büyük" mü oldukları pek bilinmeyen bir yaş grubu vardı, ama büyüklerle küçükleri güçlük çekmeden birbirlerinden ayırabiliyordu herkes. Küçük oldukları hiç kuşku götürmeyenlerin, yani aşağı yukarı altı yaşında olanların, büyüklerinkinden bambaşka, kendilerine özgü ve aynı zamanda çok yoğun bir yaşamları vardı. Gündüzleri, olgun ya da iyi cins olması konusunda fazla titiz davranmadan, erişip koparabildikleri meyveleri yiyorlardı çoğu zaman. Karın ağrılarına ve bir çeşit süreğen ishale alışmışlardı artık. Geceleriyse, karanlıkta dile gelmez korkular çekiyorlar, avunmak için birbirlerine sokuluyorlardı. Yemedikleri ya da uyumadıkları zamanlar, ışıl ışıl suların kıyısında, ak kumların üstünde, ne yaptıklarını pek bilmeden, gelişigüzel oyun oynamaya vakit buluyorlardı. Sanıldığı gibi, ağlaya ağlaya analarını çağırmıyorlardı ikide bir de. Güneşten iyice esmerleşmiş ve son derece kirliydiler. Denizkabuğunun çağrısına uyuyorlardı her zaman. Bunun bir nedeni, denizkabuğunu Ralph'ın öttürmesiydi; çünkü Ralph, yetişkinlerin dünyasıyla bu küçükler arasında bir bağ kurabilecek kadar küçüktü. Bir başka nedeni de, toplantıları eğlenceli bulmalarıydı. Ama toplantılar bir yana, büyükçe çocuklara pek aldırmadan, kendilerine özgü heyecanla dolu yaşamlarını kendi aralarında yaşıyorlardı.

Şimdi küçük ırmağın sığlık yerinde, kumdan şatolar yapmışlardı. Yaklaşık bir ayak boyunda olan bu şatolar, denizkabukları, solmuş çiçekler ve ilginç taşlarla süslüydü. Şatoların çevresinde işaretler, yollar, duvarlar, demiryolu rayları vardı. Ama ancak yere yatıp kumun düzeyinde incelenince, ne olduğu anlaşılıyordu bunların. Küçükler, mutlu değilseler bile, kendilerini iyice oyuna vermiş, oyalanıyorlardı burada. Üç kişi bir araya gelip, aynı oyunu beraberce oynuyorlardı çoğu zaman.

Şimdi de oynayanlar üç kişiydi. En büyükleri Henry idi. Henry, büyük yangının çıktığı akşamdan beri görülmeyen, yüzünde karadut lekesi olan çocuğun uzaktan akrabasıydı. Ama karadut lekeli çocuğun başına geleni anlayacak kadar büyümemişti henüz. O çocuğun bir uçakla evine geri döndüğünü söyleseler, etrafı telaşa vermeden, tartışmadan inanırdı buna.

Bu öğle sonrasında, biraz da önder durumundaydı Henry; çünkü beraber oynadığı Percival ile Johnny, adadaki en küçük çocuklardı. Percival, fare rengindeydi; annesi bile pek hoşlanmamıştı ondan. Johnny ise, biçimli sarı saçlı ve doğuştan kavgacıydı. Bu oyun Johnny'yi ilgilendirdiği için, şu sırada söz dinliyordu. Kumda diz çöken üç çocuk, huzur içindeydiler.

Roger ile Maurice, ormandan çıktılar. Ateşe bakma görevleri bittiği için, yüzmeye gelmişlerdi. Roger, doğru şatoların üstüne yürüdü. Onları tekmeleye tekmeleye yıktı, çiçekleri kuma gömdü, ilginç taşları darmadağın etti. Üç küçük, oyunlarını bırakıp başlarını kaldırdılar. Bir rastlantı sonucu, ayrıca ilgilendikleri kimi işaretler zarar görmemişti; onun için protesto etmediler. Ancak gözüne kum kaçan Percival, sızlanmaya başladı. Maurice hızla uzaklaştı. Maurice, bundan önceki yaşamında, kendinden küçüğünün gözünü kumla doldurmanın cezasını görmüştü. Şimdi bir babanın ya da bir annenin ağır eli sırtına inmeyeceği halde, kötü bir şey yapmanın tedirginliğini hâlâ duymaktaydı. Belli belirsiz, özür dilemek isteği geçti aklının bir köşesinden. Sonra yüzmeye gideceği konusunda bir şeyler homurdanarak, koşa koşa uzaklaştı.

Roger orada kaldı, küçükleri gözetledi. Adaya ilk düştüğü sırada olduğundan çok daha esmer değildi şimdi. Ama saçları uzamıştı ve ensesiyle alnını kaplayan bu kara saçlar, kasvetli yüzüne uyuyordu. Eskiden başkalarıyla kaynaşmayan, herkesten uzak kalan bir çocuğa benzerken, şimdi tehlikeli bir çocuğa benziyordu bu saçları yüzünden. Gözyaşları, kum tanelerini gözünden çıkarıp attığı için, Percival oynamaya devam etti. Johnny, çini mavisi gözleriyle onu süzdü; sonra sel halinde kum yağdırmaya başladı üstüne. Percival, çok geçmeden gene ağlamaktaydı.

Henry, oyundan bıkıp kumsalda gelişigüzel dolaşmaya başlayınca, Roger onun peşine düştü. Hindistancevizi ağaçlarının altında yürüyor, belirli bir amacı yokmuş gibi aynı yönde ilerliyordu. Henry, kendini güneşten korumayı akıl edemeyecek kadar küçük olduğu için, hindistancevizi ağaçlarından ve gölgelikten uzak yürüyordu. Suyun kenarına gidip, orada oyalandı, Pasifik Okyanusu'nun güçlü suları yükselmekteydi. Açık denizle karşılaştırılınca, lagünün durgun sayılabilecek suları, her birkaç saniyede bir, bir iki parmak kabarıyordu. Kabaran denizde yaşayan küçücük saydam yaratıklar, sıcak kuru kuma vuruyordu sularla birlikte. Elle tutulmaz duyu organlarıyla, bu yeni ortamı yokluyorlardı. Son gelişlerinde bir şey bulamamışlardı ama belki yiyecek bir şey bulabilirlerdi şimdi. Belki kuş pisliklerini, böcekleri, karaya doğru uzanan yaşamın dağınık artıklarından birini bulabilirlerdi. Bir testerenin binlerce küçücük dişini andıran bu saydam şeyler, kumsalda yiyecek bir çöp arıyorlardı.

Henry büyülenmişti. Dalgaların kemirdiği ve beyazlaştırdığı, sularda başıboş kalmış bir değnek parçasıyla, şurasını burasını karıştırarak, çöp arayanların devinimlerini denetimi altına almak istedi. Suyun doldurduğu küçük kanallar açtı, yaratıkları oraya tıkmaya kalktı. Canlı bir şeyleri egemenliği altına alınca, mutluluğu aşan bir duyguya kapıldı. Bu küçücük yaratıklarla konuşuyor, onları yüreklendiriyor, onlara buyruklar veriyordu. Suların yükselmesi yüzünden geri çekildiği, yaratıklar da ayak izlerinin bıraktığı küçük koyların içinde mahpus kaldığı sırada, kendini ayrıca üstün sandı Henry. Suyun kenarına çömelip eğilmişti. Bir tutam saç, alnının ve gözlerinin üstüne düşüyordu ve öğle sonrası güneşi, gözle görülmez oklarını yağdırıyordu üstüne.

Roger de beklemekteydi. Bir büyük hindistancevizi ağacının gövdesi arkasına saklanmıştı ilkin. Ama Henry, bu saydam şeylere öylesine dalmıştı ki, Roger'in ortaya çıkmasında bir sakınca yoktu. Roger, kumsalda gözlerini gezdirdi. Percival, ağlaya ağlaya uzaklaşmıştı; Johnny ise, şatolara egemen olmanın zaferi içindeydi. Kendi kendine şarkılar mırıldanarak, hayalinde yarattığı bir Percival'a kumlar atarak orada oturuyordu. Roger, Johnny'nin arkasında, iskele biçimindeki büyük kayayı, Ralph, Simon, Domuzcuk ve Maurice havuza daldıkça yükselen ışıltılı suları görebiliyordu. Roger, dikkatle dinledi ama onların ne söylediklerini değil, seslerini duyabiliyordu ancak.

Ansızın çıkan bir esinti, kıyıdaki sıra sıra hindistancevizi ağaçlarını sarstı; yapraklar havalanıp uçuşur gibi oldu. Roger'in tepesinde, altmış ayak yüksekte, bir küme hindistancevizi dalından koptu. Futbol topları büyüklüğünde lifli topraklar, arka arkaya gümleyerek yere düştü, Roger'e hiç değmeden. Roger, ucuza kurtulduğunu düşünmedi; önce hindistancevizlerine, sonra Henry'ye, sonra gene hindistancevizlerine baktı.

Hindistancevizi ağaçlarının altı, yüksekçe bir kumsaldı. Yüzyıllar boyunca devrilip devrilip gene çıkan ağaçların kökleri, eskiden başka bir kıyının kumlarında bulunan taşları söküp ortaya çıkarmıştı burada. Roger eğilip bir taş seçti; nişan aldı, Henry'ye attı; ama ona değmemek için nişan almıştı. Zaman kavramının saçmalığını simgeleyen bu taş, Henry'nin beş yarda sağından fırladı, suya düştü. Roger, bir avuç taş topladı, atmaya başladı. Gel gelelim, Henry'nin çevresinde, çapı belki altı yarda olan bir alan vardı ki, oraya taş atmayı göze alamıyordu. Roger'in eski yaşantısına bağlı ve gözle görülmediği halde henüz güçlü kalan kesin yasaklar, bu alanda egemendi. Analar babalar, okullar, polisler, yasalar, çömelen küçüğü korumaktaydı. Roger'in varlığından haberi olmayan, yıkılıp giden bir uygarlık, Roger'in kolunu koşullandırıyordu hâlâ.

Henry, plof plof diye suya düşen taşların sesini duyunca, şaştı. Uğraştığı sessiz saydam yaratıklardan vazgeçip, bir av köpeği gibi kıpırdamadan durdu, çevresinde halka halka yayılan sulara baktı. Taşlar bir bu yana, bir o yana düşüyordu. Henry, taşın düştüğü yana dönüyordu uysal uysal; ama hep geç kalıyor, taşı düşmeden önce göremiyordu.

Sonunda, taşlardan birini havada görüp, güldü; ona şaka yapan arkadaşı aradı gözleriyle. Ama Roger, hindistancevizi ağacının arkasına sıçrayıvermişti gene. Gövdeye yaslanmış, soluk soluğa nefes alıyordu; gözkapakları titriyordu. Henry, taşlarla ilgilenmez oldu, uzaklaştı oradan.

"Roger."

Jack, aşağı yukarı on yarda uzakta, bir ağacın altındaydı. Gözlerini açıp onu gören Roger'in koyu esmer yüzünü, daha da karanlık bir gölge kaplar gibi oldu. Ama Jack, hiçbir şeyin farkına varmamıştı. Heyecanla el salladı, sabırsızlanarak Roger'i çağırdı. Roger, Jack'ın yanına gitti.

Irmağın ucunda bir havuz vardı. Kumdan bir setle kapanmış, nilüferler ve iğne gibi incecik kamışlarla dolu, küçük bir göldü bu. Eric ile Sam, bir de Bill, orada bekliyorlardı. Güneşten kendini koruyan Jack, havuzun kenarında diz çöktü, ellerinde taşıdığı iki kocaman yaprağı açtı. Bu yaprakların birinde beyaz, ötekinde de kırmızı balçık vardı. Bunların yanında da ateşten getirilen bir kömür parçası.

Jack, bir yandan çalışıyor, bir yandan da Roger'e açıklıyordu:

"Kokumu almıyorlar. Beni görüyorlar galiba. Ağaçların altında pembe bir şey olarak."

Balçığı yüzüne sürdü:

"Biraz da yeşilim olsaydı!"

Yarı gizlenmiş yüzünü Roger'e doğru çevirdi. Roger'in anlamadığı bakışından belli olduğu için gene açıkladı:

"Ava gitmek için. Savaşta gibi. Bilirsin ya... Yanıltmak için boyanmak. Hani bir şeyin başka bir şeye benzemesini isterler..."

Ne demek istediğini anlatmak için kıvrandı:

"Hani bir ağaç gövdesindeki pervaneler gibi."

Roger anladı; ağırbaşlı bir halle başını salladı. İkizler, Jack'a yaklaştılar; çekine çekine bir şeyden yakınmaya başladılar. Jack, bir el hareketiyle onları uzaklaştırdı:

"Kapayın çenenizi."

Yüzündeki kırmızı ve beyaz lekelerin arasına kömür sürdü:

"Hayır. Siz ikiniz benimle geleceksiniz."

Suya yansıyan yüzüne baktı; gördüğü şeyden hoşlanmadı. Eğildi, iki avucunu birden suyla doldurup yüzünü yıkadı. Çilleriyle kızılımtrak sarı saçları gene meydana çıktı.

Roger, istemeye istemeye gülümsedi:

"Yüzünün hali berbat."

Jack, kendine yeni bir yüz planladı: Yanaklarının biriyle göz çukurlarının birini beyaza boyadı; yüzünün geri kalan kısmına kırmızı sürdü. Sonra kömürle, sağ kulağından çene kemiğinin soluna kadar kalın bir çizgi çizdi. Kendini görebilmek için suya eğildi; ama soluğu, suyun aynasını bulandırıyordu.

"Eric ve Sam, bana bir hindistancevizi bulun. İçi boş olsun."

Jack, elinde suyla doldurduğu hindistancevizi kabuğu, diz çöktü. Yuvarlak bir güneş ışığı yüzüne vurdu ve elindeki suyun dibi ışıldadı. Jack hayret içinde, kendine değil, görende dehşet uyandıran bir yabancıya bakıyordu. Heyecanlı heyecanlı gülerek suyu döktü, ayağa fırladı. Havuzun kenarında duran gürbüz bedeninin üstüne, öteki çocukların gözlerini çeken, onları dehşet içinde bırakan bir maske konulmuştu. Dans etmeye başlayan Jack'ın gülüşü, kana susamış bir hırlamaya dönüştü. Zıplaya zıplaya Bill'e doğru gitti. Sanki başlı başına bir benliği vardı bu maskenin ve bunun arkasında saklanan Jack, utanma duygusundan da, kendi benliğinden de kurtulmuştu.

Kırmızı, beyaz, siyah yüz, havada sallanıp, oynaya oynaya Bill'e yaklaştı. Bill, gülerek irkildi; sonra birden sustu, tökezleyerek çalıların arasına daldı.

Jack, ikizlerin üstüne atıldı:

"Ötekiler bir çember yapacaklar. Hadi, siz de gelin!"

"Ama..."

"Biz..."

"Hadi, gelin! Yerlerde sürüne sürüne yaklaşıp bıçaklayacağım..."

Maske, istediğini yapmaya zorluyordu onları.

Ralph, yüzme havuzundan çıktı, kumsalda küçük adımlarla koştu, hindistancevizi ağaçlarının gölgesinde oturdu. Kaşlarına yapışan sarı saçlarını arkaya itti. Simon, sırtüstü yatmış, suyu ayaklarıyla tekmeliyordu. Maurice suya dalma çalışmaları yapıyordu. Domuzcuk, sağda solda dalgın dalgın dolanıyor, yerden bir şeyler topluyor, sonra gene atıyordu. Yükselen sular, Domuzcuk'un son derece hoşuna giden kayada oyulmuş havuzları örttüğü için, sular çekilinceye kadar onun ilgisini uyandıracak bir şey kalmamıştı. Ağaçların altında Ralph'ı görünce, gelip onun yanına oturdu.

Domuzcuk'un üstünde, kısa pantolonundan arta kalan paçavralar vardı. Şişman bedeni, altınımsı kahverengi olmuştu. Bir şeye bakınca, gözlüğünün camları gene ışıldıyordu. Saçı uzamamışa benzeyen tek çocuktu adada. Ötekilerin gür saçları karmakarışıktı, iyice uzamıştı. Ama Domuzcuk'unkiler, seyrek ve ipinceydi başının üstünde. Sanki dazlak olmak Domuzcuk'un doğal durumuydu da, genç bir geyiğin boynuzlarını örten kadifemsi tüyler döküldüğü gibi, bu kusurlu örtü de dökülüverecekti çok geçmeden.

Domuzcuk, "Saat konusunu düşünüyorum" dedi. "Bir güneş saati yapabiliriz. Kuma bir değnek dikeriz, sonra da..."

Bu işin gerektirdiği matematik süreçleri dile getirmek çabasının altından kalkamayan Domuzcuk, elini kolunu sallamakla yetindi.

Ralph, acı acı konuştu:

"Bir uçakla bir TV alıcısı da yaparız: Bir de buhar makinesi."

Domuzcuk, hayır dercesine başını salladı:

"Bunları yapabilmek için, bir yığın maden eşya gerek, bizim madenimiz yok. Ama değneğimiz var."

Ralph, başını çevirdi; elinde olmadan gülümsedi. Domuzcuk, canını sıkardı insanın. Şişmanlığı, "astım" dediği hastalığı, hayal gücünden yoksun görüşleri eğlendirici değildi. Ne var ki, bir rastlantı sonucu da olsa, onunla alay ederken az buçuk keyiflenirdi insan. Domuzcuk, Ralph'ın gülümsediğini gördü; yanılarak, bir dostluk belirtisi sandı bunu. Konuyu aralarında açıkça konuşmadıkları halde, büyük çocuklar arasında, Domuzcuk'un onlardan biri olmadığı inancı yerleşmişti. Bunun nedeni, Domuzcuk'un aşağı tabakalardan gelenlerin şivesiyle konuşması değildi sadece. Şivenin pek önemi yoktu ama Domuzcuk'un şişmanlığı, astımı, gözlüğü, el emeği gerektiren işlerden kaçınması, çocukların çevresinin dışında bırakıyordu onu.

Söylediği bir söze Ralph'ın gülümsediğini görünce, Domuzcuk sevindi; bu fırsattan iyice yararlanmak istedi:

"Yığınla değnek var. Her birimizin ayrı bir güneş saati olur. O zaman saatin kaç olduğunu biliriz."

"Yani çok mu işimize yarar saatin kaç olduğunu bilmek!"

"Gelip bizi kurtarabilsinler diye, bir şeyler yapılması istediğini söylemiştin de."

"Of! Kes sesini!"

Ralph, ayağa fırlayıp yüzme havuzuna koştu. Tam o sırada Maurice, başarısız bir dalış yaptı. Konuyu değiştirmek fırsatına sevinen Ralph, Maurice suyun yüzüne çıkınca, bağırdı:

"Karınüstü düştün! Karınüstü düştün!"

Maurice, suya kayıveren Ralph'a keyifle gülümsedi. Adada kendini en rahat hisseden çocuk Ralph'tı. Ama bugün kurtarılma sözü edilmesi yüzünden; o yararsız, o saçma söz yüzünden, suyun yeşil derinlikleri, bu derinliklerde parçalanan altın güneş bile onu avutamıyordu. Orada kalıp oyalanacağı yerde, daldı, Simon'un altından geçti, düzenli kulaçlar atarak havuzun öteki ucuna vardı; bir fok balığı gibi pürüzsüz ve sırılsıklam yattı orada. Öteden beri beceriksiz olan Domuzcuk, ayağa kalkıp onun yanına gitti. Ralph, yüzükoyun yuvarlanıp, onu görmezlikten gelmek zorunda kaldı. Hayal görüntüleri yok olmuştu. Ralph, kasvetli gözlerle, ufkun gergin mavi çizgisine baktı.

Derken ayağa fırlayıp bağırdı:

"Duman! Duman!"

Suda oturmaya çabalayan Simon'un ağzı suyla doldu. Dalmaya hazır olan Maurice geri attı kendini; bir koşu büyük kayaya gitti, sonra geri dönüp hindistancevizi ağaçlarının altına koştu. Herhangi bir durum karşısında hazır olabilmek için, paçavraya dönmüş şortunu giymeye başladı.

Ralph'ın bir eli saçlarını itiyordu; öteki eli sıkılmış, yumruk olmuştu. Simon, sudan çıkıyordu. Domuzcuk, gözlüğünü şortuna sürüyor, gözlerini kırpıştırarak denize bakıyordu. Maurice, pantolonunun bir paçasına iki bacağını birden sokmuştu. Çocukların arasında hiç kıpırdamadan duran tek kişi Ralph'tı.

Domuzcuk, inanamıyormuş gibi, "Dumanı göremiyorum" dedi. "Dumanı göremiyorum. Ralph... Nerede duman?"

Ralph, hiçbir şey söylemedi. Sarı saçları gözlerinin üstüne düşmesin diye, şimdi iki eli birden alnının üstünde kenetlenmişti. Öne doğru eğiliyordu. Denizin tuzu, hemen kuruyan tenini beyazlaştırmıştı.

"Ralph... Gemi nerede?"

Simon, Ralph'ın yanında durdu; bir Ralph'a baktı, bir de ufka. Maurice'in pantolonu, içini çekiyormuş gibi bir ses çıkararak boydan boya yırtıldı. Maurice, pantolonunu olduğu yerde bıraktı, ormana doğru gitti bir koşu, sonra geri döndü.

Ufukta sımsıkı düğümlenmiş bir düğümü andıran duman yavaş yavaş çözülüyor, yayılıyordu. Dumanın altındaki nokta, bir geminin bacası olabilirdi. Kendi kendine konuşan Ralph'ın yüzü sararmıştı:

"Bizim dumanı görecekler."

Şimdi Domuzcuk da doğru yöne bakıyordu:

"Pek büyük bir şeye benzemiyor."

Domuzcuk döndü, gözlerini kısıp dağa baktı. Ralph, yercesine gemiye bakıyor, ondan ayıramıyordu gözlerini. Yüzüne gene renk gelmeye başlamıştı. Simon, hiç ses çıkarmadan, Ralph'ın yanında duruyordu.

Domuzcuk, "Ben pek iyi göremiyorum" dedi, "bizim dumanımız var mı acaba?"

Ralph, gözleri hâlâ gemiye dikili, sabırsız sabırsız kıpırdadı:

"Dağdaki duman var ya."

Maurice koşarak geldi, denize baktı. Şimdi Simon da, Domuzcuk da dağa bakıyorlardı. Domuzcuk'un yüzü buruştu. Simon, canı yanmış gibi bağırdı ansızın:

"Ralph! Ralph!"

Bu öyle bir bağırıştı ki, Ralph hızla döndü.

Telaşlanan Domuzcuk, "Sizler söyleyin bana" dedi, "işaretimiz var mı?"

Ralph, önce ufukta yayılan dumana, sonra dağa baktı.

"Ralph... Lütfen! İşaretimiz var mı?"

Simon, Ralph'a dokunmak için çekine çekine elini uzattı. Ama Ralph, koşmaya başlamıştı. Suları sıçratarak, yüzme havuzunun sığ kısmından geçti, kızgın beyaz kumları aştı, hindistancevizi ağaçlarına vardı. Bir saniye sonra, uçağın bıraktığı izi daha şimdiden kaplayan, birbirine girmiş çalıların arasında kendine yol açmaya çalışıyordu. Önce Simon, sonra da Maurice, Ralph'ın peşinden koştular. Domuzcuk avaz avaz bağırıyordu:

"Ralph! Ne olur... Ralph!"

Sonra Domuzcuk da koşmaya başladı. Hindistancevizi ağaçlarının bulunduğu sete varınca, Maurice'nin attığı kısa pantolona ayağı takılıp tökezledi. Dört çocuğun arkasında, geminin dumanı tatlı tatlı ilerledi ufuk boyunca. Kumsalda

Henry ile Johnny, gene usul usul ağlayan Percival'ın üstüne kum atıyorlardı. Üçü de hiç mi hiç farkında değildiler bu heyecanlı durumun.

Ralph, uçağın bıraktığı izin ucuna vardığı sırada, koşmaya yarayacak olan kıymetli soluğunu küfrederek boşuna harcıyordu. Tırmıklayan sürüngen bitkilerin çıplak bedenini kıyasıya hırpalamasına, kan içinde olmasına aldırdığı yoktu. Dağın dik yamacının tam başladığı yere gelince durdu. Maurice birkaç adım arkasındaydı.

"Domuzcuk'un gözlüğü!" diye bağırdı Ralph. "Eğer ateş iyice söndüyse, o gözlük gerek bize."

Ralph sustu, durduğu yerde sendeledi. Kumsaldan telaş içinde koşan Domuzcuk, ta uzaklarda göründü. Ralph, bir ufka baktı, bir de dağa. Acaba gidip Domuzcuk'un gözlüğünü almak mı gerekiyordu? Yoksa gemi yok olur muydu o zamana kadar? Tepeye tırmanırlarsa, bir de bakarlardı ki, ateş tamamıyla sönmüş. Domuzcuk ta uzaklardan yavaş yavaş yaklaşıyor, gemi de ufuk çizgisinde yok olmak üzere... Ne yaparlardı o zaman? Büyük gereksinmelerin doruğunda dengesini bulamayan, kararsızlık içinde can çekişen Ralph bağırdı:

"Aman Allahım! Aman Allahım!"

Çalılarla uğraşan Simon'un soluğu kesildi. Yüzü allak bullak olmuştu. Ralph, çalıların içinde bata çıka, kendini kahrederek ilerledi. O sırada geminin incecik dumanı da ilerliyordu ufkun çizgisinde.

Ateş sönmüştü. Bunu hemen gördüler. Yuvalarının dumanı onlara "gelin" diye işaret ettiği sırada, daha kumsaldayken aslında bildikleri şeyi, şimdi kendi gözleriyle gördüler: Ateş tamamıyla sönmüştü, ölmüştü, duman yoktu. Nöbetçiler gitmişti. Kullanılmamış bir yığın odun, orada hazır duruyordu.

Ralph, dönüp denize baktı. Belli belirsiz bir duman izi bir yana, bomboş olan ufuk, onlarla ilişkisini kesmişti gene.

Ralph tökezleye tökezleye, kayaların üstünde koştu; denize dimdik inen pembe yardan tam düşeceği sırada durabildi; çığlık çığlığa bağırdı gemiye:

"Geri dön! Geri dön!"

Simon ile Maurice yanına geldiler. Ralph, gözlerini faltaşı gibi açmış, onlara bakıyordu. Simon, yanaklarındaki teri eliyle silerek başını çevirdi. Ralph, dağarcığındaki en küfürlü sözü aradı:

"Kahrolası ateşi söndürmüşler."

Aşağılara, dağın çocuklara düşman olan yamacına baktı. O sırada, küçüklerden biri gibi sızlanarak, Domuzcuk geldi soluk soluğa.

Ralph yumruğunu sıktı, kıpkırmızı kesildi. Bakışı öylesine yoğun, sesi öylesine acıydı ki, parmağıyla göstermesine gerek kalmamıştı:

"İşte, geliyorlar."

Ta aşağılarda, suyun kıyısındaki kırık pembe taşların arasında, bir alay göründü: Kiminin başında siyah şapkalar vardı ama çocukların çoğu çırılçıplaktı neredeyse. Rahat yürüyebilecekleri bir yere gelince, ellerindeki değnekleri havaya kaldırıyorlardı hep beraber. Bir çeşit tekdüzen şarkı söylüyorlardı. Afacan ikizlerin büyük özenle taşıdıkları şeyle ilgiliydi bu şarkı. Ralph, bu kadar uzaktan bile Jack'ı hemen gördü. Uzun boyu, kızıl saçlarıyla alayın başında yürüyordu elbette.

Simon, biraz önce bir Ralph'a, bir de ufka baktığı gibi, şimdi de ilkin Ralph'a, sonra da Jack'a baktı ve gördüğünden korkar gibi oldu. Alay yaklaşırken, Ralph bir şey söylemeden bekledi. Tekdüzen şarkıyı duyuyorlar, ama uzaklardan geldiği için, sözleri anlayamıyorlardı şimdilik. Jack'ın arkasında yürüyen ikizler, kocaman bir kazık taşıyorlardı omuzlarında. Bağırsakları çıkartılmış bir domuz ölüsü asılıydı bu kazığa. İkizler engebeli toprakta güçlükle ilerlerken, ağır ağır sallanıyordu ölü domuz. Boynunda büyük bir yara açılmıştı; başı, yerde bir şey ararcasına, aşağıya doğru sarkıyordu. Sonunda, ağaçları yanıp kararan, küllerle dolu ormanın çukurundan, şarkının sözleri yükseldi onlara doğru:

"*Domuzu gebert! Gırtlağını kes! Kanını akıt!*"

Sözler tam işitildiği sırada alay, dağın en dik yerine vardı; bir iki dakika içinde şarkı duyulmaz oldu. Domuzcuk, burnunu çeke çeke ağladı. Simon, sanki Domuzcuk bir kilisede yüksek sesle konuşuyormuş gibi, hemen susturdu onu.

Dağın doruğuna ilk varan Jack oldu. Yüzü gözü balçığa bulanmıştı. Mızrağını kaldırıp, heyecanla seslendi Ralph'a:

"Bak! Bir domuz öldürdük... Usulcacık üstlerine vardık... Sardık çevrelerini..."

Avcılar hep bir ağızdan konuşuyorlardı:

"Sardık çevrelerini..."

"Usulcacık geldik..."

"Domuz ciyak ciyak bağırdı..."

İkizler durmuşlardı. Aralarında sallanan domuzdan, kara kara damlalar düşüyordu kayaların üstüne. Ağızları kulaklarına varan, kendilerinden geçmiş ikizler, aynı sırıtmayı ikiye bölmüşlerdi sanki. Jack'ın, Ralph'a anlatacağı o kadar çok şey vardı ki, hepsini birden nasıl söyleyeceğini bilemiyordu. Onun için konuşacağı yerde, birkaç adım dans etti; sonra ağırbaşlı olması gerektiğini anımsadı, gülerek durdu. Ellerinin kanla lekelendiğinin farkına varınca, tatsız bir şey görmüşçesine yüzünü buruşturdu. Ellerini temizlemek için bir şey aradı; güldü, şortuna sildi ellerini.

Ralph konuştu:

"Ateşi söndürdünüz."

Jack durdu. Belli belirsiz sinirlenmişti ama öylesine mutluydu ki, pek saçma saydığı bu söze üzülmemeye karar verdi:

"Ateşi yakıveririz yeniden. Sen de bizimle beraber olacaktın Ralph. Öyle eğlendik ki! İkizler yere serildi..."

"Domuzu vurduk..."

"Ben tepesine düştüm..."

"Ben domuzun gırtlağını kestim."

Jack, bunu övünerek söylemişti ama söylerken de kıvranıyordu sinirden:

"Bana bıçağını ödünç verir misin, Ralph? Kendi bıçağımın sapına bir çentik yapmak istiyorum, ilk avımı işaretlemek için."

Çocuklar durmadan konuşuyorlar, sevinçten oynuyorlar; ikizler hep sırıtıyordu.

Jack, hem gülüp hem ürpererek, "Kan öyle bir fışkırdı ki!" dedi, "senin de görmeni isterdim!"

"Her gün ava çıkacağız..."

Ralph, boğuk bir sesle gene konuştu. Durduğu yerden hiç kıpırdamamıştı:

"Ateşi söndürdünüz."

Aynı sözün yinelenmesi, Jack'ı tedirgin etti. İkizlere baktı; sonra gene Ralph'a.

"Onların da ava gelmeleri gerekliydi" dedi, "yoksa domuzların çevresini saramazdık."

Bir kusur işlediğinin bilinci içinde kızardı:

"Ateş söneli ancak bir iki saat oldu. Yeniden yakabiliriz."

Jack, Ralph'ın çıplak bedeninin yara bere içinde olduğunun, dört çocuğun da acı acı sustuklarının farkına vardı. Oysa Jack öylesine mutluydu ki, bu mutluluğu cömertçe paylaşmak istiyordu başkalarıyla. Yığınla anı vardı belleğinde: Debelenen domuzu kuşattıkları sırada edindikleri bilginin anısı; canlı bir şeye üstün çıkmanın, ona kendi isteklerini yaptırmanın; susayıp da uzun uzun, doya doya su içercesine, onun canına kıymanın anısı.

Jack, açabildiğince açtı kollarını:

"Kanı görecektin sen!"

Avcılar biraz daha sessizdiler şimdi. Ama bunu duyunca gene vızır vızır konuşmaya başladılar. Ralph, saçını arkaya itti. Bir eli uzandı, bomboş ufku gösterdi. Sesi öylesine yüksek ve yabansıydı ki, avcılar susuverdiler:

"Bir gemi geçti."

Jack, bu sözün korkunç anlamlarına göğüs gereceği yerde, kaçmaya kalktı. Bir elini domuzun üstüne koydu, bıçağını çekti. Ralph kolunu indirdi, yumruğunu sıktı; sesi titriyordu:

"Bir gemi geçti. Oralardan. Ateşe bakacağınızı söylediniz, ama bıraktınız sönsün."

Ralph, Jack'a doğru bir adım attı. Jack döndü; yüz yüze geldiler.

"Bizi görebilirlerdi. Evlerimize dönebilirdik..."

Bu sözü duyunca, kaybettiklerinin acısına artık dayanamayan Domuzcuk, tiz bir sesle bağır bağır bağırmaya başladı:

"Senin de, kan dökme merakının da Allah belasını versin Jack Merridew! Senin de senin avcılığının da! Evlerimize dönebilirdik..."

Ralph, Domuzcuk'u bir kenara itti:

"Şef bendim; sizler de benim sözümü dinleyecektiniz. Konuşup durursunuz boyuna. Ama bir kulübe bile yapamazsınız. Sonra tutup ava gidersiniz; bırakırsınız ateşi, söner..."

Ralph başını çevirdi; bir an sustu. Sonra duygunun doruğuna varan sesi yeniden yükseldi:

"Bir gemi geçti..."

Avcıların küçüklerinden biri, inleye inleye ağlamaya başladı. Korkunç gerçeği yavaş yavaş hepsi kavramaktaydı artık. Domuzu çekiştirip bıçağıyla çentikleyen Jack'ın yüzü kıpkırmızı kesildi:

"Büyük bir işti bu. Herkesin gelmesi gerekiyordu."

Ralph sırtını çevirdi:

"Barınaklar bitince, herkes seninle gelebilirdi. Ama sen avlanmak istiyordun ille."

"Biz et istiyorduk."

Jack bunu söylerken, elinde kanlı bıçak, doğruldu. İki çocuk göz göze geldiler. Bir yanda avlanmanın, her şeyi önceden tasarlamanın, yabansı sevinçlerin, ustaca davranışların pırıl pırıl dünyası vardı. Bir yanda da, özlemlerin, yenilgiye uğrayan sağduyunun dünyası. Jack, bıçağı sağ elinden sol eline geçirdi ve yapışan saçlarını geri iterken, alnına kan bulaştı.

Domuzcuk gene konuşmaya başladı:

"O ateşi söndürmeyecektin. Her zaman duman olacağını söylemiştin..."

Domuzcuk'un böyle demesi ve kimi avcıların sızıl sızıl ağlayarak bu sözü onaylamaları, Jack'ı şiddete sürükledi. Mavi gözleri gene şimşek çakar gibi oldu. İleriye doğru bir atım attı ve artık birine vurabilecek duruma geldiği için, yumruğunu Domuzcuk'un midesine savurdu. Domuzcuk, homurdanırcasına bir ses çıkararak, kıçüstü oturdu. Jack, onun tepesine dikildi. Küçük düşürüldüğü için, sesi kin doluydu:

"Demek öyle? Demek öyle? Şişko!"

Ralph, ileriye doğru bir adım atarken, Jack elini Domuzcuk'un başına indirdi. Domuzcuk'un gözlüğü havada uçtu, tırgırdayarak kayaların üstüne düştü. Domuzcuk, korku içinde, bir çığlık attı:

"Gözlüğüm!"

Domuzcuk, çömelip ilerledi, el yordamıyla arandı. Ama Simon daha önce oraya varmış, gözlüğü bulmuştu. Dağın doruğunda, korkunç kanatlı tutkular Simon'un çevresinde uçuştu:

"Camlardan biri kırılmış."

Domuzcuk, gözlüğünü kaptığı gibi taktı. Kötü kötü baktı Jack'a:

"O gözlük bana lazım. Artık bir tek gözüm var. Gösteririm sana..."

Jack, Domuzcuk'un üstüne atılacakmış gibi yaptı. Domuzcuk, toprağa elleriyle yapışıp emekleye emekleye kaçtı. Şimdi büyük bir kaya vardı aralarında. Domuzcuk, kayanın arkasından başını çıkardı; gözlüğünün ışıldayan bir tek camıyla dik dik baktı Jack'a:

"Artık bir tek gözüm var. Gösteririm sana..."

Jack, Domuzcuk'un ağlamaklı sesini, kaçışını taklit etti:

"Gösterirmiş bana... Yuh!"

Domuzcuk'un halini öylesine gülünçleştirmişti ki, avcılar kahkahayı bastılar. Jack yüreklendi. Elleriyle yere tutunarak dört ayak üstünde kaçar gibi yapınca, çocuklar kırıldılar gülmekten. Ralph'ın dudakları, gülmek isteğiyle titredi elinde olmadan. Kendi güçsüzlüğüne öfkelendi:

"Pis bir işti senin yaptığın" diye homurdandı.

Yerlerde dört dönen Jack doğruldu, Ralph'ın karşısına dikildi. Avazı çıktığı kadar bağırdı:

"Peki, öyle olsun, öyle olsun!"

Domuzcuk'a, avcılara, Ralph'a baktı:

"Özür dilerim. Yani ateş için demek istiyorum. İşte ben..."

Dimdik durdu:

"Özür diliyorum."

Avcıların bu yiğitçe davranışa hayran kaldıkları, çıkardıkları seslerden anlaşılıyordu. Onlara göre, Jack böyle mertçe özür dileyerek doğru davranmış, kendini temize çıkarmıştı; Ralph'ın ise, her nedense haksız olduğu besbelliydi. Şimdi Ralph'ın, gerektiği gibi, bunu dürüstçe bir sözle karşılamasını bekliyorlardı.

Ne var ki, Ralph'ın gırtlağından çıkamıyordu böyle bir söz. Jack'ın, kötü davranması yetmiyormuş gibi, bir de ustaca konuşmak hilesine başvurmasına büsbütün içerlemişti. Ateş sönmüştü, gemi geçip gitmişti. Anlayamıyorlar mıydı bunlar? Beklenen güzel söz yerine, öfkeli bir ses çıktı gırtlağından:

"Pis bir işti senin yaptığın."

Dağın doruğunda herkes sustu. Jack'ın gözleri donuklaştı. Sonra gene toparlandı.

Ralph, kötü kötü homurdanarak, son sözünü söyledi:

"Peki, ateşi yakın."

Şimdi önlerinde yapılacak olumlu bir iş olduğu için, gerilim biraz azaldı. Ralph sustu. Yerinden kıpırdamadan, ayağının dibindeki küllere bakakaldı. Jack patırtı gürültü ediyor, oradan oraya koşuyordu. Buyruklar veriyor, şarkılar söylüyor, ıslık çalıyor, sessiz kalan Ralph'a bir şeyler söylüyordu. Jack'ın söylediklerine bir karşılık vermek gerekmediğinden, Ralph'ın onu terslemesi için de bir neden yoktu. Ralph hep susuyordu. Hiç kimse, Jack bile, ona biraz geri çekilmesini söyleyemediği için, odunları, her zamanki yerden üç yarda daha uzağa, aslında pek uygun olmayan bir yere yığmak zorunda kaldılar. Ralph, şefliğini böylece kanıtlamış oldu. Günlerce düşünüp taşınsaydı, bundan daha iyi bir çare de bulamazdı, şefliğini kanıtlamak açısından. Anlatılması olanaksız, ama böylesine etkili bir silah karşısında güçsüz kalan Jack, nedenini bilmeden öfkeden kudurdu. Odunların yığılması bittiği sırada, sanki aralarına yüksek bir engel dikilmişti; engelin bir yanında Ralph, öteki yanında Jack vardı.

Şimdi ateşle ilgili yeni bir buhran patlak vermişti: Ateşi yakmak için gereken şey yoktu Jack'ta. Derken Jack, şaşırıp kaldı; çünkü Ralph, Domuzcuk'a gidip gözlüğünü almıştı. Jack ile kendi arasında bir bağın nasıl koptuğunu, sonra bu bağın başka bir noktada yeniden nasıl kurulduğunu, Ralph kendi bile anlayamadı.

"Geri getiririm."

"Ben de seninle geleceğim."

Ralph'ın arkasında duran Domuzcuk'un her bir yanı anlamsız renklerle çevrilmiş gibiydi. Ralph diz çöktü; gözlüğün parlayan camını odak noktasına ayarladı. Ateş yanar yanmaz, Domuzcuk elini uzattı, gözlüğü kaptı.

Ateşte açılan akıllara sığmaz güzellikte, mor, kırmızı, sarı çiçekler karşısında, kinler eriyip gitti. Bir kamp ateşinin çevresinde toplanan çocuklar oldular yeniden. Domuzcuk ve Ralph bile, onlara katılmıştı neredeyse. Çok geçmeden çocukların birkaçı, yokuş aşağı koşup yeni odun getirdiler. Jack, bıçağıyla domuzu gelişigüzel kesiyordu. Domuzun bütününü bir kazıkla ateşin üstünde tutmaya çalıştılar. Ama domuz pişmeden, kazık yanıveriyordu. Sonunda, şiş gibi kullandıkları dallara küçük et parçalarını geçirip, ateşe tuttular. Ama domuz etinden fazla, çocuklar pişiyordu gene de.

Ralph'ın ağzı sulanmıştı. Niyeti eti kabul etmemekti. Ama son zamanlarda ancak meyve, hindistancevizi, arada sırada bir yengeç ya da bir balık yediği için, domuz etine karşı koyacak gücü yoktu. Yarı çiğ bir et parçasını kabul etti; aç kurt gibi kemirdi.

Domuzcuk'un da salyaları akıyordu:

"Bana vermeyecek misiniz hiç?"

Jack, kendi gücünü göstermek amacıyla, Domuzcuk'u bu konuda askıda bırakmaya niyetlenmişti. Ama Domuzcuk, açıkça et isteyerek Jack'ı daha zalimce davranmaya zorladı:

"Sen ava gitmedin."

Domuzcuk, ağzı sulana sulana "Ralph da ava gitmedi, Simon da," dedi. Sonra açıkladı: "Bir meteliklik et yoktur bir yengecin içinde."

Ralph, tedirgin tedirgin kıpırdadı. İkizlerle Domuzcuk'un arasında oturan Simon, ağzını sildi; kendi et parçasını kayaların üstünden Domuzcuk'a doğru itti. Domuzcuk, eti kapıverdi. İkizler kıkır kıkır güldüler. Utanan Simon, başını eğdi.

Derken ayağa fırlayan Jack, domuzdan koskocaman bir parça kesti, Simon'un ayaklarının dibine fırlattı:

"Ye! Allah kahretsin seni!"

Öfkeyle, dik dik bakıyordu Simon'a:

"Al!"

Jack, şaşırıp kalan çocukların arasında, hızla döndü:

"Et buldum sizlere!"

Çektiği sayısız ve dile gelmez acılar yüzünden, Jack'ın öfkesi, bir doğa gücünün kudurması gibi dehşet uyandırıyordu çocuklarda:

"Yüzümü boyadım... Usulcacık gittim. Şimdi yiyorsunuz... Hepiniz... Oysa ben..."

Dağın doruğunda sessizlik ağır ağır öyle bir yoğunlaştı ki, ateşin çıtırtısını, domuzun yumuşak bir çıtırtıyla kızarmasını açık seçik duydular. Jack, etrafına bakınıp anlayış istedi; ama ancak saygı gördü çevresindekilerden. Ralph, eskiden işaret veren ateşin külleri ortasında, eli et dolu, bir şey söylemeden duruyordu.

Sonunda Maurice bozdu sessizliği. Lafı değiştirdi; çocukların çoğunluğunu yeniden bir araya getirebilecek tek konuya geçti:

"Domuzu nerede buldunuz?"

Roger eliyle, dağın çocuklara dost olmayan yamacını gösterdi:

"Oralardaydılar... Deniz kıyısında."

Toparlanan Jack, kendi öyküsünü başkasının anlatmasına katlanamadı. Hemen araya girdi:

"Etrafa yayıldık. Ben ellerim yerde, dört ayak üstünde ilerledim. Kancaları olmadığı için, mızraklar domuzların sırtında kalmıyordu. Bu domuz kaçtı, feci bağırıyordu..."

"Sonra geri döndü, bizim çemberin içine girdi kanaya kanaya..."

Rahatlayan çocuklar, hep bir ağızdan heyecanla konuşuyorlardı:

"Biz çemberi daralttık..."

İlk vurdukları zaman, domuzun arka bacakları tutmaz olmuş; onun için çocuklar iyice yanına sokulup vurmuşlar, vurmuşlar...

"Ben gırtlağını kestim domuzun..."

Aynı gülüşü hâlâ paylaşmakta olan ikizler, ayağa fırlayıp birbirlerinin çevresinde dönmeye başladılar. Sonra ötekiler de oyuna katıldı. Domuzun ölürken çıkardığı sesleri taklit ederek, bağırıp çağırdılar.

"İndir kafasına!"

"Canına oku!"

Derken Maurice, domuzu taklit etti; ciyak ciyak bağırarak koştu çocukların ortasında. Çevresini saran avcılar, onu dövüyormuş gibi yaptılar. Bir yandan dans ediyorlar, bir yandan da şarkı söylüyorlardı:

"*Domuzu gebert. Gırtlağını kes. Tepele onu.*"

Ralph hem kıskanarak, hem de içerleyerek onları seyretti. Ancak hızları azalıp da şarkı bitince, konuştu:

"Sizi bir toplantıya çağırıyorum."

Çocuklar, birer birer durup ona bakakaldılar.

"Denizkabuğuyla çağıracağım. Toplantıyı karanlıkta sürdürmek zorunda kalsak bile, bu toplantı yapılacak. Aşağıda, büyük kayada. Ben denizkabuğunu şimdi gidip öttürünce."

Ralph, çocuklara sırtını çevirdi; yürüyüp indi dağdan aşağı.

5

Sudan Gelen Canavar

Deniz yükselmekteydi. Üstünde ancak tökezlenerek yürünebilen hindistancevizi ağaçları setine yakın beyaz kumlu yerle sular arasında, dar bir kumsal şeridi kalmıştı şu sırada. Ralph, kendine yol olarak, kumun sert olduğu bu şeridi seçti; çünkü düşünmesi gerekiyordu ve ayaklarının nereye bastığına bakmadan, ancak burada yürüyebilirdi. Suyun kenarında ilerlerken, hayrete düştü ansızın: Her yolu kendin bulmak zorunda olduğun ve çoğu zaman ayağını nereye bastığına dikkat etmen gerektiği böyle bir yerde yaşamanın, onu ne denli bezdirdiğini anlayıvermişti. Kumsal şeridinde durdu; ilk gün, sanki çocukluğunun daha aydınlık bir döneminde yaşarcasına, bu adayı nasıl coşkuyla keşfettiğini anımsayınca, acı acı gülümsedi. Geri dönüp iskele biçimindeki büyük kayaya doğru ilerledi. Güneş yüzüne vuruyordu. Toplantı zamanı gelmişti. Ralph, güneş ışığının her şeyi gizleyen görkemi içinde ilerlerken, neler söyleyeceğini teker teker dikkatle düşündü. Bu toplantıda yanlış bir şey yapılmamalıydı; hayal peşinde koşulmamalıydı...

Düşündüklerini dile getirecek sözcüklerden yoksun olduğu için, belli belirsiz kalan, bir yığın karmakarışık düşüncelere daldı. Kaşlarını çattı, bir daha düşünmeye çalıştı.

Bir eğlence toplantısı değil, bir iş toplantısı olmalıydı bu. Ralph bunu kavrayınca, daha hızlı yürüdü. Toplantının öneminin, güneşin batmak üzere olduğunun, hızla yürüdüğü için yüzüne küçük bir rüzgâr estiğinin farkına vardı. Bu rüzgâr, kurşuni gömleğini göğsüne yapıştırınca, yeni eriştiği anlayışla, gömleğinin mukavva gibi sertleştiğine, böyle bir gömleğin tenine değmesinin hoş bir şey olmadığına dikkat etti. Şortunun lime lime parçalarının, bacaklarının ön kısmında rahatsız edici pembe bir iz bıraktığının da farkına vardı. Ralph, tüm kafası allak bullak olarak, pisliğin ve kokuşmanın ne olduğunu anlayıverdi. Görebilmek için karmakarışık saçlarını durup dinlenmeden arkaya itmekten, hava kararınca, gürültüyle hışırdayan kuru yapraklar üstünde yatmaktan ne denli hoşlanmadığını anladı. Bunu anlayınca da, küçük adımlarla koşmaya başladı.

Yüzme havuzunun yanındaki kumsalda, toplantıyı bekleyen grup grup çocuklar vardı. Ralph'ın dertli olduğunu, ateşi söndürmekle bir suç işlediklerini bildiklerinden, sessizce yol açtılar ona.

Ralph'ın gittiği toplantı yeri, aşağı yukarı bir üçgen biçimindeydi. Ama çocukların yaptıkları her şey gibi, bu üçgen de düzensiz ve derme çatmaydı. Orada, Ralph'ın oturduğu kütük vardı. Bu kurumuş ağaç, kayanın üstündeki öteki ağaçlardan kat kat daha büyüktü. Belki de bu ağacı, Pasifik Okyanusu'nun o dillere destan kasırgalarından biri atmıştı oraya. Bu hurma ağacı gövdesi, kumsala koşut bir durumdaydı. Böylece Ralph oturunca, yüzü adaya dönük olurdu ve arkasında ışıldayan deniz, çocukların gözlerini kamaştırdığı için, ancak karanlıkta bir biçim olarak görebilirlerdi onu. Bu kütüğün tabanını oluşturduğu üçgenin iki yanı, daha da belirsiz çizilmişti. Çocuklar, oturdukları yerde tedirginlik içinde kıpırdaya kıpırdaya, sağdaki kütüğün üst kısmını sanki cilalamışlardı. Bu kütük, ne şefinki kadar büyük, ne de şefinki kadar rahattı. Solda dört küçük kütük vardı. En uzaktaki berbat bir biçimde yaylanırdı. Çocuklardan biri, kendini geriye verip kütüğü sarsınca, altı yedi kişi arkaüstü yuvarlanıverirdi otlara. Nice toplantılar kahkahalar içinde sona ermişti bu yüzden. Ralph şimdi görüyordu ki hiç kimse –ne kendi, ne Jack, ne Domuzcuk– bir taş getirip, bu kütüğün altına koymayı akıl edememişti. Demek ki, bu dengesi bozuk devrilen şeye katlanıp gideceklerdi hep; çünkü, çünkü... Ralph, derin düşünceler arasında gene kaybolur gibi oldu.

Kütüklerin önündeki otlar ezilmişti; ama üçgenin ortasında, kimsenin ayak basmadığı yerde, otlar dimdik duruyordu. Üçgenin ucunda oturan olmadığı için, orada da sık otlar bitiyordu. Toplantı yerini çepeçevre saran ağaç gövdeleri, ya dik ya da biraz yan yatmış yükseliyor, yapraklardan oluşan alçak tavanı destekliyordu. Her iki yanda kumsal, arkalarında lagün, önlerinde de adanın karanlığı vardı.

Ralph, şefin oturduğu yere doğru ilerledi. Böylesine geç vakit toplantı yaptıkları hiç olmamıştı. Buranın şimdi farklı görünmesi bu yüzdendi. Öteki toplantılarda, yeşil damın alt kısmı, karmakarışık altınımsı yansımalarla aydınlanır ve yüzler aşağıdan ışık alırdı. Ralph'a, sanki elinde bir elektrik feneri tutuyormuş gibi gelirdi bu. Ama şimdi güneş ışınları kayayı yandan aydınlatıyordu ve nerelerde olmaları gerekirse oradaydı gölgeler. Ralph, yabancısı olduğu derin düşüncelere daldı yeniden. Eğer bir yüz, üstten ya da alttan ışık aldığına göre değişiyorsa, neydi bir insan yüzü? Her şey neydi?

Ralph, sabırsızlık içinde kıpırdadı. Şef olunca düşünmen gerekiyordu, akıllı davranman gerekiyordu. Sorun buydu. Sonra bir fırsat kaçırılıyordu; şef olan hemen karar vermek zorunda kalıyordu. Bu durumlar insanı düşündürüyordu ve düşünce değerli bir şeydi, sonuçlar veren bir şeydi.

Ne var ki Ralph, şefin oturduğu yere gelince, düşünemediği kararına vardı. Domuzcuk'un düşünebildiği gibi düşünemiyordu Ralph.

Bu akşam, değer ölçülerini bir kez daha ayarlamak zorunda kaldı. Domuzcuk düşünebiliyordu. O şişko kafası, adım adım ilerleyebiliyordu. Gel gelelim Domuzcuk bir şef değildi. Ama o gülünç bedeninde bir beyin vardı. Şimdi Ralph, bir düşünce uzmanı olmuştu, kimde düşünce olduğunu anlayabilecek duruma gelmişti.

Gözüne giren güneş, zamanın geçtiğini aklına getirdi. Ağaca asılı olan büyük denizminaresini aldı, yüzeyini inceledi. Açık havada kala kala, denizkabuğunun sarılarıyla pembeleri neredeyse beyazlaşmış, neredeyse saydamlaşmıştı. Sudan kendi eliyle çıkardığı halde, denizkabuğuna karşı sevgiyle dolu bir çeşit derin saygı duydu Ralph. Yüzünü toplantı yerine doğru çevirdi, denizkabuğunu ağzına götürdü.

Ötekiler bu işareti bekliyordu; hemen geldiler. Ateş sönükken adanın açıklarında bir geminin geçtiğini bilenler, Ralph'ın nasıl öfkelendiğini düşünerek sinmişlerdi. Bunu bilmeyenlerle küçüklerse, toplantının genel olarak ağırbaşlı havasının etkisindeydiler. Toplantı yeri çabuk doldu. Jack, Simon, Maurice ve avcıların çoğu Ralph'ın sağındaydı; ötekilerin tümü solda, güneşin altında kalmışlardı. Domuzcuk geldi, üçgenin dışında durdu. Onun dinleyeceğini ama konuşmayacağını gösteriyordu bu. Domuzcuk, olup bitenleri doğru bulmadığını gösteriyordu böylece.

"Sorun şu: Bir toplantı yapmamız gerekiyor."

Hiç kimse bir şey söylemedi; ama Ralph'a doğru dönen yüzlerde yoğun bir dikkat vardı. Ralph, büyük şeytanminaresini havada salladı. Herkesin anlayabilmesi için, bu çeşitten önemli sözlerin en azından iki kez söylenmesi gerektiğini öğrenmişti, geçmiş deneyleri sayesinde. İnsan orada otururken, tüm gözleri denizkabuğunun üstüne çekmeliydi; sözcüklerini yuvarlak ağır taşlar gibi, çömelen ya da bağdaş kuranların arasına bir bir düşürmeliydi. Ralph, toplantının ana konusunun ne olduğunu küçükler bile kavrayabilsin diye, yalın sözcükler arıyordu kafasında. Daha sonraları Jack, Maurice, Domuzcuk gibi usta tartışmacılar, tüm sanatlarını kullanıp konuyu yanlış yollara saptırırlardı belki; ama şimdi, toplantının başlangıcında, temel konu açık seçik gözler önüne serilmeliydi.

"Bir toplantı yapmalıyız. Eğlence olsun diye değil. Gülmek için değil, kütükten düşmek için değil..."

Sallanan kütükte oturan küçükler, kıkır kıkır gülerek birbirlerine baktılar.

"... Şakalar yapmak için değil, ya da..."

Ralph, etkileyici sözü bulmak çabası içinde, denizkabuğunu havaya kaldırdı:

"... Ya da açıkgöz laflar etmek için değil. Bunlar için değil, her şeyi yoluna koymak için."

Ralph, bir an durakladı.

"Gittim. Tek başıma gittim, düşündüm ne nedir diye? Bize neyin gerektiğini biliyorum. Her şeyi yoluna koymak için bir toplantı. İlkin ben konuşacağım."

Gene bir an durdu; farkına varmadan saçını arkaya itti. Domuzcuk, etkisiz kalan protestosunu yapmıştı. Şimdi ayak parmaklarının ucuna basa basa öteki çocukların yanına gitti.

Ralph, konuşmasını sürdürdü:

"Bir yığın toplantı yaptık. Herkes hoşlanıyor konuşmaktan, beraber olmaktan. Kararlar veriyoruz. Ama bu kararlar yerine getirilmiyor. Kaynaktan su getirecektik. Suyu şu hindistancevizi kabuklarının içine koyup, yeşil yapraklarla örtecektik. Birkaç gün bunu yaptık da. Şimdi su yok. Hindistancevizi kabukları kupkuru. Herkes ırmaktan su içiyor."

Bu sözleri doğrulayan mırıltılar yükseldi.

"Irmaktan içmek kötü bir şeydir demiyorum. Ben de eski bir hindistancevizi kabuğundan su içeceğime, orada –biliyorsunuz ya, hani şelalenin olduğu havuzda– su içmek isterim. Ama suyu buraya getireceğiz demiştik. Şimdiyse getirmiyoruz. Bugün öğleden sonra, suyla dolu ancak iki tane hindistancevizi kabuğu vardı orada."

Ralph, diliyle dudaklarını ıslattı:

"Bir de kulübeler işi var. Barınaklar."

Mırıltı yeniden yükseldi; sonra duyulmaz oldu.

"Çoğunuz barınaklarda uyuyorsunuz. Bu gece ateşin başında kalacak olan Eric'le Sam bir yana, hepiniz barınaklarda uyuyacaksınız. Kim yaptı barınakları?"

Hemen bağırıştılar. Hepsi yapmıştı barınakları. Ralph, denizkabuğunu havada sallamak zorunda kaldı.

"Bekleyin bir dakika! Barınakların üçünü de kim yaptı, demek istiyorum. Birincisini hepimiz birden yaptık; ikincisini dört kişi yaptık. Şuradaki son barınağı yalnız Simon ile ben yaptık. Onun için böyle yıkıldı yıkılacak. Hayır, gülmeyin. Eğer yağmurlar gene başlarsa, o barınak yıkılabilir. O zaman ötekiler gerekecek bize."

Ralph durdu; gırtlağını temizledi:

"Bir şey daha var: Yüzme havuzunun şu arkasındaki kayaları hela olarak seçtik. Çok da aklı başında bir karardı bu; çünkü sular yükselince orası temizleniyor. Siz küçükler, biliyorsunuz bunu."

Şurada burada sinsi sinsi gülenler; birbirlerine çabucak bakanlar oldu.

"Sanki herkes her yeri kullanıyor şimdi. Hatta barınakların yanını ve bu kayayı bile. Siz küçükler, meyve yiyince, eğer sıkışırsanız..."

Toplantıdakiler bağıra çağıra güldüler.

"Eğer sıkışırsanız diyordum, o meyve ağaçlarının yanına gitmeyin. Pis bir şey bu."

Gene gülüştüler.

"Pis bir şey diyorum!"

Ralph, terden katılaşmış, kurşuni gömleğini çekiştirdi.

"Gerçekten pis bir şey bu. Eğer sıkışırsanız, kumsaldan geçip kayalara koşun hemen. Anladınız mı?"

Domuzcuk, elini denizkabuğuna uzattı; ama Ralph başını salladı. Nokta nokta önceden hazırlanmıştı bu söylev.

"Gene kayaları kullanmalıyız hepimiz. Buraları kirlenmeye başladı."

Ralph durdu. Toplantıdakiler, bir buhranın patlak vereceğini sezerek, gergin bekliyorlardı.

"Gelelim şimdi ateşe."

Ralph, biraz tıkanırcasına soluğunu koyuverdi. Onu dinleyenler de aynı şeyi yaptılar. Jack, bıçağıyla bir odun parçasını yontmaya başladı. Robert'e bir şey fısıldadı. Robert, başını başka yana çevirdi.

"Bu adada en önemli şey ateştir. Eğer her zaman ateş yakmazsak, nasıl kurtuluruz? Olsa olsa, bir uğurlu rastlantı sonucu kurtuluruz o zaman. Bir ateş yakacak gücümüz yok mu bizim?"

Ralph kolunu uzattı:

"Şu halimize bakın! Kaç kişiyiz? Ama gene de duman çıkaracak bir ateşi sürekli yakamıyoruz. Yoksa anlamıyor musunuz siz? Anlamıyor musunuz ki, ateşin sönmemesi için... ölümü bile göze almalıyız...

Avcılar, biraz sıkılarak gülüştüler. Ralph, hırsla onlara doğru döndü:

"Siz avcılar! Bir de gülüyorsunuz! Size diyorum ki, ne kadar çok domuz öldürürseniz öldürün, ateş domuzlardan daha önemlidir. Bunu anladınız mı hepiniz?"

Ralph, kollarını alabildiğine açtı. Bütün üçgene doğru döndü:

"Ya orada duman yapacağız... ya da öleceğiz."

Durdu, bundan sonra söyleyeceğini düşündü:

"Bir şey daha var."

Biri seslendi:

"Fazla şey var."

Bu sözü onaylayan homurtular yükseldi. Ralph, homurdananlara hiç kulak asmadı:

"Bir şey daha var: Bütün adayı az kalsın yakıyorduk. Kayaları oradan oraya yuvarlayıp, yemek pişirmek için küçük ateşler yakarak, boşuna vakit harcıyoruz. Şimdi bir şey söyleyeceğim ve bunu bir kural yapacağım; çünkü ben şefim: Ateş, ancak ve ancak dağda yakılacak. Asla yakılmayacak başka bir yerde."

Hemen kıyametler koptu; çocuklar ayağa kalkıp bağırdılar. Ralph da onlara bağırdı:

"Eğer bir balık ya da bir yengeç pişirmek için ateş istiyorsanız, dağa da gidebilirsiniz pekâlâ. Hem ateşin sönmediğini biliriz o zaman."

Batmak üzere olan güneşin ışığında, eller denizkabuğuna doğru uzanıyordu. Ralph, denizkabuğunu elinden bırakmadan, kütüğün üstüne atladı.

"İşte ben bunları söyleyecektim. Söyleyeceğimi de söyledim. Beni şef seçtiniz. Şimdi sözümü dinleyeceksiniz."

Ortalık yavaş yavaş duruldu. Sonunda çocuklar gene yerlerine oturdular. Ralph, kütükten indi, her zamanki sesiyle konuştu:

"Unutmayın, kayalar hela olacak. Ateş sönmeyecek ve işaret olarak duman çıkacak. Dağdan ateş almayacaksınız. Pişireceklerinizi oraya götüreceksiniz."

Alacakaranlıkta yüzü asılan Jack ayağa kalktı, elini uzattı:

"Daha bitirmedim söyleyeceklerimi."

"Ama durmadan sen konuştun."

"Denizkabuğu bende."

Jack, homurdana homurdana oturdu.

"Son şeyi söylüyorum. Bu konuda konuşabilirsiniz."

Ralph, çıt çıkmayıncaya kadar bekledi:

"Her şey bozulmakta. Neden bilmiyorum. İyi başlamıştık, mutluyduk. Sonra..."

Denizkabuğuyla elinde hafif hafif oynadı. Çocukların oturdukları yerin ötelerine, boşluğa baktı; canavarı, yılanı, yangını, korku sözlerini anımsadı:

"Sonra korkmaya başlanıldı."

Bir mırıltı, neredeyse bir inilti yükseldi; sonra dağıldı. Jack, odun parçasını yontmuyordu artık. Ralph, lafı uzatmadan konuştu:

"Küçükler korkudan söz ediyorlar. Bu işi yoluna sokacağız. Bu, hepimizin konuşabileceği bir konu. Yani bir bakıma karara varmalıyız bu korku konusunda."

Ralph'ın saçları, gene gözlerine girmeye başlamıştı.

"Bu korku konusunu konuşup, boş olduğuna karar vermeliyiz. Benim de korktuğum olur. Ama saçma bir şeydir bu. Hani öcüler filan gibi. Bu konuda bir karara vardıktan sonra, her şeye yeni baştan başlarız. Ateşe filan dikkat ederiz."

Işıldayan kumsalda yürüyen üç çocuğu hayalinde görür gibi oldu:

"Ve mutlu oluruz."

Ralph, söylevin bittiğini göstermek için, bir tören yaparcasına, büyük şeytanminaresini yanına, kütüğün üstüne bıraktı. Artık güneş ışınları azalmıştı, yatay olarak ufuk çizgisinden geliyordu.

Jack ayağa kalktı, denizkabuğunu aldı:

"Demek ki bu toplantı, durumun tam ne olduğunu anlamak için yapılıyor. Ben size söyleyeyim durumun tam ne olduğunu: Siz küçükler, korku lafı ede ede, sizler başladınız bu işe. Canavarlar varmış! Peki nereden geliyor bu canavarlar? Elbette, zaman zaman korktuğumuz olur hepimizin. Ama katlanırız bu korkuya. Ralph, geceleri bağırdığımızı söylüyor. Karabasan değil de, nedir bu? Zaten sizler ne ava gidiyorsunuz, ne barınak yapıyorsunuz, ne de bir işe yarıyorsunuz. Bir sürü zırlayan bebekler, muhallebi çocuklarısınız, siz küçükler. İşte bu kadar. Korku konusuna gelince, biz nasıl katlanıyorsak korkuya, siz de katlanmalısınız."

Ralph ağzı açık, Jack'a bakakalmıştı; ama Jack farkında değildi:

"Yani korku sizlere zarar vermez, düşlerin zarar veremediği gibi. Bu adada korkulacak bir canavar yok."

Jack, fısıldayan küçüklere baktı:

"Bir şey gelip sizi kapıverseydi, oh olsun sizlere derdim! Sizi gidi metelik etmeyen, sızlanıp duran bebekler! Bir hayvan yok burada."

Ralph ters ters, Jack'ın sözünü kesti:

"Bütün bunlar ne demek oluyor? Hayvan var diyen kim?"

"Sen dedin geçen gün. Düş görüp bağırıyorlar dedin. Konuşuyorlar da. Yalnız küçükler değil, benim avcılarım da konuşuyorlar ara sıra. Bir şeyden söz ediyorlar; karanlık bir şey, bir canavar ya da bir çeşit hayvan. Ben duydum. Duymadığımı sanıyorsunuz, değil mi? Şimdi dinleyin beni. Küçük adalarda büyük hayvanlar yoktur. Ancak domuz vardır. Aslanlar, kaplanlar yalnız büyük memleketlerde olur, Afrika ya da Hindistan gibi yerlerde..."

"Bir de hayvanat bahçesinde..."

"Denizkabuğu bende. Ben size korkudan söz etmiyorum. Canavardan söz ediyorum ben. Canınız isterse, korkun. Ama canavar gelince..."

Jack, kucağında denizkabuğu durdu; kirli kara şapkalı avcılarına doğru döndü:

"Ben bir avcı mıyım, yoksa değil miyim?"

İçtenlikle evet dercesine, başlarını eğdiler. Jack'ın bir avcı olduğu ortadaydı; kimsenin kuşkusu yoktu bu konuda.

"Peki öyleyse... Ben bu adanın her bir yanına gittim. Tek başıma. Bir canavar olsaydı, görürdüm. Sizler korkan kişilersiniz, varın korkun... Ama canavar yok ormanda."

Jack, büyük şeytanminaresini geri verip oturdu. Derken Domuzcuk elini uzattı:

"Jack'ın her söylediğine katılmıyorum; ama söylediklerinin bazılarına ben de katılıyorum. Ormanda canavar yok, elbette. Nasıl olabilir ki? Neyle beslenirdi bu canavar?"

"Domuzla."

"Domuz yiyen biziz."

"Domuzcuk!"

Domuzcuk, haklı bir öfkeye kapıldı:

"Denizkabuğu bende! Ralph... Sussunlar, değil mi? Sizler susun, küçükler! Bu korku işine katılmıyorum. Ormanda korkulacak hiçbir şey yok elbette. Yani benim de gittiğim oldu ormana. Bu gidişle hortlaklardan filan da söz etmeye başlayacaksınız yakında. Bu adada olup bitenleri biliyoruz. Bir bozukluk çıkarsa, onu düzeltecek biri de çıkar."

Domuzcuk, gözlüğünü eline aldı; gözlerini kırpıştıra kırpıştıra çocuklara baktı. Sanki ışık birdenbire söndürülmüş gibi, güneş yok oluverdi.

Domuzcuk, açıklamasını sürdürdü:

"Karnınız, ister küçük ister büyük olsun, karnınız ağrıyınca..."

"Seninkisi büyük."

"Hele gülmeniz bitsin, o zaman belki devam edebiliriz bu toplantıya. Küçükler, o sallanan kütüğe tırmanırlarsa, gene düşüverecekler dakikasında. Onun için yere oturup dinlemeleri daha iyi olur. Hayır. Her şeyin bir doktoru vardır. Kafanızın içinin bile bir doktoru vardır. Boşu boşuna hep korkup duracak mıyız yani?"

Domuzcuk coştu:

"Yaşam bilimseldir. Öyledir işte. Bir iki yıl sonra savaş bitince, Merih'e gidecekler ve de geri dönecekler. Bir hayvan olmadığını biliyorum; yani öyle pençeleri filan olan bir hayvan demek istiyorum. Korkunun olmadığını da biliyorum."

Domuzcuk durakladı:

"Ancak..."

Ralph, tedirginlik içinde kıpırdadı:

"Ancak ne?"

"Ancak insanlardan korkmadığımız sürece."

Oturan çocuklar, yarı gülen yarı yuhalayan sesler çıkardılar. Domuzcuk başını eğdi, hızla sürdürdü konuşmasını:

"Onun için canavardan söz eden şu küçüğü dinleyelim. Belki ne kadar aptal olduğunu gösterebiliriz ona."

Küçükler, kendi aralarında cır cır konuşmaya başladılar. Derken, küçüklerden biri ilerledi.

"Senin adın ne?"

"Phil."

Küçüklerden olduğu halde, kendine güveni vardı. Ellerini uzatıp büyük şeytanminaresini aldı, onu Ralph gibi kucağında tuttu. Söylediklerini dikkatle dinlesinler diye çevresine bakındı:

"Dün gece bir düş gördüm. Korkunç bir düş. Bir şeylerle dövüştüm. Barınağın dışındaydım tek başıma, o şeylerle dövüşüyordum. Ağaçlardaki o kıvranan şeylerle."

Küçük Phil durdu. Öteki küçükler, aynı korkuyu hissedip ödleri koptuğu halde gülüştüler.

"Sonra korktum, uyandım. Barınağın dışındaydım, tek başıma karanlıkta ve o kıvranan şeyler yok olmuştu."

Böylesine olası, böylesine yalın ve korkunç bir şeyin dehşetini yaşayan çocuklar, susup kaldılar. Beyaz denizkabuğunun arkasından, incecik çıkıyordu küçüğün sesi:

"Korktum. Ralph'ı çağıracaktım. O sırada ağaçların arasında kımıldayan bir şey gördüm. Koskocaman, korkunç bir şey."

Küçük durdu. Bunu anımsayınca hem korkmuştu; hem de herkesi heyecana vermenin gururu içindeydi.

"Bu, bir karabasandı" dedi Ralph. "Uykusunda yürüyordu."

Toplantıdakiler, hafif mırıltılarla Ralph'ı onayladılar.

Küçük Phil, hayır dercesine başını salladı inatla:

"Kıvranan şeyler birbirine girerken uyuyordum. Onlar yok olduğu sırada uyanıktım ve ağaçların arasında kımıldayan koskocaman korkunç bir şey gördüm."

Ralph, denizkabuğunu almak için elini uzattı; küçük çocuk oturdu.

"Hep uyuyordun sen. Orada hiç kimse yoktu. Geceleyin ormanda nasıl dolaşılır? Aranızdan giden var mı ormana? Biri barınaklardan çıktı mı?"

Uzun bir sessizlik oldu. Karanlıkta dışarıda dolaşmayı kimsenin aklı almadığı için gülümsediler. Derken Simon ayağa kalktı. Ralph, hayretler içinde Simon'a baktı:

"Sen ha? Ne halt ediyordun karanlıkta?"

Simon, kesin bir tavırla denizkabuğunu yakaladı:

"Bir yere... gitmek istiyordum. Bildiğim bir yere."

"Hangi yere?"

"İşte, bildiğim bir yere. Cengelde bir yere."

Simon durakladı.

Jack sorunu çözümledi. Simon'u hor gören sesinde, herkesi güldüren bir kesinlik vardı:

"Sıkışmıştır."

Simon hesabına küçük düşen Ralph, Simon'un yüzüne sert sert bakarak, denizkabuğunu geri aldı:

"Bunu yapma bir daha. Anladın mı? Geceleyin yapma. Zaten küçükler aptal aptal konuşuyorlar, canavar filan diye. Bir de senin geceleyin bir... bir şey gibi usulcacık gittiğini görürlerse..."

Yükselen alaycı gülüşlerde, hem korku vardı hem de suçlama. Simon, konuşmak için ağzını açtı ama denizkabuğu Ralph'taydı. Onun için oturduğu yere geri döndü.

Herkes susunca, Ralph, Domuzcuk'a döndü:

"Evet Domuzcuk?"

"Bir şey daha var. İşte bu."

Küçükler, Percival'ı ileriye doğru itip bıraktılar. Percival ortada, dizlerine kadar yükselen otların arasında durdu, görülmeyen ayaklarına baktı. Kendini bir çadırın içinde sanmak istedi. Ralph, tıpkı böyle duran başka bir küçük oğlanı anımsadı; bu düşünceden kaçmak istedi. O küçük oğlanı aklından itmiş, çıkarmıştı. Ancak onu anımsatan böyle belirli bir durum olursa, aklına geliyordu o oğlan. Küçükler bir daha sayılmamıştı. Bunun bir nedeni, hepsini saymanın yolu olmayışıydı. Başka bir nedeni de, Ralph'ın, Domuzcuk'un dağın doruğunda sorduğu sorulardan en azından bir tanesinin yanıtını bilmesiydi. Sarışın, esmer, çilli küçük çocuklar vardı. Hepsi kirliydi. Ama ne acıdır ki, yüzlerinde göze batan bir leke yoktu hiçbirinin. Karadut lekesini hiç kimse bir daha görmemişti. Domuzcuk, ne olduğunu öğrenmek için küçükleri kandırmak istemiş, hatta onları hırpalamıştı. Sözü edilmemesi gereken olayı unutamadığını bir şey söylemeden kabul eden Ralph, Domuzcuk'a başını salladı:

"Hadi, sor ona."

Domuzcuk, elinde denizkabuğu, çocuğun yanında diz çöktü:

"Söyle bakalım, adın ne senin?"

Küçük oğlan kıvranıverip, hayalindeki çadıra girdi. Çaresiz kalan Domuzcuk, Ralph'a döndü. Ralph, sert sert sordu:

"Adın ne senin?"

Toplantıdakiler, çocuğun sessizliğinden, konuşmaya yanaşmamasının sıkıntısı içinde, hep bir ağızdan şarkı söylercesine bağırışmaya başladılar:

"Adın ne senin? Adın ne senin?"

"Susun!"

Ralph, alacakaranlıkta gözlerini kısarak, çocuğa baktı:

"Hadi, söyle bize. Adın ne?"

"Percival Wemys Madison, Rahibin evi, Harcourt St. Anthony, Hants, telefon numarası, telefon numarası, tele... "

Bu bilgi, ta derinlerden, acının kaynaklarından geldiği için, küçük çocuk ağladı. Yüzü buruştu; gözlerinden yaşlar fışkırdı; ağzı, karanlık dört köşe bir delik gibi açıldı. Sessiz bir keder heykeliydi ilkin; ama sonra, denizkabuğunun gürültüsünü andıran sürekli bir ağıt yükseldi.

"Sus! Sus!"

Percival Wemys Madison susmuyordu. Bir kaynak akmaya başlamıştı. Artık sertlik, hatta dayak tehdidi bile durduramazdı bunu. Küçük oğlan, soluk soluğa ağlıyordu. Onu acıya çivileyip dimdik ayakta tutan da bu ağlamaydı sanki.

"Sus! Sus!"

Şimdi küçüklerin de sesi yükselmişti. Hem kendi kişisel acılarını anımsıyorlar, hem de evrensel bir acıya katılıyorlardı belki. Percival'ın derdini paylaşırcasına, onlar da ağlamaya başladılar. Küçüklerden ikisinin, neredeyse Percival'ınki kadar gürültülüydü ağlaması.

Maurice, çocukları kurtardı.

"Bana bakın!" diye bağırdı.

Düşüyormuş gibi yaptı, kıçını ovdu. Sallanan kütüğe oturup, otların üstüne yuvarlandı. Ustaca yapmıyordu şaklabanlığını, ama Percival ile öteki çocuklar onu gördüler; burunlarını çekip güldüler. Çok geçmeden öyle abuk sabuk gülüyorlardı ki, büyükler de gülmeye başladılar.

Bu gürültü içinde ilk duyulan ses Jack'ınki oldu. Denizkabuğu elinde olmadığı için, kurallara karşı gelerek söz almış oluyordu; ama kimsenin aldırdığı yoktu:

"Ya canavar?"

Garip bir şey oluyordu Percival'a; esneyip sendeliyordu. Jack, onu yakalayıp sarsmak zorunda kaldı:

"Canavar nerede yaşıyor?"

Jack onu sıkı sıkı tuttuğu halde, Percival düştü düşecek gibiydi.

Domuzcuk alay etti:

"Bu adada saklanabildiğine göre, amma da akıllıymış bu canavar!"

"Jack her yere gitti."

"Bir canavar nerede yaşayabilir?"

"Canavarmış! Hadi be!"

Percival, bir şeyler mırıldandı; toplantıdakiler gene güldüler. Ralph, öne doğru eğildi:

"Ne diyor?"

Jack, Percival'ın söylediğini dinledikten sonra onu bıraktı. Jack'dan kurtulan, çevresini saran insanların rahatlık verici varlığını duyan Percival, uzun otların arasına düşüp uykuya daldı.

Jack, gırtlağını temizleyip, olağan bir şey söylermişçesine aktardı Percival'ın dediğini:

"Canavar denizden geliyormuş."

Gülenlerin en sonuncusu da sustu. Şimdi öteki çocuklara kamburumsu bir karartı gibi görünen Ralph, elinde olmadan denize doğru döndü. Toplantıdakiler de denize baktılar. Uçsuz bucaksız suları, enginlerdeki açık denizi, çivit rengi sonsuz olasılıklar bilinmezliğini düşündüler; mercan kayalıklardan gelen uğultuları, fısıltıları dinlediler sessizce.

Maurice, öylesine yüksek bir sesle konuştu ki, herkes irkildi:

"Babam, denizlerdeki tüm hayvanların daha bulunmadığını söyledi."

Tartışma yeniden başladı. Ralph, ışıldayan denizkabuğunu uzattı. Söz dinleyen Maurice, denizkabuğunu eline aldı. Ortalık duruldu.

"Jack, korkabilirsiniz çünkü insanlar nasıl olsa korkarlar, diyor. Buna bir diyeceğim yok. Jack bu adada hayvan olarak ancak domuz var derken, herhalde haklıdır, ama aslında bilmiyor başka hayvan olup olmadığını, yani kesinlikle bilmiyor demek istiyorum..."

Maurice bir soluk aldı:

"Babam diyor ki, bir şeyler varmış... Neydi onların adı... Mürekkep çıkaran bir şeyler... Mürekkepbalıkları... Yüzlerce yarda uzunluğundaymış bunlar; balinaları olduğu gibi yutuverirlermiş."

Maurice gene durdu, kıvançla güldü:

"Canavarlara inanmıyorum elbette. Domuzcuk'un dediği gibi, yaşam bilimseldir. Ama bilmiyoruz, öyle değil mi? Yani kesinlikle bilmiyoruz demek istiyorum..."

Biri bağırdı:

"Mürekkepbalığı sudan çıkamaz!"

"Çıkar!"

"Çıkamaz!"

Bir an içinde kayanın üstü, çekişen, elini kolunu sallayan gölgelerle doldu. Yerinde oturan Ralph'a göre, aklın egemenliği böylece çöküvermişti: Korku, canavarlar, ateşin her şeyden önemli olduğu konusunda genel bir anlaşmaya varılmaması... İnsan her şeyi yoluna koymak için uğraşırken, tartışma çığrından çıkıveriyor, yeni ve tatsız konular ön plana geçiyordu.

Ralph yanında, alacakaranlıkta beyaz bir şey görünce, bunu Maurice'nin elinden kaptı ve denizkabuğunu olanca gücüyle öttürdü. Şaşkına dönen çocuklar sustular. Simon, Ralph'a sokulmuş, elini denizkabuğunun üstüne koymuştu. Simon, tehlikelerle dolu bir gereksinme içindeydi. İlle konuşmak istiyordu; ama bir toplantıda konuşmak, korkunç geliyordu ona.

Duraksaya duraksaya, "Belki" dedi, "bir canavar vardır belki."

Toplantıdakiler, yabansı seslerle bağrıştılar. Ralph, hayretler içinde ayağa kalktı:

"Sen mi, Simon? Sen mi inanıyorsun buna?"

Simon, "Bilmiyorum" dedi.

Yüreği öylesine atıyordu ki, tıkanır gibiydi:

"Ama..."

Fırtına patlak verdi:

"Otur yerine!"

"Çeneni kapa!"

"Denizkabuğunu al!"

"Kes sesini!"

Ralph bağırdı:

"Dinleyin onu! Denizkabuğu onda!"

"Demek istediğim şu... Bizden başka canavar yok belki..."

"Aklını kaçırmış!"

Bunu söyleyen, nezaket kurallarına aldırmayacak kadar sarsılan Domuzcuk'tu.

Simon gene konuştu:

"Belki bizler bir çeşit..."

Simon, insanlığın başlıca hastalığını dile getirmek çabası içinde, derdini anlatamaz hale geldi. Sonra birden esinlendi:

"Dünyanın en pis şeyi nedir?"

Bu soruyu izleyen anlayıştan yoksun sessizlik, Jack'ın söylediği kaba ve etkili bir tek heceyle bozuldu. Bu tek hecenin yarattığı rahatlık, cinsel hazzın doruğuna varmak gibi bir şey oldu. Sallanan kütüğe gene tırmanan küçükler, yeniden yere yuvarlandılar ve hiç aldırmadılar düşmelerine. Avcılar, sevinç çığlıkları attılar.

Simon'un gösterdiği çaba, başına yıkılmıştı sanki. Kahkahalar, onu kıyasıya yumruklar gibiydi. Çaresiz kaldı, ürkerek oturduğu yere çekildi.

"Bu, bir çeşit hortlaktır demek istiyor belki."

Ralph, büyük şeytanminaresini havaya kaldırdı, gözlerini kısıp karanlığa baktı. En aydınlık kalan yer, solgun kumsaldı. Küçükler daha mı yaklaşmışlardı? Evet... Öyleydi kuşkusuz. Ortadaki otların arasında, bedenleri sıkı sıkı düğümlenmişçesine birbirlerine sokulmuşlardı. Bir esinti, hurma ağaçlarını dile getirdi ve bu, büyük bir gürültü yaptı sessiz karanlıkta. Kurşuni iki ağaç gövdesi, gündüzün hiç kimsenin farkına varmadığı kötü bir gıcırtıyla birbirine sürtündü:

Domuzcuk, denizkabuğunu Ralph'ın elinden aldı. Haklı bir öfke vardı sesinde:

"Ben hortlaklara inanmam... Asla inanmam!"

Jack da ayağa fırlamıştı. Nedeni bilinmez bir kızgınlık içindeydi:

"Kimin umurunda senin neye inandığın, şişko!"

"Denizkabuğu bende!"

Kısa süren bir itişip kakışma duyuldu. Büyük şeytanminaresi elden ele geçti.

"Denizkabuğunu geri ver bana!"

Aralarına giren Ralph, göğsüne bir yumruk yedi. Denizkabuğunu birinin elinden kopardı. Soluk soluğa oturdu:

"Fazla lafı ediliyor hortlakların. Gündüz konuşmalıydık bunları."

Bilinmedik bir ses, yavaşça yükseldi:

"Belki canavar odur... Bir hortlaktır."

Sanki bir rüzgâr esti, toplantıdakileri sarstı.

Ralph, "Sıraya aldırmadan fazla konuşuluyor" dedi. "Kurallara uymazsanız, doğru dürüst toplantı yapamayız."

Ralph durakladı. Bu toplantının özenle hazırlanan planı bozulup gitmişti.

"Ne dememi istiyorsun o halde? Bu toplantıyı böyle geç vakit yapmakla yanılmışım. Onlar için... Hortlaklar için bir oylama yapıp, barınaklara gideceğiz; çünkü hepimiz yorgunuz. Hayır... Jack mı o? Bekle bir dakika. Şimdi ben burada hemen söylüyorum hortlaklara inanmadığımı. Ya da inanmadığımı sandığımı. Ama onları düşünmekten de hoşlanmıyorum. Yani şimdi karanlıkta, hoşlanmıyorum. Karar vermeliyiz, hortlak var mı yok mu?"

Ralph, bir saniye denizkabuğunu havaya kaldırdı:

"Peki öyleyse. Kararlaştıracağımız şey, hortlakların olup olmadığı herhalde..."

Soruyu sorarken, hangi sözcükleri kullanacağını düşündü bir an:

"Hortlakların olabileceğine kimler inanıyor?"

Uzun bir sessizlik oldu; hiç kimse kıpırdamıyor gibiydi. Sonra Ralph, gözlerini kısıp karanlığa baktı; elleri gördü. Donuk bir sesle konuştu:

"Anladım..."

Dünya, ne olduğu bilinen dünya, yasalara uyan dünya, kaymak üzereydi. Eskiden şu vardı, bu vardı; ama şimdi... Gemi de gitmişti.

Denizkabuğu, Ralph'ın elinden kapılıverdi ve Domuzcuk tiz bir sesle bağırdı:

"Ben hortlaklara oy vermedim!"

Hızla dönüp çevresine bakındı:

"Bunu aklınızda tutun, hepiniz!"

Domuzcuk'un ayağını yere vurduğunu duydular:

"Neyiz biz? İnsan mı? Yoksa hayvan mı? Yoksa vahşiler mi? Büyükler ne diyecekler bizler için? Basıp gidiyoruz... Domuzlar avlıyoruz... ateşi söndürüyoruz... Şimdi de bu..."

Belalı bir gölge dikildi Domuzcuk'un karşısında:

"Kapa çeneni, seni gidi şişko sümüklüböcek!"

Bir ara itişip kakıştılar. Işıldayan büyük şeytanminaresi, bir aşağı iniyor, bir yukarı çıkıyordu. Ralph ayağa fırladı:

"Jack, Jack! Denizkabuğu sende değil! Bırak konuşsun!"

Jack'ın yüzü, alacakaranlıkta Ralph'a yaklaştı:

"Kes sesini sen de! Yani ne sanıyorsun kendini? Oraya kurulmuş, şunu yap, şunu yapma dersin sağa sola. Ava gitmesini bilmezsin... Şarkı söylemesini bilmezsin..."

"Ben şefim. Seçildim."

"Seçildinse ne çıkar? Saçma sapan emirler verip duruyorsun..."

"Denizkabuğu Domuzcuk'ta."

"Tamam... Her zaman olduğu gibi Domuzcuk'tan yana çık!"

"Jack!"

Jack, acı bir alayla Ralph'ı taklit etti:

"Jack! Jack!"

"Kurallar!" diye bağırdı Ralph. "Kuralları bozuyorsun!"

"Kimin umurunda?"

Ralph, tüm aklını başına topladı:

"Kurallardan başka bir şeyimiz yok ki bizim!"

Ama Jack, avaz avaz bağırıyordu:

"Kuralların cehenneme kadar yolu var! Biz güçlüyüz... Biz ava gideriz... Eğer bir canavar varsa, biz onu avlayıp yakalarız. Çevresini sararız, vururuz, vururuz, vururuz!.."

Jack, yabansı bir çığlık atarak, solgun kuma atladı. Kayanın üstü, dakikasında gürültü, heyecan, koşuşmalar, bağırışmalar, kahkahalarla doldu. Çocuklar, toplantı yerinden koptular; hindistancevizi ağaçlarıyla denizin kıyısı arasına yayıldılar, dağıldılar; gecenin karanlığında kumsalda görünmez oldular. Ralph, yanağının denizkabuğuna değdiğinin farkına vardı; denizkabuğunu Domuzcuk'un elinden aldı.

Domuzcuk, "Büyükler ne diyecekler bizim için?" dedi gene. "Şunların haline bak!"

Yalandan yapılan bir avla gerçekten duyulan bir korkunun, çılgın kahkahalarla karışık gürültüsü geliyordu kumsaldan.

"Denizkabuğunu öttür, Ralph."

Domuzcuk öyle yakındı ki, Ralph, gözlüğündeki tek camın parıltısını görebiliyordu.

"Ateş sorunu var. Anlamıyorlar mı bunlar?"

"Sert olmalısın şimdi. İstediğini yaptır onlara."

Ralph, bu önermeyi incelercesine dikkatle konuştu:

"Eğer ben denizkabuğunu öttürür, onlar da gelmezse, o zaman işimiz tamam. Ateşi koruyamayız. Hayvanlara döneriz; hiçbir zaman kurtulamayız."

"Eğer öttürmezsen, nasıl olsa hayvanlara döneceğiz pek yakında. Ne yaptıklarını görmüyorum ama işitiyorum onları."

Dağılan çocuklar, kumun üstünde gene bir araya gelmişler, dönen kara bir yığın olmuşlardı. Tekdüzen bir sesle, şarkı gibi bir şeyler söylüyorlardı. Artık dayanamayan küçükler, sendeleye sendeleye, uluya uluya kaçıyorlardı. Ralph, denizkabuğunu dudaklarına götürdü, sonra indirdi:

"Asıl sorun bu: Hortlaklar var mı, Domuzcuk? Canavarlar var mı?"

"Elbette yok."

"Neden yok?"

"Çünkü o zaman her şey saçma olurdu. Sokaklardaki evler, TV... Hiçbir iş yürümezdi."

Dans eden, tekdüzen seslerle şarkı söyleyen çocuklar uzaklaşmışlardı. Çıkardıkları gürültü, sözleri anlaşılmayan, düzenli bir uğultuydu artık.

"Ama ya her şey saçmaysa? Yani burada, bu adada? Ya bir şeyler varsa bizi gözetleyen, bekleyen?"

Ralph, sarsılırcasına ürperdi. Domuzcuk'a öyle bir sokuldu ki, iki çocuk birbirlerine çarpıp korktular.

"Böyle konuşma artık! Zaten çektiğimiz yeter, Ralph. Bundan fazlasına dayanamam ben. Eğer hortlaklar varsa..."

"Ben şef olmaktan vazgeçmeliyim. Dinle onları!"

"Aman Allahım! Hayır, olmaz!"

Domuzcuk, Ralph'ın kolunu yakaladı sıkı sıkı:

"Eğer Jack şef olursa, yalnız av yapılır, ateş yakılmaz. Ölünceye dek burada kalırız."

Domuzcuk'un sesi yükseldi, cırtlaklaştı:

"Kim orada oturan?"

"Ben, Simon."

"Amma da yaman kişileriz" dedi Ralph. "Üç kör fare gibi. Ben vazgeçiyorum."

Domuzcuk, korku dolu bir fısıltıyla, "Sen vazgeçersen" dedi, "bana ne olur sonra?"

"Bir şey olmaz."

"Jack nefret ediyor benden. Neden bilmiyorum. Eğer canının istediğini yapabilse... Ama sana dokunamaz. Saygısı var sana. Üstelik sen onu dövebilirsin."

"Ama sen de onunla bir güzel dövüşüyordun daha demin."

Domuzcuk yalın konuştu:

"Denizkabuğu bendeydi. Söz söylemeye hakkım vardı."

Simon, karanlıkta kıpırdadı:

"Şef olmaktan vazgeçme."

"Sen sus, küçük Simon! Canavar yok diyemez miydin yani?"

Domuzcuk, "Ben Jack'tan korkuyorum" dedi. "Onun için Jack'ı iyi biliyorum. Birinden korkunca ondan nefret edersiniz ama boyuna da düşünüp durursunuz onu. Kendi kendinizi aldatırsınız; aslında kötü değildir dersiniz. Ama onu görünce, tıpkı nefes darlığına tutulmuş gibi olursunuz, soluk alamazsınız. Sana bir şey söyleyeyim mi? O senden de nefret ediyor, Ralph..."

"Benden mi? Neden nefret etsin benden?"

"Bilmiyorum. Ateş konusunda onu bozdun. Sonra sen şefsin, o şef değil."

"Ama o... Jack Merridew'dir o!"

"Ben öyle uzun zaman yataklarda yattım ki, düşünmeye vakit buldum. İnsanları bilirim ben. Kendimi bilirim. Onu da bilirim. Sana şimdi zarar veremiyor. Ama sen önünden çekilirsen, senden sonra gelenin canını yakacak. O da ben olacağım."

"Domuzcuk'un hakkı var, Ralph. Bir sen varsın, bir de Jack. Sen gene şef kal."

"Hepimiz bir yanlara sürüklenip gidiyoruz. Her şey berbat oluyor. Biz evlerimizdeyken bir büyük bulunurdu her zaman. Lütfen efendim derdik, lütfen bayan derdik ve öğrenmek istediğimiz söylenirdi. Ne kadar isterdim..."

"Teyzemin burada olmasını isterdim..."

"Babamın burada... Of, ne işe yarar ki?"

"Ateş sönmemeli."

Dans bitmişti; avcılar barınaklara dönüyorlardı.

Domuzcuk, "Büyükler bilirler" dedi. "Karanlıktan korkmazlar. Bir araya gelirler, çay içerler, tartışırlar. O zaman işler yoluna girer..."

"Onlar adayı ateşe vermezlerdi. Kaybetmezlerdi de..."

"Onlar bir gemi yaparlardı..."

Üç çocuk karanlıkta durdular; boşuna uğraştılar, büyüklerin yaşamının görkemini anlatabilmek için:

"Onlar kavga etmezler..."

"Benim gözlüğümü kırmazlar..."

"Canavardan söz etmezler..."

Ralph, umutsuzluk içinde, "Ah" dedi, "onlardan bize bir haber gelebilse! Büyüklerle ilgili bir şey gönderebilseler bize! Bir işaret ya da buna benzer bir şey..."

Karanlıkta tiz bir inilti duyunca, kanları dondu, birbirlerine yapıştılar. Ta uzaklardan, bu dünyadan gelmeyen bir inilti yükseldi; sonra, telaşlı ve anlaşılmaz mırıltılar duyuldu; uzun otların arasında yatan ve Harcourt St. Anthony'de Rahibin evinde oturan Percival Wemys Madison, öyle olaylar içinde yaşamaktaydı ki şu sırada, adresinin büyüsü bile işine yarayamazdı artık.

6

Havadan Gelen Canavar

Artık yıldızların aydınlığı vardı ancak. Çocuklar, bir hayaletin iniltisini andıran bu sesin nereden geldiğini anladıktan, Percival da sustuktan sonra, Ralph ve Simon onu beceriksizce kaldırdılar, barınakların birine taşıdılar. Domuzcuk, korkmadığını söylemişti ama onların yanından uzaklaşmıyordu gene de. Üç çocuk, beraberce öteki barınağa gittiler. Orada, gürültüyle hışırdayan kuru yaprakların üstüne uzandılar huzursuzluk içinde lagünü aydınlatan yıldızlara baktılar. Küçüklerden birinin, öteki barınaklardan bağırdığını duyuyorlardı ara sıra. Bir kez de büyüklerden biri karanlıkta konuştu. Sonra uykuya daldılar.

Ufukta incecik bir hilal yükseldi. Öyle inceydi ki, suya tam yansıdığı zaman bile aydınlık bir iz bırakmıyordu. Gel gelelim gökyüzünde başka ışıklar da vardı o sırada. Bu ışıklar, hızla kımıldıyorlar, yanıp sönüyorlar, on mil yükseklerde sürüp giden savaştan en hafif bir ses bile duyulmadan yok oluveriyorlardı. Şimdi çocukların hepsi uyudu, bunu göremedikleri halde, büyüklerin dünyasından bir işaret de verildi adadakilere: Ansızın ışık saçan bir patlama oldu; parlak bir şey, kıvrıla kıvrıla aşağıya doğru süzüldü. Sonra gene karanlık ve yıldızlar. Adanın üstünde bir benek vardı; bir paraşütün altına asılı, eli kolu boşlukta sallanan, hızla düşen bir insan biçimiydi bu. Çeşitli yüksekliklerin değişen rüzgârları, canlarının istediği yere sürüklüyorlardı bu biçimi. Sonra üç mil yükseklikte sürekli esen bir rüzgâr, gökyüzünde bir kıvrım çizip, paraşütçüyü aşağıya doğru indirdi; denizdeki mercan kayalıkları ve lagünü çaprazlama aşarak, dağa doğru sürükledi onu. Adam düştü ve paraşüt, dağın yamacındaki mavi çiçekler arasında buruş buruş oldu. Ama o yükseklikte de tatlı bir rüzgâr olduğu için, paraşüt çırpınıp kabardı, sağa sola çarptı, çekiştirildi. Böylece adam, ayakları arkada sürünerek, dağın doruğuna kaydı. Rüzgâr her esişinde, paraşütçüyü adım adım, mavi çiçeklerin, büyük kayaların, kırmızı taşların arasından yukarıya doğru çekti; ta ki paraşütçü, dağ doruğunun paramparça kayaları üstünde yığılıp kalana kadar. Burada zaman zaman esen rüzgâr, paraşütün iplerini birbirine doladı, salkım saçak etti. Karmakarışık iplerle bağlanan adam, miğferli başı dizlerinin arasında, oturakaldı. Bir esinti olunca, ipler geriliyor ve bir rastlantıdan doğan bir çekişle adamın başı kalkıyor, gövdesi doğruluyor, bir şeyler görmek istercesine dağın dik yamacından bakar gibi oluyordu. Sonra esinti azalınca ipler gevşiyor, adam gene öne doğru eğiliyor, başı dizlerinin arasına düşüyordu. Böylece yıldızlar gökyüzünde ilerlerken, bu adam biçimi dağın doruğunda oturup kaldı; doğrulup doğrulup öne doğru eğildi hiç durmadan.

Sabahın alacakaranlığında, dağ yamacının biraz aşağısında, bir kayanın yanında gürültüler duyuldu. İki çocuk bir çalı çırpı ve kuru yaprak yığınının içinden yuvarlanıp çıktılar. İki belirsiz gölge, uykulu uykulu konuşuyorlardı birbirleriyle. Ateşin başında görevli olan ikizlerdi bunlar. Kurallara göre, biri uyurken, öteki nöbet tutmalıydı. Ne var ki, beraber değil de tek başına bir iş yapmaları gerekince, ikizler akıllı davranamazlardı bir türlü. İşte bu yüzden, ikisinin de bütün gece uyanık kalmasının yolu olmadığı için uyumuşlardı. Esneye esneye, gözlerini ovuştura ovuştura, buralarda yürümeye alışık adımlarla, işaret ateşinin yakıldığı kara lekeye doğru ilerlediler. Oraya varınca, esnemeler kesildi. İkizlerden biri hızla geri koşup, çalı çırpı ve yaprak getirdi.

Öteki çömeldi.

"Sönmüş galiba."

Eline verilen değneklerle şurayı burayı karıştırdı.

"Hayır."

Yere yattı; dudaklarını kararmış yere yanaştırdı, hafif hafif üfledi. Kızıl bir ışıkla aydınlanan yüzü göründü.

"Sam... ver bize..."

"... Kuru odun."

Eric eğilip, ateş parlayıncaya kadar gene üfledi. Sam oraya bir parça kuru odun, bir de dal koydu. Parıltı arttı, dal tutuştu. Sam, birçok dal daha yığdı ateşin üstüne.

"Hepsini yakma" dedi Eric. "Fazla dal koyuyorsun."

"Isınalım."

"Ama daha odun getirmeliyiz o zaman."

"Ben üşüyorum."

"Ben de."

"Üstelik..."

"... Karanlık. Peki öyleyse."

Eric çömeldi, ateşle uğraşan Sam'a baktı. Sam, kuru odunlarla küçük bir çadır yaptı. Ateş iyice yanmıştı.

"Az kalsın..."

"Öyle bir kızacaktı ki..."

"Waxy'ye dönecekti."

"Ya, öyle."

Birkaç saniye ikizler sessizce ateşe baktılar. Sonra Eric, sinsi sinsi güldü:

"Amma da Waxy'leşmişti ha!"

"Şey için..."

"Ateşle domuz için."

"İyi ki, bize çıkışacağına Jack'a çıkıştı."

"Öyle, hatırladın mı okuldaki ihtiyar Waxy'yi?"

"Çocuk-sen-beni-yavaş-yavaş-deli-ediyorsun!"

İkizler, eş gülüşmelerini aralarında paylaştılar. Sonra karanlık ve bazı başka şeyler akıllarına gelince, tedirginlik içinde çevrelerine bakındılar. Gözlerini, odundan yapılmış çadır içinde yanan ateşe çevirdiler yeniden. Eric, alevlerden kurtulmak için çılgınca koşuşan ama kurtulamayan tespihböceklerine baktı. Hemen şurada aşağıda, dağın daha dik olan yamacında, ilk yaktıkları ateşi düşündü. Şimdi kapkaranlıktı orası. Bunu anımsamak istemediği için, başını dağın doruğuna çevirdi.

Ateşten yayılan sıcaklık, onları tatlı tatlı sarıyordu şimdi. Sam, dalları birbirlerine mümkün olduğu kadar bitiştirerek ateşe atıp, oyalandı. Eric ellerini uzattı, ateşe dayanabileceği mesafeyi ayarladı. Ateşin ötelerine baktı iş olsun diye; yassı gölgelerini hesaplayarak, dağınık kayaların gündüzki biçimlerini saptamaya çalıştı. Tam orada büyük bir kaya vardı; şurada da üç tane taş ve çatlak bir kaya ve onun ötesinde bir boşluk vardı... Tam orada...

"Sam?"

"Ne var?"

"Bir şey yok."

Alevler dalları sarmıştı; dalların kabuğu kıvranıp dökülüyor, odun çatırdıyordu. Odundan yapılan çadır çöktü ve dağın doruğunda geniş bir ışık çemberi yayıldı.

"Sam..."

"Ne var?"

"Sam! Sam!"

Sam sinirlenerek, gözlerini Eric'e çevirdi. Eric'in bakışında öyle bir yoğunluk vardı ki, korkunç bir şey gördüğü belliydi. Eric'in baktığı yöne sırtını çevirmiş olan Sam, hemen ateşin çevresinde emekleye emekleye döndü. Eric'in yanına çömeldi; onun gördüğü şeye baktı. Birbirine sarılan ikizler, kıpırdamadan durdular; hiç kırpılmayan gözleri oraya dikili, ağızları açık kaldı.

Ta aşağılarda, ormanın ağaçları iç çekti, sonra kükredi. İkizlerin alnındaki saçlar uçuştu; ateş yandan alevler saçtı. On beş yarda uzaklıkta, rüzgârla kabarıp gerilen bezin sesi duyuldu.

Çocukların ikisi de bağırmadılar. Ama birbirlerine daha da sıkı sarıldılar ve dudaklarının rengi soldu. Her bir yana savrulan ateş, dağın doruğuna duman, kıvılcımlar ve yanıp sönen ışık dalgaları saçarken, ikizler, belki aşağı yukarı on saniye böyle çömelip kaldılar.

Sonra, korku dolu bir tek beyinleri varmış gibi, kayaların üstünde düşe kalka kaçtılar.

Ralph düş görmekteydi. Kuru yaprakların arasında uzun süre –ona saatlerce gelmişti bu süre– dönüp durduktan sonra, uykuya dalmıştı. Öteki barınaklarda karabasan görenlerin çıkardığı gürültüleri bile duymuyordu artık; çünkü Ralph, nereden geldiyse oraya geri dönmüştü: Bahçe duvarının üstünden midilli atlarına şeker yedirmekteydi.

Sonra biri Ralph'ın kolunu tutup sarsıyor, çay zamanı geldiğini söylüyordu.

"Ralph! Uyan!"

Yapraklar deniz gibi kükrüyordu.

"Ralph! Uyan!"

"Ne oluyor?"

"Gördük..."

"... Canavarı..."

"Olduğu gibi gördük!"

"Siz kimsiniz? İkizler mi?"

"Canavarı gördük..."

"Gürültü etmeyin. Domuzcuk!"

Yapraklar hâlâ kükremekteydi. Domuzcuk, Ralph'a çarptı. Barınağın girişinde uzunluğuna bir delik vardı. Ralph, solgunlaşan yıldızların aydınlattığı bu deliğe doğru koşmaya hazırlanırken, ikizlerden biri onu yakaladı:

"Dışarı çıkamazsın... Korkunç!"

"Domuzcuk... Mızraklar nerede?"

"Duyuyorum..."

"Gürültü etme öyleyse. Kıpırdama."

Orada yatıp, ara sıra uzun uzun susan ikizlerin fısıldadıklarını önce kuşkuyla, sonra da büyük bir korku içinde dinlediler. Karanlık, pençelerle, ne oldukları bilinmez varlıkların dehşetiyle, tehditlerle doldu çok geçmeden. Bitmez tükenmez bir şafak, yıldızları söndürdü; sonunda kül rengi, dertli bir aydınlık barınağa sızmaya başladı. Barınağın dışındaki dünya hâlâ aklın alamayacağı kadar tehlikeli olduğu halde, çocuklar kıpırdamaya başladılar. Karanlığın çıkılmaz dehlizlerinde, uzak yerler ve yakın yerler belirmeye başladı. Gökyüzünde, ta yükseklerde, küçük bulutlar renklenip ısınır gibi oldu. Tek bir deniz kuşu, boğuk bir çığlık atarak yukarılara doğru kanat çırptı; bu boğuk çığlık yankılandı: Bilinmeyen bir yaratık ormanda acı acı bağırdı. Şimdi ufka yakın bulutlar, pembe çizgilerle ışıldamaya başladı ve hindistancevizi ağaçlarının tüy gibi tepeleri yeşil bir renk aldı.

Ralph, barınağın girişinde diz çöktü; gözlerini kısıp, dikkatle bakındı çevresine:

"Sam ile Eric. Onları toplantıya çağırın. Sessizce. Hadi, gidin."

Birbirlerine titreyerek sarılan ikizler, birkaç adım atıp bitişik barınağa gidecek kadar yüreklendiler; korkunç haberi verdiler çocuklara. Ralph ayağa kalktı; korkudan sırtı diken diken olduğu halde, vakarını bozmadan büyük kayaya yürüdü. Domuzcuk ile Simon arkasındaydı; öteki çocuklar, kendilerini gizlercesine usulcacık peşlerinden geliyorlardı.

Ralph, cilalanmış gibi parlayan kütüğün üstünde duran büyük şeytanminaresini aldı, ağzına götürdü; sonra duraksadı ve üfleyeceğine havaya kaldırdı, çocuklara gösterdi; hepsi anladı.

Ufuk çizgisinin altından bir yelpaze gibi ilkin yukarıya doğru yayılan güneş ışınları, şimdi alçaldı, göz düzeyine geldi. Ralph, onları sağdan aydınlatan, gittikçe büyüyen ve kendisine konuşabilmek gücünü veren altın dilimine baktı bir saniye. Önünde halkalanan çocuklar, av mızraklarını dimdik tutuyorlardı.

Ralph, denizkabuğunu yakınında duran ikizlerden Eric'e verdi.

"Canavarı kendi gözlerimizle gördük. Hayır... Uyumuyorduk."

Sam, olup bitenleri anlatmaya devam etti. İkizlerin aslında bir tek varlık oldukları artık kabul edildiği için, denizkabuğunu biri tutunca ötekinin de konuşabilmesi, bir gelenek halini almıştı.

"Canavarın üstü kürk gibiydi. Başının arkasında kımıldayan bir şey vardı... Kanatlar... Canavar da kımıldıyordu..."

"Korkunç bir şeydi bu. Neredeyse oturur gibi yaptı..."

"Ateş alev alev yanıyordu..."

"Yeniden tutuşturmuştuk ateşi..."

"Bir yığın değnek koymuştuk..."

"Gözleri vardı..."

"Dişleri..."

"Pençeleri..."

"Olanca gücümüzle koştuk..."

"Oraya buraya çarptık..."

"Canavar da peşimizden geldi."

"Bana neredeyse dokundu..."

Ralph, korku içinde, elini Eric'in yüzüne uzattı; çalılar, Eric'in yüzünü fena sıyırmıştı.

"Bu nasıl oldu?"

Eric, eliyle yüzünü yokladı:

"Yüzüm pürüzlü gibi. Acaba kanıyor mu?"

Çocuklar, dehşet içinde bir adım gerilediler. Hâlâ esnemekte olan Johnny, bağıra çağıra ağlamaya başladı. Bill, yüzüne bir tokat indirince, gözyaşları Johnny'yi boğar gibi oldu. Bu pırıl pırıl sabah, tehditlerle doluydu. Çocuklardan oluşan halkanın biçimi değişti. Çocuklar kayanın ortasında kalacakları yerde, yan yana sıralandılar. Ucu sivrilmiş sopalardan yapılan mızrakları, önlerinde bir çeşit parmaklık halini aldı. Jack, çocukların gene ortada toplanmalarını istedi:

"Gerçek bir av olacak bu! Kim geliyor benimle?"

Ralph, sinirli sinirli kıpırdadı:

"Bu mızraklar tahtadan yapılmıştır. Aptallık etme."

Jack, Ralph'ı hor görürcesine sırıttı:

"Korkuyor musun?"

"Elbette korkuyorum. Kim korkmaz ki?"

Ralph, anlattıklarını yalanlamaları özlemi içinde ama umutsuzca ikizlere döndü:

"Herhalde şaka değildi söyledikleriniz?"

İkizler, bu soruyu öyle candan yanıtladılar ki, kimsenin bir kuşkusu kalmadı.

Domuzcuk denizkabuğunu aldı:

"Acaba... yani acaba burada kalamaz mıyız? Canavar yanımıza gelmez belki de."

Ralph, onları gözetleyen bir yaratığın var olduğunu hissetmeseydi, avaz avaz bağırabilirdi Domuzcuk'a.

"Burada kalmak ha? Adanın bu köşesine sıkıştırılmak, hep tetikte olmak? Peki, nasıl besleneceğiz o zaman? Ateş ne olacak?"

Jack'ın içi içine sığmıyordu:

"Harekete geçelim. Boşuna vakit harcıyoruz."

"Hayır, boşuna değil. Küçükler ne olacak?"

"Cehenneme kadar yolları var küçüklerin!"

"Birinin onlara göz kulak olması gerek."

"Bugüne kadar hiç kimse göz kulak olmadı onlara."

"O zaman gereği yoktu! Ama şimdi var. Domuzcuk bakacak onlara."

"Güzel! Domuzcuk'u tehlikeden koru."

"Aklını başına topla. Domuzcuk ne yapabilir bir tek gözle?"

Çocuklar merakla bir Ralph'a, bir Jack'a bakıp duruyorlardı.

"Bir şey daha var: Bu her zamanki av gibi olamaz; çünkü canavar iz bırakmıyor. İz bıraksaydı görürdünüz. Ne bileyim, belki de canavar ağaçtan ağaca atlıyordur, hani şey gibi... adı neydi onun..."

Çocuklar başlarını salladılar.

"Bu yüzden düşünmek zorundayız."

Domuzcuk, kırık gözlüğünü eline aldı; kalan tek camı temizledi:

"Biz ne olacağız, Ralph?"

"Denizkabuğu sende değil. Al."

"Yani biz ne olacağız demek istiyorum. Ya hepiniz yokken canavar buraya gelirse? Ben doğru dürüst göremiyorum. Eğer korkarsam..."

Jack, Domuzcuk'u hor görürcesine sözünü kesti:

"Sen hep korkarsın."

"Denizkabuğu bende..."

"Denizkabuğu! Denizkabuğu!" diye bağırdı Jack. "Artık nemize gerek denizkabuğu! Bundan böyle kimin sözü geçer biliyoruz. Simon'un konuşması ya da Bill'in ya da Walter'in konuşmaları ne işe yaradı ki? Çenelerini kapayıp oturmaları zamanının geldiğini artık anlamalı bazı kişiler. Karar vermeyi bizlere bırakmalı artık."

Ralph, bu söylevi duymamazlıktan gelemezdi. Yüzü kıpkırmızı kesildi.

"Denizkabuğu sende değil" dedi. "Otur yerine."

Jack'ın yüzü öylesine sarardı ki, çilleri, kahverengi benekler gibi açık seçik görüldü. Dudaklarını diliyle ıslatıp ayakta kaldı:

"Avcıları ilgilendiren bir iş bu."

Çocuklar yoğun bir dikkatle bakıyorlardı. Tartışmaya tatsız bir biçimde katıldığını hisseden Domuzcuk, büyük şeytanminaresini Ralph'ın dizlerine doğru kaydırıp, yerine oturdu. Domuzcuk soluğunu tuttu.

Sonunda Ralph, "Canavarı izlemenizin yolu olmadığına göre" dedi; "bu, yalnız avcıları ilgilendiren bir iş değil. Kurtulmak istemiyor musunuz sizler?"

Toplantıdakilere baktı:

"Kurtulmak istemiyor musunuz hepiniz?"

Gene Jack'a döndü:

"Bunu daha önce de söyledim. En önemli şey ateş. Şimdi ateş sönmüş olmalı..."

Eskiden duyduğu öfke Ralph'ı kurtardı; saldırıya geçme gücünü verdi ona:

"Hiçbirinizin aklı yok mu? O ateşi yeniden yakmalıyız. Sen bunu hiç düşünmemiştin, değil mi Jack? Yoksa hiçbiriniz kurtulmak istemiyor musunuz?"

Hepsi kurtulmak istiyordu. Hiç kuşkuları yoktu bu konuda. Ansızın herkesin kesinlikle Ralph'tan yana çıkmasıyla, bu buhran da atlatıldı. Domuzcuk, tıkana tıkana soluğunu koyuverdi; yeniden nefes almak istedi ama alamadı. Ağzı açık, dudaklarının çevresinde mavi gölgeler, bir ağaç gövdesinin yanına yıkıldı. Hiç kimsenin ona aldırdığı yoktu.

"Şimdi iyice düşün, Jack. Adada hiç gitmediğin bir yer var mı?"

Jack, isteksiz yanıtladı bu soruyu:

"Var ama... Elbette var! Hatırladın mı; en uçta, kayaların birbirleri üstüne yığılı olduğu yeri? Ben çok yakınlarına gittim orasının. Kaya bir çeşit köprü gibi oluyor. Ancak bir tek yoldan gidilebiliyor yukarıya."

"O yaratık orada yaşıyordur belki."

Toplantıdakilerin hepsi aynı anda konuşmaya başladılar.

"Susun! Peki. Bakacağımız yer orası. Eğer canavar orada değilse, dağa çıkıp arayacağız; ateşi de yakacağız."

"Hadi, gidelim."

"Önce bir şeyler yiyeceğiz. Sonra gideceğiz."

Ralph durakladı:

"Mızrakları alsak iyi olur."

Yedikten sonra Ralph ile büyük çocuklar, kumsal boyunca yürüyerek yola çıktılar. Domuzcuk'u bir yere oturtup, büyük kayanın üstünde bırakmışlardı. Öteki günler gibi, bugün de mavi bir kubbenin altında her yer güneşle dolup taşacaktı herhalde. Tatlı bir kıvrım çizen kumsal, önlerinde uzanıp gidiyor, ormanla karışıyor gibi oluyordu sonunda. Sabahın erken saatleri olduğu için, hayal görüntülerinin bir bu yana bir o yana serilen tülleri, her şeye belirsiz bir hal vermemişti henüz. Çocuklar, Ralph'a uyarak, suyun kıyısındaki sıcak kumda yürümeyi göze alamadılar; hindistancevizi ağaçlarının sıralandığı set boyunca dikkatle ilerlediler. Sonra Ralph, Jack'ın yol göstermesine izin verdi. Yirmi yarda uzakta bulunan bir düşmanı görebilecek yerlerden geçtikleri halde, Jack, durumun korkunçluğunu abartarak, sakına sakına atıyordu her adımını. Sorumluluktan bir süre olsun kurtulmasına şükreden Ralph, en arkadan geliyordu. Ralph'ın önünde yürüyen Simon, bir an için canavara inanmaz gibi oldu. Tırnaklayabilen, pençeleri olan, bir dağın doruğunda oturan, iz bırakmayan; ama Eric'le Sam'a yetişebilecek hızdan yoksun bir canavar... Simon, canavarı düşündükçe, gözünün önüne bir insan geliyordu: Hem yiğit, hem de hasta bir insan.

Simon içini çekti. Başkaları, kişiliklerinin o korkunç baskısını duymadan ayağa kalkabiliyor, bir toplantıda söz alabiliyor; bir tek kişiyle konuşuyormuş gibi, canlarının istediğini söyleyebiliyorlardı. Simon, yana çekilip arkasına baktı. Ralph, mızrağı omuzunda, ilerliyordu. Simon yavaşladı, çekine çekine Ralph'ın yanında yürümeye başladı. Artık gözlerinin üstüne düşecek kadar uzayan, kalın telli kara saçlarının arasından Ralph'a baktı. Ralph, gözlerini yana çevirdi; Simon'un kendini rezil ettiğini unutmuş gibi zorla gülümsedi; sonra gene boşluğa baktı. Ralph onu benimsediği için, Simon kıvanç duydu bir iki saniye; sonra kendini düşünmez oldu yeniden. Bir ağaca küt diye çarpınca sinirlenen Ralph, yan yan ona baktı; Robert ise, sinsi sinsi güldü. Simon sendeledi; alnındaki beyaz leke kızardı; kan sızmaya başladı. Ralph, Simon'u aklından silip attı; kendi kişisel cehennemine geri döndü: Kaleye varacaklardı er geç; şefin önden gitmesi gerekecekti o zaman.

Jack, koşarak geri döndü:

"Artık görebilir bizi."

"Peki. Ne kadar yaklaşabilirsek yaklaşacağız oraya."

Ralph, toprağın hafifçe yükseldiği kaleye doğru yürüdü Jack'ın peşinden. Sollarındaki ağaç ve bitkiler öylesine sıktı ki, içlerine girmenin yolu yoktu.

"Bunun içinde bir yaratık olamaz mı?"

"Görüyorsun, olamaz. Hiçbir şey oraya ne girebilir ne de çıkabilir."

"Ya kale?"

"Bak."

Ralph, ot perdesini aralayıp baktı. Ancak birkaç adımlık taşlı toprak vardı önlerinde. Ondan sonra, adanın iki yanı birbirine öyle yaklaşıyordu ki, burada yüksek bir burun olması gerekirdi. Oysa burun yerine, kayanın kenarına oyulmuş alçak bir çıkıntı vardı. Eni birkaç yarda, boyu da belki on beş yarda olan bu çıkıntıyla ada, denize kadar uzanıp gidiyordu. Orada da, adanın yapısının temelini oluşturan o dört köşe pembe kayalar vardı. Kalenin bu yanında, yaklaşık yüz ayak yükseklikte, dağ doruğundan gördükleri pembe tabya vardı. Yalıyarın kayaları çatlamıştı; tepeye düştü düşecek izlenimi veren, koskocaman taşlar yığılıydı.

Ralph'ın arkasındaki yüksek otlar, sessiz avcılarla doldu. Ralph, Jack'a baktı:

"Sen bir avcısın."

Jack'ın yüzü kızardı:

"Biliyorum. Peki."

Ralph'ın benliğinin ta derinlerinden gelen bir ses, Ralph adına konuştu:

"Ben şefim. Ben gideceğim. Karşı çıkmaya kalkmayın."

Ralph, çocuklara döndü:

"Sizler burada saklanın... Beni bekleyin."

Sesinin, ya duyulmaz hale geldiğinin ya da fazla yükseldiğinin farkına vardı. Jack'a baktı:

"Ne dersin... Acaba?"

Jack homurdandı:

"Ben her bir yana gittim. Burada olmalı."

"Anladım."

Simon, karışık bir şeyler mırıldandı:

"Canavara inanmıyorum ben."

Ralph, sanki havanın iyi olması gibi sıradan bir konu konuşuyorlarmış da aynı görüşü paylaşıyorlarmış gibi, terbiyeli terbiyeli karşılık verdi Simon'a:

"Öyle. Yoktur herhalde."

Ralph'ın solgun dudakları sıkı sıkı kapanmıştı. Çok ağır bir hareketle saçlarını arkaya doğru itti:

"Güzel. Hoşça kalın."

Toprağın daraldığı yere varıncaya kadar, ayaklarını zorla kımıldattı.

Şimdi boş hava uçurumları sarmıştı her bir yanını. Nasıl olsa ilerlemek zorundaydı ama böyle bir zorunluluk olmasa bile saklanacak yer yoktu. Dar yolda durup, aşağıya doğru baktı. Yüzyıllarca sonra deniz, kaleyi bir ada yapacaktı er geç. Sağında açık denizin saldırısına uğrayan lagün vardı; solundaysa...

Ralph ürperdi. Bu lagün, çocukları Pasifik Okyanusu'ndan korumuştu. Ancak Jack, öteki yandaki suların kıyısına gidebilmişti her nedense. Şimdi Ralph, karada duran biri açısından kabaran okyanusa baktı. Akıllara sığmaz müthiş bir yaratık gibi soluyordu okyanus. Sular kayaların arasını ağır ağır kaplıyor; pembe granitten yüzeyler, acayip mercanlar, çiçeğimsi deniz yaratıkları, yosunlar meydana çıkıyordu. Ormanın ağaçlarının tepelerinde rüzgâr nasıl fısıldarsa, sular da aşağılarda, ta aşağılarda öyle fısıldıyordu. Bir masa gibi yayılan üstü düz bir kaya vardı orada; yosunlu yanlarını sular yaladığı için, bu kayanın kenarları yalıyarlara benziyordu. Okyanus, uyuyan koskocaman bir canavar gibi soluğunu koyuverince, deniz yükseldi; yosunlar akar gibi oldu ve sular kükreyerek kayanın üstünde kaynadı. Dalgaların gidip gelişi hissedilmiyordu burada; ancak her an, suların alçalışı, yükselişi, sonra yeniden alçalışı vardı.

Ralph döndü, dimdik yükselen kırmızı kayaya baktı. Bu kayanın arkasında, uzun otların arasında çocuklar bekliyorlardı; Ralph'ın ne yapacağını bekliyorlardı. Ralph, avuçlarındaki terin artık soğuduğunun farkına vardı. Aslında bir canavarla karşılaşmayı hiç ummadığını; karşılaşsa da ne yapacağını bilmediğini, şaşarak anladı.

Kırmızı kayaya tırmanabilirdi ama tırmanmasına gerek yoktu; çünkü dört köşe kayanın kenarında bir çeşit çıkıntı vardı. Böylece sağdan, lagüne bakan yandan, bu çıkıntıda yavaş yavaş ilerleyerek, kayanın arkasına gidebilirdi. Bunu kolayca yapan Ralph, çok geçmeden kayanın arkasını gördü.

Beklediğinden başka bir şey yoktu burada: Bir pastanın üstüne dondurulmuş tozşekerin serpilmesi gibi, üstüne deniz kuşlarının pisliği serpilmiş darmadağın kocaman taşlar ve tabyanın tepesinde paramparça kayalara giden dik bir yamaç.

Arkasında bir ses duyunca, döndü. Jack, çıkıntıda yavaşça ilerlemekteydi.

"Seni tek başına bırakamazdım bu işte."

Ralph hiçbir şey söylemedi. Kayaların üstünde önden gitti. İçinde, çürük deniz kuşu yumurtaları bulunan bir yuvadan başka korkunç, hiçbir şey görülmeyen mağaramsı bir girintinin içine baktı. Sonunda oturdu, çevresine bir göz gezdirdi, mızrağın ucuyla kayaya vurdu.

Jack heyecanlıydı:

"Amma da müthiş bir kale olur burası!"

Denizden bir sütun gibi yükselen serpinti, ikisini de ıslattı.

"Tatlı su yok."

"Peki bu ne öyleyse?"

Yükselen kayanın ortalarında, uzunluğuna yeşil bir leke vardı. Tırmanıp oradan sızan suyun tadına baktılar.

"Şuraya bir hindistancevizi kabuğu koyarsan, boyuna dolar."

"Ben istemem burasını. Berbat bir yer."

Yan yana, kayanın en tepesine tırmandılar. Gittikçe sivrilen taş yığınının doruğunda, parçalanmış son bir kaya vardı. Jack, kayaya yumruğuyla vurdu; kaya hafif gıcırdadı.

"Hatırladın mı?"

O günden beri ne kötü anlar geçirdiklerinin bilincindeydi ikisi de. Jack, çabuk çabuk konuşmaya başladı:

"Bu taşın altına bir hurma ağacı kütüğü koyarsın, düşman yaklaşınca... Bak!"

Yüz ayak aşağılarda dar yol, taşlı toprak, otların arasından çıkan çocuk başları ve arkalarda orman vardı.

Jack, coşkun bir sevinçle bağırdı:

"Kütüğü şöyle bir kaldırdın mı... Yaşaaa!"

Jack, eliyle her şeyi silip yok edercesine bir hareket yaptı. Ralph, başını dağa doğru çevirdi.

"Ne oluyor?"

Ralph döndü.

"Neden soruyorsun?"

"Bir tuhaf bakıyordun... Bilmem ki..."

"İşaret yok şimdi. Görülen hiçbir şey yok."

"Sen bozmuşsun bu işaretle."

Gergin mavi ufuk onları çepeçevre sarmıştı; dağın doruğu bu çemberi kıran tek şeydi.

"İşaretten başka hiçbir şeyimiz yok."

Ralph, mızrağını sallanan kayaya dayadı. İki eliyle birden saçlarını arkaya itti:

"Geri dönüp dağa tırmanmalıyız. Canavarı orada görmüşler."

"Canavar orada değildir artık."

"Başka ne yapabiliriz ki?"

Otların arasında bekleyen öteki çocuklar, Jack ile Ralph'ın sağ salim geri döndüğünü görünce, saklandıkları otlardan gün ışığına çıktılar. Buraları keşfetmenin heyecanı içinde, canavarı unuttular. Köprü biçimindeki yere doluştular; çok geçmeden bağıra çağıra tırmanmaya başladılar. Ralph, bir elini koskocaman kırmızı bir taşa dayayıp durdu. Bir değirmen taşı boyunda olan bu taş, parçalanmış, neredeyse düşecek gibi asılı kalmıştı yamacın kenarına. Ralph, karanlık gözlerle dağa baktı. Yumruğunu sıkıp, bir çekiçle vururcasına sağındaki kırmızı duvarı yumrukladı. Ağzını sıkı sıkı kapamıştı; alnına düşen saçlarının örttüğü gözlerinde özlem vardı:

"Duman."

Ralph, sıyrılan yumruğunu yaladı.

"Jack! Hadi, gel."

Ama Jack oralarda yoktu. Çok gürültü eden bir avuç çocuğun, kayalardan birini kaldırıp ittiklerinin farkına varamamıştı Ralph. Dönüp baktığı sırada kayanın dibi çatırdadı, tüm yığın olduğu gibi denize yuvarlandı. Gök gürültüsünü andıran bir ses çıkararak fışkıran sular, yalıyarın yarısına kadar yükseldi.

"Durun! Durun!"

Ralph'ın bağırışı çocukları susturmuştu.

"Duman!"

Ralph'ın kafasında garip bir şey oldu. Beyninin önünde, bir yarasanın kanadı gibi bir şey uçuştu; düşüncesi karanlığa gömüldü.

"Duman."

Dakikasında düşüncesi geri döndü; düşüncesiyle birlikte öfkesi de:

"Biz duman istiyoruz. Sizlerse, boşuna vakit harcıyorsunuz. Kayaları yuvarlıyorsunuz."

Roger bağırdı:

"Bol bol vaktimiz var."

Ralph, hayır dercesine başını salladı:

"Dağa çıkacağız."

Kıyametler koptu. Kimi çocuklar kumsala dönmek istiyordu. Kimi çocuklar da başka kayaları denize yuvarlamak istiyordu. Güneş pırıl pırıl parlamaktaydı ve karanlıkla birlikte tehlike de yok olmuştu.

"Jack. Canavar öteki yanda olabilir. İstersen, sen yol göster gene. Oralara gittin."

"Kıyıdan da gidebiliriz. Meyve de var."

Bill, Ralph'ın yanına geldi:

"Niçin biraz daha kalmıyoruz burada?"

"Doğru söylüyor!"

"Bir kalemiz olsun..."

Ralph, "Burada yiyecek yok, barınak da yok" dedi. "Tatlı su da pek az."

"Burası yaman bir kale olur!"

"Kayaları yuvarlayabiliriz..."

"Köprünün tam üstüne atabiliriz..."

Ralph, öfkeyle haykırdı:

"Gidiyoruz diyorum size! Emin olmalıyız. Hemen gidiyoruz."

"Burada kalalım..."

"Barınaklara geri dönelim..."

"Ben yorgunum..."

"Hayır!"

Ralph, kayayı öyle bir yumrukladı ki, parmaklarının oynakları sıyrıldı. Ama acı duymuyor gibiydi:

"Şef benim. Emin olmalıyız. Dağı görmüyor musunuz? İşaret yok. Açıklarda bir gemi vardır belki. Çıldırdınız mı hepiniz?"

Başkaldıran çocukların kimi sustu, kimi homurdandı.

Önde Jack, kayadan indiler, köprüyü geçtiler.

7

Gölgeler ve Yüksek Ağaçlar

Domuzların geçidi, öteki yanda, suyun kenarındaki darmadağın kayalara bitişikti. Ralph, bu yolda Jack'ın peşinden giderken rahatladı. Ağır ağır alçalıp, kaynaya kaynaya yükselen deniz sularının çıkardığı sese kulaklarınızı tıkarsanız; her iki yanınızdaki eğreltiotlarıyla kaplı çalıların ne denli çirkin renkli ve ne denli ıssız olduğunu görmezlikten gelirseniz, o zaman canavarı belki aklınızdan çıkarır, hayallere dalabilirdiniz bir süre. Güneş tam dikine, artık tepelerinde değildi. Öğle sonrası sıcaklığı adanın üstüne çökmeye başlamıştı. Ralph, önde giden Jack'a haber iletti; meyveli bir yere gelince, hepsi durup yediler.

Oturan Ralph, o gün ilk kez sıcağın farkına vardı. Kurşuni gömleğini çekiştirdi tiksinircesine; onu yıkamak serüvenine atılıp atılamayacağını düşündü. Ralph, ada için bile olağanüstü hissini veren bu sıcak havada, kendine nasıl çekidüzen vereceğini tasarladı. Bir makas bulup, bütün bu saçları (başındaki saç yığınını arkaya doğru attı o sırada) kesmek isterdi; bu pis saçları, ancak bir parmak kalıncaya kadar kesmek isterdi. Bir banyo yapmak isterdi; sabunlu, doğru dürüst bir banyo. Bir deney yaparcasına, dilini dişlerine değdirdi; bir diş fırçasının da işe yarayacağına karar verdi. Bir de tırnaklarının durumu vardı.

Ralph, ellerini evirip çevirip inceledi. Bu huyun ne zaman yeniden başladığını, bunu ne zaman yaptığını anımsamadığı halde tırnakları dibine kadar yenilmişti.

"Yakında başparmağımı da emmeye başlayacağım bu gidişle."

Gizlice çevresine bakındı. Söylediğini kimse duymamışa benziyordu. Avcılar oturmuş, kolayca elde edilen bu yiyecekle tıkınıyorlar, muzdan ya da gri zeytin rengi öteki peltemsi meyveden yeterince hoşlandıklarına inandırmak istiyorlardı kendilerini. Temizlik ölçüsü olarak eskiden temiz olan kendi benliğini bir ölçü sayan Ralph, çocukları gözden geçirdi. Pistiler; ama pislikleri, çamura düşen ya da yağmurlu bir günde kirlenen erkek çocukların göze batan pisliği değildi. İlk bakışta, hiçbirini hemen tutup bir duşun altına tıkmak gelmezdi insanın aklına. Oysa gereğinden uzun olan saçları, şurada burada birbirine dolanmış, bir kuru yaprak ya da bir küçük dal parçası etrafında düğümlenmişti. Yemek yedikleri ve terledikleri için yüzleri oldukça temizdi; ama yüzlerinin kolayca el değmediği köşelerinde kir gölgeleri vardı. Giysileri lime lime olmuş, Ralph'ın gömleği gibi, terden kaskatı kesilmişti. Edepli olmak ya da rahat etmek için değil, sırf alışkanlıktan ötürü bu giysileri sırtlarına geçiriyorlardı. Derileri deniz tuzundan pul pul olmuştu.

Ralph, yüreği biraz burkularak, çocukların bu halini artık olağan saydığının, buna aldırmadığının farkına vardı. İçini çekip, meyveleri kopardığı dalı itti. Avcılar, ormanda ya da aşağıdaki kayalarda işlerini görmek için, daha şimdiden usulcacık uzaklaşıyorlardı. Ralph döndü, denize baktı.

Adanın öteki yanı olan bu yerde, manzara bambaşkaydı. Hayalimsi görüntülerin tül gibi ince büyüsü, okyanusun soğuk sularıyla başa çıkamadığı için, ufkun kesinlikle çizilmiş, haşin bir maviliği vardı. Ralph, gelişigüzel yürüyerek, aşağıdaki kayalara indi. Burada, sularla neredeyse aynı düzeyde durup, denizin derin dalgalarının kabara kabara durmadan nasıl geldiğini gözlerinizle izleyebilirdiniz. Millerce eni olan bu dalgalar, kayalara çarpıp köpürmüyorlardı; denizin sığ olduğu yerlerdeki dalgalara da benzemiyorlardı. Sanki başka işleri varmış da adayı hesaba katmıyorlarmış gibi, her bir yanı sarıyorlardı. İleriye doğru bir hareketten çok, tüm okyanusun müthiş bir iniş ve kalkışıydı bu dalgalar. Kimi zaman deniz aşağılara doğru iniyor, çekilen sular çağlayanlara ve şelalelere dönüyor, kayalar meydana çıkıyor ve yosunlar pırıl pırıl saçlar gibi bu kayalara yapışıyordu. Sonra okyanus duraklıyor, toparlanıyor, kükreyerek kabarıyor, karşı konulmaz bir güçle kayaların tüm sivriliklerini ve çıkıntılarını kaplıyor, küçük yalılara tırmanıyor, sonunda bir kol gibi kayaların içindeki bir yarığa dalıyor ve serpintinin parmakları neredeyse Ralph'ın yüzüne değiyordu.

Bu dalga dalga inip kalkışı uzun süre seyreden Ralph'ın beyni, denizin insanlara yabancı uzaklığıyla uyuşur gibi oldu. Sonra, bu engin suların neredeyse sonsuz olduğunu düşünmek zorunda kaldı. Bu sular, çocukları dünyadan ayırıyor, karşılarına bir engel gibi dikiliyordu. Adanın öteki yanında, öğleyin hayal görüntülerine sarılarak, sessiz lagünün kalkanıyla korunarak kurtulabileceğinizi düşleyebilirdiniz. Ama burada, okyanusun bu akıldan yoksun duyarsızlığı karşısında, millerce uzanan bölücü suların önünde, eliniz kolunuz bağlanır, çaresiz kalır, mahkûm olduğunuzu bilirdiniz...

Simon, neredeyse kulağının dibinde konuşuyordu. Ralph, acı çekercesine iki eliyle birden kayaya yapıştığını, bedeninin bir yay gibi gerildiğini, ağzının zorlanmışçasına açıldığını hissetti:

"Nereden geldinse, oraya döneceksin."

Simon bunu söylerken, başını öne doğru sallıyordu. Tek dizinin üstüne çökmüş, Ralph'ın durduğu yerden daha yüksekte bulunan bir kayayı iki eliyle birden tutmuş, öteki bacağını Ralph'a doğru uzatmış, aşağıya bakıyordu.

Şaşan Ralph, ne demek istediğini anlamak için, Simon'un yüzüne baktı:

"Öyle uçsuz bucaksız ki..."

Simon başını salladı:

"Olsun. Gene de sağ salim döneceksin. Yani ben öyle sanıyorum."

Ralph'ın gerilen bedeni biraz gevşemişti. Denize baktı, sonra acı acı gülümsedi Simon'a:

"Cebinde bir gemi var mı?"

Simon da güldü, hayır dercesine başını salladı.

"Nereden biliyorsun öyleyse?"

Simon gene susunca, Ralph ters ters konuştu:

"Delirmişsin sen."

Simon, hayır demek için başını öyle bir salladı ki, kalın telli kara saçları bir arkaya, bir de yüzünü örtercesine öne uçtu:

"Hayır, delirmiş değilim. *Senin sağ salim döneceğini sanıyorum sadece.*"

Bir süre konuşmadılar. Sonra ansızın, gülümsediler birbirlerine.

Roger, çalıların arasından seslendi:

"Gelin, bakın!"

Domuzlar geçidinde, toprağın altı üstüne gelmişti. Yerde tüten domuz pislikleri vardı. Jack, bu pislikleri severcesine onlara doğru eğildi:

"Ralph... Öteki şeyi avlıyoruz ama gene de et gerek bize."

"Eğer yolumuzdan sapmazsak, domuz avlayabiliriz."

Gene yola koyuldular. Canavarın sözü edileli beri korkan avcılar, birbirlerine sokulmuşlardı. Jack, domuzun izini arayarak, önde gidiyordu. İstediğinden daha ağır ilerliyorlardı ama kucağında mızrağı, tembel tembel yürüyebildiği için, Ralph memnundu bir bakıma. Çok geçmeden Jack, avcılık sanatıyla ilgili çözümlenmesi gereken bir durumla karşılaşınca, herkes durdu. Ralph bir ağaca yaslandı, dakikasında hayallere kapıldı. Av işinden Jack sorumluydu; dağa çıkmaya vakit bulurlardı nasıl olsa...

Eskiden babasıyla Chatham'dan Devonport'a giderlerken, kırlara yakın bir köy evinde oturmuşlardı. Birçok evde oturmuştu Ralph. Ama bu ev, ayrıca açık seçik kalmıştı belleğinde; çünkü bu evden sonra geceli okula gönderilmişti. O sıralarda annesi henüz yanlarındaydı ve babası her gün eve gelirdi. Yaban Midilli atları, bahçenin ucundaki taş duvara yaklaşırlardı ve kar yağardı. Köy evinin tam arkasında bir çeşit sundurma vardı. Orada yatıp uçuşan kar tanelerini seyrederdiniz. Yerde, her kar tanesinin eriyip öldüğü nemli noktayı görebilirdiniz. Yere düşüp erimeyen ilk kar tanesini ve tüm toprağın nasıl beyazlaştığını da görürdünüz. Üşüyünce eve dönüp, o pırıl pırıl bakır çaydanlığın ve küçük mavi adamlarla süslü tabağın üstünden, pencereden bakardınız.

Yatağa yatınca, başucunuzda şekerli ve kremalı bir kâse dolusu rendelenmiş mısır bulunurdu. Bir de kitaplar vardı. Yatağın başucundaki rafa sıralanmışlardı. Onları yerli yerine koymaya zahmet etmediğiniz için, iki üç tanesi sıranın üstünde yatay dururdu her zaman. Sayfalarının kenarları kıvrılmış, çiziklerle doluydu kitaplar. Topsy ile Mopsy'yi anlatan yepyeni kalmış bir kitap vardı. İki kızla ilgili olduğu için hiç okumamıştı o kitabı. Sihirbazı anlatan bir kitap vardı. Ödünüz kopardı bunu okurken; korkunç örümceğin resmi bulunan yirmi yedinci sayfayı atlardınız her zaman. Toprağı kazıp bir şeyler çıkaranlar üstüne bir kitap vardı, mısırlı bir şeylerdi bunlar. *Erkek Çocukların Trenler Kitabı* vardı; *Erkek Çocukların Gemileri Kitabı* vardı. Ralph gerçekten görür gibi oldu bu kitapları; elini uzatsa, onlara dokunabilirdi. *Erkek Çocukların Mamut Kitabı*'nın ağırlığını, raftan yavaşça nasıl çıkıp aşağıya kaydığını duyar gibi oldu... Her şey iyiydi eskiden; güler yüzlü ve dostçaydı her şey.

Önlerindeki çalılar çatır çatır ezildi. Çocuklar, domuzların geçidinden deliler gibi fırladılar; sürüngen bitkilerin arasında çırpındılar çığlık çığlığa. Ralph, Jack'ın yandan itilip düştüğünü gördü. Derken bir yaratık, domuz geçidinden çıkarak, korkunç homurtularla Ralph'a doğru atıldı. Uzun azı dişleri pırıl pırıl parlıyordu. Ralph, aralarındaki mesafeyi serinkanlılıkla ölçebildi, nişan aldı. Ancak beş yarda uzakta olan yabandomuzuna, o metelik etmeyen tahta değneğini fırlattı. Değnek, yabandomuzunun koca burnuna çarptı; bir an orada asılı kaldı. Hayvanın homurtusu, ciyak ciyak bir bağırışa döndü; yabandomuzu yana sapıp, çalıların içine daldı. Domuzların geçidi, bağrışan çocuklarla doldu yeniden. Koşa koşa gelen Jack, çalıların şurasına burasına baktı.

"Buradan..."

"Ama bizi öldürür..."

"Buradan diyorum."

Yabandomuzu debelenerek kaçıyordu. Bu geçide koşut düşen ikinci domuz yolunu gördüler. Jack, hızla koşarak uzaklaştı. Ralph'ın içi korku, kaygı ve gururla doldu:

"Ona vurdum. Mızrak saplandı..."

Beklemedikleri bir anda, deniz kıyısında bir açıklığa vardılar. Çıplak kayalarda iz arayan Jack, sıkıntılı görünüyordu:

"Gitti."

"Ona vurdum" dedi Ralph gene. "Mızrak biraz saplanıp kaldı."

Tanıklar gerektiğini hissetti:

"Görmediniz mi beni?"

Maurice, evet dercesine başını salladı:

"Seni gördüm. Küt diye tam burnunun üstüne... Yaşaaaa!"

Ralph, heyecanla konuşuyordu boyuna:

"Bir güzel vurdum. Mızrak saplandı. Onu yaraladım."

Ralph, çocukların ona karşı duydukları bu yepyeni saygının keyfini sürdü. Avcılık iyi bir şeydi ne de olsa:

"Bir güzel canına okudum onun. Bana kalırsa, canavar oydu!"

Jack geri geldi:

"Canavar değildi o. Bir yabandomuzuydu."

"Ben vurdum."

"Neden yakalamadın onu? Ben uğraştım..."

Ralph'ın sesi yükseldi:

"Ama bir yabandomuzuydu!"

Jack ansızın kıpkırmızı kesildi:

"Bizi öldürür dedin. Neden attın mızrağı? Niçin beklemedin?"

Kolunu uzattı:

"Bak!"

Herkes görsün diye sol kolunu çevirdi. Bilekle dirsek arasında bir yara vardı; derin değildi ama kanıyordu.

"Azı dişleriyle yaptı bunu. Vaktinde saplayamadım mızrağımı."

Herkesin dikkati Jack'ın üstünde toplandı.

"Bu bir yaradır" dedi Simon. "Onu emmen gerek. Tıpkı Berengaria gibi."

Jack yarayı emdi.

Ralph, haklı bildiği bir öfkeyle, "Ben ona vurdum" dedi, "mızrağımla vurdum. Onu yaraladım."

Çocukların dikkatini kendi üstünde toplamaya çalıştı:

"Geçitten geliyordu. Böyle fırlattım mızrağı..."

Robert, yabandomuzu gibi hırladı Ralph'a. Ralph da oyuna katıldı. Herkes güldü. Yalandan saldırıya geçen Robert'i mızraklarıyla dürtüklüyorlardı.

Jack bağırdı:

"Bir halka yapın!"

Halka yapan çocuklar, Robert'i sardılar. Önce korkmuş gibi yalandan bağıran Robert, şimdi gerçekten acı duyarak bağırdı:

"Ay! Durun! Canımı yakıyorsunuz!"

Bir mızrağın ucu, halkanın içinde çırpınan Robert'in sırtına indi.

"Tutun onu!"

Robert'in kollarıyla bacaklarını yakaladılar. Ralph, yoğun bir heyecanla kendinden geçti ansızın. Eric'in mızrağını kaptığı gibi, Robert'i dürtükledi.

"Öldürün onu! Öldürün onu!"

Robert, çıldıranların gücüyle birdenbire bağırmaya, çırpınmaya başladı. Jack, onu saçlarından yakalamış, bıçağını havada sallıyordu. Jack'ın arkasında Roger, Robert'in yanına sokulabilmek için itişip kakışıyordu ötekilerle. Bir dans ya da bir av bitmek üzereymiş gibi, törensel bir hava içinde, tekdüzen şarkı yükseldi:

"*Domuzu gebert! Gırtlağını kes! Domuzu gebert! Tepele onu!*"

Robert'in yanına sokulabilmek, o esmer, o çabucak incinen eti avucuna doldurabilmek için Ralph da dövüşüyordu. Sıkmak, acı vermek isteği, her şeyden ağır basmıştı.

Jack kolunu indirdi. Çocukların halkası dalgalandı. "Yaşa!" diye bağırdılar, can çekişen domuzun çıkardığı sesleri taklit ettiler. Sonra sessizce yere serildiler. Robert'in korku içinde burun çekmelerini dinlediler soluk soluğa. Robert, kirli koluyla yüzünü sildi; saygıdeğerliğini yeniden elde edebilmek için bir çaba gösterdi:

"Ay! Popom!"

Robert, arkasını ovdu acıklı bir halle, Jack yerde yuvarlandı:

"Güzel bir oyundu bu."

Ralph tedirginlik içindeydi:

"Bir oyundan başka bir şey değil" dedi. "Futbol oynarken, öyle canım yanmıştı ki bir defasında!"

Maurice, "Bir davul gerek bize" dedi. "O zaman bu işi doğru dürüst yapabiliriz."

Ralph, Maurice'e baktı:

"Nasıl doğru dürüst?"

"Bilmiyorum. Bir ateş yakmalı bence, bir de davul olmalı. Davulla tempo tutmalı."

Roger, "Bir domuz olmalı" dedi; "gerçek bir avda olduğu gibi."

Jack, "Ya da biri yalandan domuz olur" dedi. "Onu domuz kılığına sokarız; domuz gibi yapar... Bana sözde saldırır, beni yere serer, falan filan..."

Hâlâ kaba etlerini ovuşturan Robert, "Gerçek bir domuz olmalı" dedi; "çünkü onu öldürmeniz gerek."

Jack, "Küçüklerden birini domuz olarak kullanabiliriz" dedi ve herkes güldü.

Ralph, doğrulup oturdu:

"İyi ama aradığımızı bulamayacağız bu gidişle."

Çocuklar birer birer ayağa kalktılar; üstlerindeki paçavraları çekiştirip yerli yerine koydular.

Ralph, Jack'a baktı:

"Artık dağa çıkalım."

Maurice, "Hava kararmadan önce Domuzcuk'un yanına gitmemiz daha iyi olmaz mı?" dedi.

İkizler, bir tek çocuk gibi, birlikte baş sallayarak bunu onayladılar:

"Evet, doğru. Sabahleyin çıkarız dağa."

Ralph, başını kaldırıp baktı, denizi gördü:

"Ateşi yeniden yakmalıyız."

Jack, "Domuzcuk'un gözlüğü yanında olmadığına göre, ateşi yakamazsın," dedi.

"Dağda bir tehlike olup olmadığını anlarız hiç olmazsa."

Maurice, korkak görünmekten çekindiği için, duraksaya duraksaya konuştu:

"Ya canavar oradaysa?"

Jack, mızrağını havada salladı:

"Öldürürüz onu."

Hava biraz serinlemiş gibiydi. Jack, mızrağını savurdu:

"Ne bekliyoruz?"

Ralph, "Böyle deniz kıyısı boyunca yürürsek "dedi "herhalde yanan bölgeye varırız. Oradan da dağa çıkabiliriz."

Jack, gene önlerine düştü. Emilircesine aşağılara doğru inip, sonra yeniden kabaran, gözlerini kör eden denizin kıyısında yürüdüler.

Yolun güçlükleriyle başa çıkmak işini becerikli ayaklarına bırakan Ralph, gene hayallere daldı. Ne var ki, ayakları pek o kadar becerikli değildi buralarda. Denizin kıyısındaki çıplak kayalara inmek zorundaydılar çoğu zaman. Bu kayalarla, çılgınca fışkıran ormanın karanlığı arasında, kendilerine yol aradılar. Tırmanılması gereken yalıyarlar, patika olarak kullanılan yerler, yalnız ayaklarının değil, ellerinin de yardımıyla geçilmesi gereken upuzun daracık geçitler vardı. Ara sıra, dalgaların ıslattığı kayalara tırmanıyorlar, yükselen denizin bıraktığı berrak su birikintilerinin üstünden atlıyorlardı. Dar kıyı şeridini bir savunma hattı gibi bölen bir yarığa geldiler. Bu yarığın dibi yoktu sanki. Dehşete kapılarak, derinlerinde suların çağıldadığı bu kasvetli çatlağın içine baktılar. Sonra bir dalga geldi, yarığın içindeki sular kaynadı, serpinti sürüngen bitkilere kadar fışkırdı; ıslanan çocuklar çığlıklar attılar. Ormana sapıp, geçmek istediler. Ama ormanın sık ağaçları, bir kuş yuvası gibi birbirine örülmüştü. Sonunda suların inmesini bekleyip birer birer yarığın üstünden atlamak zorunda kaldılar; kimi ikinci kez ıslandı bu arada. Bundan sonra, kayalar artık yol vermiyor gibiydi. Bir süre oturdular, üstlerindeki paçavraların kurumasını beklediler; adanın yanından ağır ağır geçen dalgaların keskin çizgilerini seyrettiler. Böcekler gibi oradan oraya zıplayan pırıl pırıl küçük kuşlarla dolu bir yerde, meyve yediler. Robert fazla yavaş yürüdüklerini söyledi. Bir ağaca tırmandı; yaprakları aralayıp, dağın hâlâ çok uzaklarda görünen dört köşe doruğuna baktı. Kayaların üstünde hızla yürümeye kalkıştılar. Ama Robert dizini fena halde kesince, başları belaya girmesin diye böyle bir yerde yavaş yürümeleri gerektiğini anladılar. Tehlikeli bir dağa tırmanırcasına ilerlemeye başladılar. Derken kayalar, tepesinde içine girilmesi olanaksız bir çengel, kesinlikle yol vermeyen bir yalıyar oldu; bu yalıyarın altı denizdi.

Ralph, her şeyi ölçüp biçen gözlerle güneşe baktı:

"Akşamın erken saatleri. Çay vaktinden sonradır herhalde."

Jack fena üzülmüştü:

"Bu sarp kayayı hatırlamıyorum" dedi. "Demek ki, kıyıda görmediğim tek yer burasıymış."

Ralph başını salladı:

"Bırak düşüneyim."

Ralph, herkesin gözü önünde düşünmekten sıkılmıyordu artık. Günün kararlarını satranç oynarcasına alıyordu. Tek derdi, hiçbir zaman çok iyi bir satranç oyuncusu olmayacağıydı. Küçükleri ve Domuzcuk'u düşündü. Domuzcuk gözünün önünde canlandı: Tek başına, sessiz bir barınakta oturuyordu; ancak karabasan görenlerin sesleri duyuluyordu o barınakta.

"Küçükleri Domuzcuk ile yalnız bırakamayız. Bütün gece bırakamayız."

Öteki çocuklar bir şey söylemiyorlar, Ralph'a bakıp duruyorlardı.

"Geri dönmemiz saatler alır."

Jack gırtlağını temizledi; acayip, gergin bir sesle konuştu:

"Domuzcuk'un başına bir şey gelmemeli, bunu engellemeliyiz, değil mi?"

Ralph, Eric'in mızrağının kirli ucunu dişlerine vurdu:

"Adanın ortasından geçersek..."

Çevresine bakındı:

"Biri, adanın ortasından geçip, hava kararmadan geri döneceğimizi Domuzcuk'a bildirmeli."

Bill, kendi kulaklarıyla duyduğu bu söze inanamadı:

"Biri ormandan mı geçecek tek başına? Şimdi mi?"

"Ancak bir kişiyi gönderebiliriz."

Simon ilerleyip, Ralph'ın dirseği yanında durdu:

"İstersen ben giderim. Dert değil benim için. Sahi söylüyorum."

Ralph, bir şey söylemeye vakit bulamadan, Simon çabucak gülümsedi; sırtını çevirip ormana doğru tırmandı.

Ralph, Jack'a baktı. Onu ömründe ilk kez görüyormuş gibi bakması, Jack'ı çileden çıkardı.

"Jack... Hani sen bir ara ta Kaya Kale'ye kadar gitmiştin."

Jack'ın suratı asıldı:

"Evet?"

"Bu kıyının bir kısmından da geçtin o sırada... Dağın dibinden, oranın ötesinden."

"Evet."

"Peki, sonra?"

"Domuzların geçtiği bir yol buldum. Upuzun bir yoldu."

Ralph başını salladı; ormanı gösterdi eliyle:

"Domuzların geçtiği yol, burada bir yerlerde olmalı öyleyse."

Çocuklar, akıllı uslu bir halle onayladılar bu sözü.

"Peki öyleyse. Domuzların geçidini buluncaya kadar kendimize bir yol açacağız buradan."

Ralph bir adım attı, durdu:

"Ama bekleyin bir dakika! Domuzların geçidi nereye gidiyor?"

"Dağa gidiyor" dedi Jack. "Sana söylemiştim."

Acı bir alayla sordu:

"Dağa gitmek istemiyor musun sen?"

Jack'ın gittikçe düşman kesildiğini sezen Ralph, içini çekti. Jack'ın, önderlik etmediği zaman hemen düşman olduğunu artık anlamıştı.

"Aydınlığı düşünüyorum. Yolumuzu güç bulacağız."

"Hani canavarı arayacaktık?"

"Yeterince aydınlık olmayacak."

Jack öfkeyle konuştu:

"Ben aldırmam, giderim. Oraya varınca, giderim. Sen gitmez misin? Barınaklara geri dönüp Domuzcuk'a haber mi vermek istersin yoksa?"

Şimdi de Ralph'ın yüzü kızardı. Domuzcuk sayesinde elde ettiği yeni anlayışla, umutsuzluğa kapılarak sordu:

"Niçin benden nefret ediyorsun?"

Tedirgin olan çocuklar, sanki ayıp bir laf edilmiş gibi kıpırdadılar. Sessizlik uzadı.

Başını ilk çeviren Ralph oldu. Hâlâ öfkeli, hâlâ gücenikti:

"Haydi, gelin."

Önden yürüdü. Karmakarışık bitki örtüsünü kesip biçmek görevi, doğal bir hak olarak ona düşmüştü. Kendini yersiz hisseden, karanlık düşüncelere dalan Jack, en arkadan geliyordu.

Güneş hızla dünyanın kıyılarına kaydığı ve ormanda gölgeler her zaman çok bol olduğu için, domuzların geçidi karanlık bir tünele dönmüştü. Yol genişti, domuzların ayaklarıyla çiğnene çiğnene düzgünleşmişti. Çocuklar koşar adım ilerleyebiliyorlardı. Derken tepelerindeki yapraklı dam açıldı; soluk soluğa durup, dağ doruğunun çevresinde beliren birkaç yıldızı gördüler.

"İşte."

Çocuklar gözlerini kısıp, kuşkulu kuşkulu birbirlerine baktılar. Ralph bir karar verdi:

"Büyük kayaya gideceğiz dosdoğru. Dağa yarın çıkarız."

Çocuklar, mırıltılarla onayladılar bu kararı. Ama Jack, Ralph'ın yanı başına dikilmişti:

"Sen korkuyorsun, elbette..."

Ralph, hızla dönüp Jack'a baktı:

"Kaya Kale'ye ilk giden kim oldu?"

"Ben de gittim. Hem o zaman gündüzdü."

"Peki. Dağa şimdi tırmanmak isteyen var mı?"

Çocuklar, susarak karşıladılar bu soruyu.

"Eric'le Sam, ne dersiniz?"

"Bizim gidip Domuzcuk'a haber vermemiz gerek..."

"... Evet Domuzcuk'a söylemeliyiz ki..."

"Ama Simon gitti bile!"

"Domuzcuk'a söylemeliyiz... Ne olur ne olmaz..."

"Robert? Bill?"

Onlar, hemen şimdi, büyük kayaya gitmek istiyorlardı. Korkmuyorlardı elbette... Ama yorgundular.

Ralph, gene Jack'a baktı:

"Görüyorsun."

"Ben dağa çıkıyorum."

Jack bunu küfredercesine, kötü bir hırsla söylemişti. Zayıf bedeni gerilmiş, elindeki mızrakla onu tehdit edercesine Ralph'a baktı:

"Canavar aramak için dağa çıkıyorum hemen..."

Sonra, sıradan bir şey söylercesine, acı bir soruyla can damarına bastı Ralph'ın:

"Geliyor musun?"

Bunun üzerine öteki çocuklar, oradan hemen uzaklaşmak istediklerini unutuverdiler; bu iki kişiliğin karanlıkta yeniden çarpışmasını görmek için geri döndüler. Jack'ın sorduğu tek soru, öylesine yerinde, öylesine acı ve öylesine etkili bir biçimde meydan okuyordu ki, bunu yeniden sormaya gerek kalmamıştı. Barınaklara döneceğini, lagünün durgun ve dost sularına kavuşacağını düşünen Ralph, sinirlerinin gevşediği, gerginliğinin azaldığı bir anda, ansızın karşılaşmıştı bu soruyla.

"Bana göre hava hoş."

Ralph, sesinin sıradan bir şey söylercesine soğukkanlı oluşuna kendi de şaştı. Jack'ın acı meydan okuyuşu, etkisiz kalıvermişti böylece.

"Eğer sen de istiyorsan, elbette."

Jack, bir adım attı:

"Peki öyleyse..."

Sessiz çocukların bakışları altında, ikisi yan yana dağa doğru yöneldiler.

Ralph durdu:

"Aptallık ediyoruz. Neden yalnız iki kişi gidiyor oraya? Bir şeyle karşılaşırsak, iki kişi yetmez ki..."

Çocukların koşarak uzaklaştıklarını duydular. Herkes kaçarken, karanlık bir biçimin onlara doğru yaklaştığını görünce şaştılar.

"Roger?"

"Evet."

"Öyleyse üç kişiyiz artık."

Dağın yamacına tırmanmaya başladılar gene. Sular gibi karanlık akıyordu çevrelerinde. Hiçbir şey söylemeyen Jack tıkanır gibi oldu, öksürdü. Ansızın esen bir yel, onları aksırtıp tıksırttı. Ralph'ın gözleri yaşla doldu:

"Kül bu. Yanan yerin kenarındayız."

Çocukların adımları ve ara sıra esen rüzgâr, tozu ayaklandırıyordu. Yeniden durup öksürmek zorunda kalınca, düşünmeye vakit bulan Ralph'ın aklına, ne denli aptalca davrandıkları geldi. Eğer bir canavar yoksa –bir canavarın olmadığı konusunda kuşkusu yoktu neredeyse– her şey yolundaydı o zaman. Ama eğer dağın tepesinde onları bekleyen bir şey varsa, ellerinde değnekler, karanlıkta bocalayan üç çocuk ne işe yarardı?

"Aptallık ediyoruz."

Karanlıktan bir ses geldi:

"Soluğun mu tükendi?"

Ralph, sinirli sinirli kıpırdadı. Bütün bunlar Jack'ın kabahatiydi:

"Elbette. Ama gene de söylüyorum aptallık ettiğimizi."

Ses, acı bir alayla konuştu:

"Sen gitmek istemiyorsan, ben tek başıma giderim."

Ralph, Jack'ın sesindeki alayı sezdi; kin duydu Jack'a karşı; gözlerini yakan küller, yorgunluk, korku, Ralph'ı öfkeden kudurtuyordu:

"Öyleyse git bakalım. Biz burada bekleriz."

Bir sessizlik oldu.

"Neden gitmiyorsun? Korkuyor musun yoksa?"

Karanlıkta bir leke gibi görünen Jack, yanlarından koptu, uzaklaşmaya başladı.

"Peki. Hoşça kalın."

Leke yok oldu. Onun yerini başka bir leke aldı.

Ralph'ın dizleri sert bir şeye değdi; kenarları keskin hissini veren yanmış bir ağaç kütüğü sallandı. Eskiden ağacın kabuğu olan yanık sivri parçalar dizinin arkasına batınca, Roger'in oturduğunu anladı. Ralph, görülmeyen küller arasında sallanan kütüğü elleriyle yoklayıp, Roger'in yanına oturdu. Zaten yaradılıştan konuşkan olmayan Roger, bir şey söylemiyor; canavar konusunda ne düşündüğünü, bu çılgın sefere neden katıldığını Ralph'a anlatmıyordu. Oturup duruyor, kütüğü hafif hafif sallıyordu sadece. Ralph tak tak eden hızlı ve sinir bozucu bir ses duydu; Roger'in, elinde tuttuğu o aptal değnekle bir yere vurduğunun farkına vardı.

Ne düşündüğü bilinmeyen Roger ile öfkeden köpüren Ralph, tak tak sesleri arasında, kütüğün üstünde sallana sallana oturdular böylece. Çevrelerini sarıp kapayan gökyüzü yıldızlarla doluydu. Ancak dağ, kapkaranlık bir leke açmıştı bu yıldızların arasında.

Ta yükseklerde bir kayma sesi duyuldu. Sanki biri, kayaların ve küllerin üstünde tehlikeli dev adımlarla aşağıya doğru iniyordu. Sonra Jack, ürpererek yanlarına geldi. Neredeyse tanıyamadıkları çatlak bir sesle konuştu:

"Dorukta bir şey gördüm."

Jack'ın kütüğe çarptığını, kütüğün fena halde sallandığını duydular. Yattığı yerde bir an sustu, sonra gene homurdandı:

"Çok dikkatli olun. Belki peşimizdedir."

Havalanan küller, çevrelerine pıtır pıtır döküldü; Jack doğrulup oturdu:

"Dağda şişip kabaran bir şey gördüm."

"Bunu ancak hayal ettin" dedi Ralph kesik kesik konuşarak. "Çünkü kabaran bir şey olamaz. Bir yaratık kabaramaz."

Onun orada olduğunu ikisi de unuttukları için, Roger konuşunca irkildiler:

"Bir kurbağadır."

Jack kıkır kıkır güldü, sonra ürperdi:

"Hem de ne kurbağa! Bir gürültü de çıkıyordu. 'Plop', gibi bir gürültü. Derken o şey şişip kabarıyordu."

Ralph kendine şaştı. Düzgün bir sesle konuşabilmesine değil de, yapmaya niyetlendiği şeyin göz kamaştırıcı yiğitliğine şaştı:

"Gidip bakarız."

Onu tanıdığından beri ilk kez Jack'ın duraksadığını sezdi:

"Şimdi mi?.."

Ralph'ın yerine, Ralph'ın sesi kendiliğinden konuştu sanki:

"Elbette."

Ralph ayağa kalktı, takırdayan yanık odun parçaları arasında, önden yürümeye başladı. Öteki ikisi de peşinden geldiler.

Şimdi Ralph'ın fiziksel sesi susunca, benliğinin içinden aklın sesi ve başka sesler yükselmeye başladı. Ona "çocuk" diyen Domuzcuk'u duyar gibi oldu. Başka bir ses, aptallık etmemesini söyledi. Çevrelerini saran karanlık ve bu umutsuz girişim, sanki bir dişçi koltuğunda oturuyormuş gibi, gerçekdışı bir nitelik vermişti olup bitenlere.

Son yamaca gelince, Ralph'a yaklaşan Jack ile Roger, mürekkep lekelerine benzemiyorlardı artık; belirli bir biçim almışlardı. Birbirlerine bir şey söylemeden, anlaşmışçasına durup çömeldiler. Arkalarında ufuk çizgisi biraz aydınlanmıştı; ay doğmak üzereydi. Rüzgâr bir tek kez ormanda esti; üstlerindeki paçavraları gövdelerine yapıştırdı.

Ralph kıpırdadı:

"Hadi, gelin."

Yerde sürüne sürüne ilerlediler. Roger, biraz arkadan geliyordu. Jack ile Ralph, dağın kenarından beraber döndüler. Aşağılarda lagünün ışıldayan engin suları, bunun ötesinde de okyanustaki sığ kayalığın uzun beyaz lekesi görülüyordu. Roger yanlarına geldi.

Jack fısıldadı:

"Ellerimizle dizlerimiz üstünde sürünerek gidelim. Belki uyuyordur."

Şişip kabaran bir yaratık.

Ateşin soğuk yumuşak küllerine eli değince, Ralph bağırmamak için zor tuttu kendini. Böyle beklenmedik bir şeye dokununca, elinin ve omuzunun sinirleri seyirdi. Mide bulantısının etkisiyle bir an gözlerinin önünde beliren yeşil ışıklar karanlığa karıştı. Roger arkasında yere uzanmıştı; Jack'ın ağzı kulağının dibindeydi:

"Orada, kayaların arasında bir boşluk olduğu yerde. Bir çeşit tümsek gibi... Gördün mü?"

Sönen ateşin külleri Ralph'ın yüzüne esti. Ne kayaların arasındaki boşluğu, ne de başka bir şeyi görebiliyordu; çünkü bulantının yeşil ışıkları gene yanıp genişliyor ve dağın doruğu yan yan kayıyordu.

Uzaklardan bir kez daha duyuldu Jack'ın fısıltısı:

"Korkuyor musun?"

Buna, korkudan çok bir çeşit felç denilebilirdi. Gittikçe küçülen, kımıldayan bir dağın tepesinde, hareketsizce asılıp kalmıştı. Jack, kayarak yanından uzaklaştı. Roger bir yere çarptı, soluğunu ıslık çalarcasına koyuverip bocaladı, öne doğru gitti. Jack ile Roger'in fısıldadıklarını duydu:

"Bir şey görebiliyor musun?"

"Orada..."

Önlerinde, ancak üç dört yarda uzakta, kayaların olmaması gereken yerde, kaya gibi bir tümsek vardı. Ralph, bir yerlerden –belki de kendi ağzından– çıkan, çok hafif bir takırtı duydu. Bedenini, tüm iradesiyle sanki sarıp sarmaladı; korkusuyla tiksintisini birleştirip, kine dönüştürdü ve ayağa kalktı. Kurşun gibi ağır bir adım attı ileriye doğru.

Arkalarında, incecik bir ay dilimi ufukta yükseldi. Önlerinde, başı dizleri arasında uyur gibi, koskocaman maymuna benzeyen bir şey oturuyordu. Sonra, rüzgâr ormanda kükredi; karanlıkta bir kargaşalık oldu ve yaratık başını kaldırıp, perişan yüzünü onlara çevirdi.

Ralph, küller arasında dev adımlarla koşuyordu. Başka yaratıkların bağıra çağıra sıçradıklarını gördü. Karanlık yamaçta, olanaksızlıklara meydan okuyan şeyler yaptı. Çok geçmeden dağ gene ıssızdı. Ancak terk edilmiş üç değnek ve başını eğip kaldıran şey kalmıştı orada.

8

Karanlığa Sunulan Armağan

Domuzcuk, perişan bir halde başını kaldırdı; önce şafakla solgunlaşan kumsala, sonra da karanlık dağlara baktı:

"Emin misin? Gerçekten emin misin demek istiyorum?"

"Sana on kez söyledim" dedi Ralph. "Onu gördük."

"Burada güvende miyiz sence?"

"Nereden bileyim?"

Ralph, sinirli bir hareketle, Domuzcuk'un yanından ayrıldı. Kumsalda birkaç adım attı. Jack diz çökmüş, işaret parmağıyla çemberimsi bir biçim çiziyordu kumda. Domuzcuk'un alçak sesle gene sorduğunu duydular:

"Emin misiniz? Gerçekten mi?"

"Gidip baksana" dedi Jack, Domuzcuk'u hor görürcesine. "Hem senden kurtulmuş oluruz böylece."

"Zor giderim."

Ralph, "Canavarın dişleri var" dedi, "ve kocaman kara gözleri."

Ralph şiddetle ürperdi. Domuzcuk, tek camlı gözlüğünü çıkarıp, camı parlattı.

"Ne yapacağız?"

Ralph, büyük kayaya doğru döndü. Denizkabuğu güneşin doğacağı yerin önünde, beyaz bir leke gibi ağaçların arasında ışıldıyordu. Ralph, saçlarını arkaya itti:

"Bilmiyorum."

Akıllara sığmaz bir korkuya kapılıp, dağın yamacından nasıl kaçtığı aklına geldi:

"Bu boyda bir şeye karşı çıkabileceğimizi sanmıyorum. Doğru söylüyorum, biliyorsunuz. Konuşuruz ama bir kaplana karşı çıkamayız. Saklanırız. Jack bile saklanır."

Jack, hâlâ kuma bakmaktaydı:

"Ya benim avcılarım?"

Simon, barınakların yanındaki gölgelerden usulcacık çıktı. Ralph, Jack'ın sorusunu duymamazlıktan geldi. Denizin üstündeki belli belirsiz sarılığı gösterdi eliyle:

"Aydınlık olduğu sürece, yeterince yürekliyiz. Ama sonra? Şimdi de o şey çöküp oturuverdi ateşin başına, sanki kurtulmamızı istemiyormuş gibi..."

Ralph, ellerini kenetlemiş büküyordu farkında olmadan. Sesi daha yüksek çıktı:

"Demek ki, işaret veren bir ateşimiz olmayacak artık... Yenildik."

Denizin üstünde bir altın nokta belirdi; birdenbire tüm gökyüzü aydınlandı.

"Ya benim avcılarım?"

"Silah yerine ellerinde değnek tutan çocuklar senin avcıların."

Jack ayağa kalktı. Uzaklaşırken yüzü kıpkırmızıydı. Domuzcuk, tek camlı gözlüğünü takıp, Ralph'a baktı:

"Yaptın yapacağını. Avcılarına karşı kaba davrandın."

"Aman, kes sesini!"

Beceriksizce öttürülen büyük denizminaresinin sesi, sözlerini kesti. Jack, doğan güneşe şarkı söylercesine denizkabuğunu öttürüyordu. Barınaklardakiler kımıldayıncaya dek; avcılar isteksiz isteksiz iskele biçimindeki büyük kayaya gidinceye dek; artık ikide bir de sızlanan küçükler ağlamaya başlayıncaya dek öttürdü. Ralph ile Domuzcuk, uslu uslu ayağa kalktılar, büyük kayaya gittiler.

"Konuşun" dedi Ralph acı acı, "konuşun, konuşun, konuşun."

Denizkabuğunu Jack'tan aldı:

"Bu toplantı..."

Jack, Ralph'ın sözünü kesti:

"Bu toplantıya ben çağırdım onları."

"Sen çağırmasaydın, ben çağıracaktım nasılsa. Sen sadece denizkabuğunu öttürdün."

"Yetmez mi bu?"

"Of, peki, al! Hadi... Konuş!"

Ralph, büyük şeytanminaresini Jack'ın eline tutuşturdu; kütüğün üstüne oturdu.

Jack, "Birçok şeyler var" dedi, "onun için sizi toplantıya çağırdım. İlk şey... Biliyorsunuz artık, canavarı gördük. Usulcacık oraya gittik. Ancak birkaç adım ötedeydik. Canavar doğrulup oturdu, bize baktı. Onun ne yaptığını bilmiyorum. Onun ne olduğunu bile bilmiyoruz..."

"Canavar denizden çıkıyor..."

"Karanlıktan geliyor..."

"Ağaçlar..."

"Susun!" diye bağırdı Jack. "Beni dinleyin. Bu canavar, her neyse, orada oturuyor..."

"Belki bekliyordur..."

"Avlanıyordur..."

"Evet, avlanıyordur."

Jack, "Avlanıyordur" dedi.

Ormanda nasıl titrediğini anımsadı:

"Evet, bir avcıdır bu canavar. Ancak... Kesin sesinizi! İkinci söyleyeceğim şey şu: Biz onu öldüremeyiz. Bir şey daha var söyleyeceğim: Ralph, senin avcıların metelik etmez dedi."

"Ben böyle bir şey söylemedim hiç!"

"Denizkabuğu bende. Ralph'a göre sizler korkaksınız; yabandomuzundan kaçıyorsunuz, canavardan kaçıyorsunuz. Dahası var."

Jack'ın bundan sonra ne söyleyeceğini herkes biliyor gibiydi; toplantıdakiler, sanki hep birlikte iç çektiler. Jack kendisiyle işbirliğine yanaşmayan bu sessizliğe karşı çıktı; titrek ama kararlı bir sesle konuşmasını sürdürdü:

"Ralph, Domuzcuk gibi. Domuzcuk gibi konuşuyor. Doğru dürüst bir şef değil o."

Jack, büyük şeytanminaresini bağrına bastı:

"O bir korkak!"

Bir an durakladı. Sonra devam etti:

"Dağın tepesinde, Roger ile ben ilerlerken, o geride kaldı."

"Ben de geldim sizinle."

"Sonra geldin."

İki çocuk, gözlerini örten saçların arkasından, dik dik baktılar birbirlerine.

"Ben de geldim" dedi Ralph. "Sonra kaçtım. Sizler de kaçtınız."

"Bana korkak de, öyleyse."

Jack, avcılara doğru döndü:

"O bir avcı değil. Bize hiç et bulamazdı o. Sınıf temsilcisi de değildi okulda. Nereden çıktığını bilmiyoruz onun. Buyruklar veriyor sadece. Herkesin, durup dururken ona boyun eğmesini istiyor. Bütün bu konuşmalar..."

"Bütün bu konuşmalar!" diye bağırdı Ralph. "Konuş, konuş! Kim istedi konuşmayı? Kim toplantıya çağırdı?"

Jack'ın yüzü kıpkırmızı kesildi; çenesi göğsüne çöktü. Çatık kaşlarının altından, fena fena baktı Ralph'a.

Derin anlamlar taşıyan, tehditle dolu bir sesle, "Peki, öyle olsun" dedi, "öyle olsun."

Bir eliyle denizkabuğunu göğsüne bastırdı; öteki elinin işaret parmağını, havayı delercesine yukarıya kaldırdı:

"Ralph'ın şef olmasını istemeyenler kim?"

Çevresine bakınıp bekledi. Çocuklar donmuş gibiydi. Bir ölüm sessizliği vardı hurma ağaçlarının altında.

Jack, güçlü bir sesle, "Ellerini kaldırsınlar" dedi. "Kimler istemiyor Ralph'ın şef olmasını?"

Soluk soluğa, utanç dolu, ağır bir sessizlik sürüp gitti. Jack'ın yanaklarından yavaş yavaş çekilen kan, acı bir saldırışla yüzünü yeniden kapladı. Dudaklarını diliyle yaladı; başka birinin gözleriyle karşılaşmak sıkıntısından kurtulmak için, başını iyice yana çevirdi:

"Kimler istemiyor..."

Sesi söndü. Büyük şeytanminaresini tutan elleri titriyordu. Gırtlağını temizledi, yüksek bir sesle konuştu:

"Peki, öyle olsun."

Denizkabuğunu büyük bir dikkatle ayağının dibine, otların üstüne koydu. Gözlerinin ucundan, onu küçük düşüren gözyaşları akmaya başladı:

"Artık oyun oynamayacağım. Sizlerle oynamayacağım."

Çocukların çoğu şimdi yere bakıyorlardı. Otlara ya da ayaklarına dikmişlerdi gözlerini. Jack, gene gırtlağını temizledi:

"Ralph'tan yana olanların arasına girmeyeceğim ben."

Sağdaki kütüklerde oturanlara baktı; eskiden kilise korosu olan avcıları saydı:

"Tek başıma gidiyorum. Ralph, kendi domuzlarını kendi yakalasın. Ben ava çıkınca, isteyen benimle beraber gelebilir."

Sinirli adımlarla üçgenin içinden çıktı; beyaz kuma inen dik yere geldi.

"Jack!"

Jack, dönüp Ralph'a baktı. Bir an durakladı; sonra öfkeden kudurmuş tiz bir sesle haykırdı:

"Hayır!"

Kayadan atladı; durmadan akan gözyaşlarına aldırmadan kumsala koştu. Jack ormana dalıncaya kadar, Ralph onun arkasından baktı.

Domuzcuk, fena kızmıştı:

"Ben bir şey söylüyorum. Ralph, sen öyle duruyorsun orada."

Ralph, Domuzcuk'u görmeyen gözlerle ona baktı; yavaşça kendi kendine konuştu:

"Geri gelir. Güneş batınca, geri gelir."

Domuzcuk'un elindeki denizkabuğuna baktı:

"Ne diyorsun?"

"İşte buyurun!"

Domuzcuk, Ralph'ı azarlamaya kalkmaktan vazgeçti. Gözlüğünün tek camını gene parlatıp konuşmasını sürdürdü:

"Jack Merridew'siz de yapabiliriz. Ondan başkaları da var bu adada. Aslında buna pek inanmıyorum ama şimdi gerçekten bir canavarın olduğu söyleniyor. Bu kayadan pek uzaklaşamayacağımız için, eskiden olduğu kadar gerek kalmayacak ona ve onun avcılığına. Şimdi sahiden karar verebiliriz ne yapacağımıza."

"Durum çaresiz, Domuzcuk. Yapabileceğimiz hiçbir şey yok."

Sıkıntılı bir sessizliğe gömüldüler bir süre. Sonra Simon ayağa kalktı, büyük şeytanminaresini Domuzcuk'un elinden aldı. Domuzcuk öyle şaşırmıştı ki, oturmadan öylece ayakta kaldı. Ralph, başını kaldırıp Simon'a baktı:

"Simon? Gene ne söyleyeceksin?"

Toplantıdakilerden yarı alaycı bir ses yükseldi. Simon çekindi, içine kapandı:

"Düşündüm de, belki bir şeyler yapabiliriz. Belki biz..."

Toplantıdakilerin baskısı, Simon'un sesini kesti. Çevresine bakınarak, birinden yardım ve yakınlık aradı; Domuzcuk'u seçti. Büyük şeytanminaresini bağrına bastı, Domuzcuk'a doğru yarı döndü:

"Bence dağa tırmanmalıyız."

Toplantıdakiler korkuyla ürperdiler. Simon sözünü kesti. Alay edercesine, ona anlamadan bakan Domuzcuk'a döndü yeniden.

"Ralph ile öteki ikisinin eli kolu bağlı kalmışken, o canavarın bulunduğu yere tırmanmak ne işe yarar?"

Simon, bir fısıltıyla karşılık verdi:

"Yapılacak başka ne var ki?"

Söyleyeceğini söylemişti. Domuzcuk'un denizkabuğunu elinden almasına karşı çıkmadı. Bir kenara çekilip, ötekilerden mümkün olduğu kadar uzağa oturdu.

Şimdi Domuzcuk, daha bir güvenle konuşuyordu; hatta içinde bulundukları koşulları böylesine ağır olmasaydı, Domuzcuk'un sevine sevine konuştuğunu anlayabilirdi öteki çocuklar:

"O kişi olmasa da yapabiliriz dedim. Ne yapabileceğimize karar vermeliyiz diyorum şimdi de. Ralph'ın birazdan söyleyeceğini, size hemen bildirebilirim sanıyorum. Bu adada en önemli şey dumandır. Ateş olmadan da duman olmaz."

Ralph, tedirginliğini gösteren bir hareket yaptı:

"Boşuna Domuzcuk. Ateşimiz yok. O şey tepede oturuyor... Bizler de burada kalmak zorundayız."

Domuzcuk, şimdi söyleyeceğine güç katmak istercesine, denizkabuğunu havaya kaldırdı:

"Dağda ateşimiz yok. Peki aşağıda, burada bir ateşimiz olamaz mı? Şu kayaların üstünde bir ateş yakabiliriz. Hatta kumun üstünde bile. Ne olursa olsun, dumanımız olacak."

"Doğru söylüyor!"

"Duman!"

"Yüzme havuzunun yanında!"

Çocukların hepsi birden konuşmaya başladılar. Düşünce açısından ancak Domuzcuk böylesine gözü pek olabilirdi; ancak Domuzcuk ateşin dağdan alınmasını önerebilirdi.

Ralph, "Öyleyse, ateşi burada yakacağız" dedi.

Çevresine bakındı:

"Tam şurada yakabiliriz; yüzme havuzuyla büyük kaya arasında. Elbette..."

Sözünü kesti; kaşlarını çatarak, durumu ayrıntılı düşündü. Farkına varmadan, dibinden kopmuş bir tırnak parçasını çekiştiriyordu dişleriyle:

"Elbette duman pek o kadar iyi görülmeyecek. Ama onun... O şeyin yanına gitmek zorunda kalmayacağız..."

Çocuklar, bunu tam bir anlayışla onayladılar. Onun yanına gitmek zorunda kalmayacaklardı.

"Ateşi şimdi yakacağız."

En büyük düşünceler, en basit olanlarıdır. Artık yapılacak bir iş olduğu için, tutkuyla çalışıyordu hepsi. Domuzcuk, Jack'ın gittiğine öylesine seviniyor, artan özgürlüğünü öylesine tadıyor, toplumun yararına bir katkıda bulunduğuna öylesine gururlanıyordu ki, odun taşınmasına yardım bile etti. Domuzcuk'un taşıdığı odun yakınlardaydı. Büyük kayadaki toplantılarda, üstüne oturmadıkları devrilmiş bir ağaçtı bu. Oysa öteki çocuklar için toplantı yeri öylesine kutsaldı ki, işe yaramayan bir şeye bile el konulamazdı orada. İkizler, geceleyin yakınlarında bir ateş yanmasının onları avutacağını anladılar. Bunun üzerine küçüklerden birkaçı da sevinip dans etmeye başladı.

Odunlar, dağda kullandıkları yakıt kadar kuru değildi. Çoğu nemli ve çürüktü; koşuşan böceklerle doluydu. Kütükleri yerden dikkatle kaldırmaları gerekiyordu; yoksa hemen dağılıyorlar, ıslak bir toz haline geliveriyorlardı. Üstelik, ormanın içine girmek zorunda kalmamak için, çocuklar, yakınlarda devrilmiş herhangi bir ağacı alıyorlardı; üstü yeni çıkmış bitkilerle kaplı olsa da. Ormanın kenarları ve uçağın düşerken açtığı yer, onlara yabancı değildi; denizkabuğuna ve barınaklara yakındı, onlara yeterince dost bir yerdi gündüzün. Buraların karanlıkta nasıl olduğunu düşünmek, hiç kimsenin işine gelmiyordu. Onun için çocuklar, büyük bir çaba göstererek, sevinç içinde çalışıyorlardı. Ne var ki zaman geçtikçe, çabada bir korku, sevinçte de aşırı bir sinirlilik belirmeye başladı. İskele biçimindeki büyük kayanın yanında, çıplak kumların üstünde, yapraklardan, küçüklü büyüklü dallardan ve kütüklerden oluşan bir ehram diktiler. İlk kez olarak Domuzcuk, tek camlı gözlüğünü kendi eliyle çıkardı; diz çöktü ve güneş ışınlarını kuru bir odun parçası üstüne yansıttı. Çok geçmeden sarı alevler bir ağaç gibi yükseldi; duman, bir tavan gibi tepelerine yayıldı.

Yangın felaketinden sonra pek ateş görmeyen küçükler, heyecandan kendilerinden geçtiler. Dans edip şarkı söylediler. Ateşin çevresi, neredeyse bir eğlence toplantısına benzemeye başladı.

Sonunda Ralph, çalışmayı bırakıp ayağa kalktı. Koluyla terini silince, kolunun kiri yüzüne bulaştı.

"Küçük bir ateş yakmalıyız. Böyle büyüğünü beslemenin yolu yok."

Domuzcuk, kuma dikkatle oturdu; gözlüğünün tek camını parlatmaya başladı.

"Deneyler yapabiliriz: Küçük ama kızgın bir ateş yakıp, duman yapmak için dallar koyabiliriz üstüne. Kimi yapraklar, ötekilerden daha elverişli olabilir, duman çıkarmak açısından."

Ateş sönmeye başlayınca, heyecan da söndü. Küçükler, şarkı söyleyip dans etmekten vazgeçtiler. Kimi deniz kıyısına, kimi meyve ağaçlarına, kimi barınaklara gitti.

Ralph, kendini kumun üstüne attı:

"Ateşe bakacak olanların yeni bir listesini yapmamız gerekecek."

"Eğer bakacak insan bulabilirsen."

Ralph çevresine bakındı. O zaman ilk kez anlayıverdi, büyüklerden ne kadar az kişinin orada bulunduğunu; bu kadar çok çalışmak zorunda olmalarının da nedenini anladı.

"Maurice nerede?"

Domuzcuk, gözlüğünün camını yeniden sildi:

"Herhalde... Hayır, tek başına ormana gitmez. Gider mi dersin?"

Ralph ayağa fırladı. Ateşin çevresinde hızla koşup Domuzcuk'un yanında durdu. Elleriyle saçını arkaya itiyordu:

"Ama bize bir liste gerek. Sen varsın, ben varım, Eric'le Sam var ve..."

Domuzcuk'un yüzüne bakmadan, sıradan bir şey söylercesine sordu:

"Billy ve Roger nerede?"

Domuzcuk eğildi, ateşe bir odun parçası koydu:

"Herhalde gittiler. Herhalde onlar da bizimle oynamayacak."

Ralph oturdu, parmağıyla kumda delikler açmaya başladı. Parmak uçlarının birinde bir kan damlası görünce, şaştı. Isırılmış tırnağı dikkatle inceledi; tırnak dibinde beliren yuvarlak kan damlasına baktı.

Domuzcuk konuşmasını sürdürdü:

"Biz odun toplarken, onların usulcacık sıvıştıklarını gördüm. Şöyle gittiler. Onun gittiği yerden."

Ralph, tırnak incelemeyi bıraktı, başını kaldırıp havalara baktı. Gökyüzü, çocuklar arasındaki büyük değişikliğe uyarcasına, başka türlüydü bugün. Öyle pusluydu ki, kimi yerlerde sıcak hava beyaz görünüyordu. Güneş, sanki daha yakınlardaymış, o kadar yakıcı değilmiş gibi donuk bir gümüş rengi almıştı ama sıcaklık boğucuydu.

"Onlar hep başımıza dert açtılar, değil mi?"

Domuzcuk'un kaygılı sesi, yanı başından yükselmişti:

"Onlarsız yapabiliriz. Bundan böyle daha mutlu olacağız, değil mi?"

İkizler, zafer kazanmışçasına gülerek, kocaman bir kütüğü sürükleye sürükleye geldiler. Kütüğü korların üstüne öyle bir attılar ki, kıvılcımlar uçuştu.

"Biz, kendi aramızda da her şeyi yoluna koyarız, değil mi?"

Uzun süre, kütük kuruyup tutuşuncaya kadar, kıpkırmızı oluncaya kadar, Ralph bir şey söylemeden kumda oturdu. Domuzcuk'un ikizlerin yanına gittiğini, fısıldayarak bir şeyler konuştuklarını, üç çocuğun beraber ormana girdiklerini görmedi.

"Al bakalım."

Ralph irkilerek, kendine geldi. Domuzcuk ile ikizler yanında duruyordu. Kucak dolusu meyve getirmişlerdi.

Domuzcuk, "Düşündüm de" dedi, "şölen gibi bir şeyler yapmamız gerek belki."

Üç çocuk oturdular. Bir yığın meyve getirmişlerdi; meyvelerin hepsi de yeterince olgundu. Ralph yemeye başlayınca, gülümsediler.

Ralph, "Sağ olun" dedi.

Sonra, hem sevindiğini hem de şaşırdığını belirterek "Sağ olun" dedi yeniden.

Domuzcuk, "Kendi başımıza pekâlâ oluruz" dedi. "Onların sağduyusu yok, başımıza bela oldular bu adada. Küçük ama çok korlu bir ateş yakarız."

Neden kaygılandığı Ralph'ın aklına geliverdi ansızın:

"Simon nerede?"

"Bilmiyorum."

"Dağa mı tırmandı dersin?"

Domuzcuk, gürültülü bir kahkaha atıp gene meyve aldı:

"Bakarsın tırmanır."

Ağzındakileri yuttu:

"Kafadan çatlaktır o."

Simon, meyve ağaçlarının bulunduğu yerden geçti. Kumsaldaki ateş, küçükleri bugün öyle oyalamıştı ki, Simon'un peşinden buraya gelmemişlerdi. Sürüngen bitkilerin arasında yürüdü. Açıklığın yanında, bitkilerden örülen büyük hasıra varınca, yerde sürüne sürüne içine girdi. Yaprak örtüsünün ötesinde, güneş ışınları taş gibi yere yağıyordu. Açıklık yerde kelebekler, sonu gelmeyen danslarını sürdürüyorlardı. Güneşin oku, diz çöken Simon'un üstüne düştü. Buraya bir önceki gelişinde, hava sıcaktan titriyor gibiydi; ama şimdi güneş, gözdağı verircesine yakıyordu. Çocuğun kalın telli uzun saçlarının arasından ter boşanmaya başladı. Simon tedirgin oldu, kıpırdadı; ama güneşten kaçmanın yolu yoktu. Çok geçmeden susadı; sonra daha da çok susadı.

Orada oturdu gene de.

Jack, kumsalın ta uzaklarında, birkaç çocuğun önünde duruyordu. Pırıl pırıl bir mutluluk içindeydi.

"Avcılık" dedi.

Dikkatle baktı bu küçük gruba. Her birinin başında, siyah şapkalar vardı. Terbiyeli ve çekingen tavırlarla iki sıraydılar. Yüzyıllarca önceki melekler gibi şarkı söylerlerdi.

"Ava gideceğiz. Şef ben olacağım."

Çocuklar, evet dercesine başlarını salladılar; buhran kolayca atlatıldı.

"Gelelim canavara..."

Çocuklar kıpırdadılar, ormana baktılar.

"Şunu söylüyorum: Canavara aldırmayacağız."

Jack, çocuklara başını salladı:

"Canavarı unutacağız."

"Doğru!"

"Evet."

"Unutalım canavarı!"

Jack, bunu coşkuyla benimsemelerine şaştıysa bile, belli etmedi:

"Bir şey daha var. O kadar çok düş görmeyiz burada. Adanın ucuna yakın burası."

Avcılar, kişisel yaşantılarının ta derinlerinden gelen bir tutkuyla bunu onayladılar.

"Şimdi dinleyin. Belki Kaya Kale'ye gideriz daha sonraları. Ama şimdi birkaç büyüğü daha yanıma alacağım; denizkabuğundan filan koparacağım onları. Domuz öldürüp bir şölen vereceğiz."

Durakladı ve daha ağır ağır konuşmaya başladı:

"Gelelim canavara. Öldürünce, öldürdüğümüzün bir parçasını canavara bırakacağız. O zaman belki zarar vermez bize."

Jack, birdenbire ayağa kalktı:

"Şimdi ormana gidip avlanacağız."

Jack, çocuklara sırtını çevirdi; koşarak uzaklaştı. Bir dakika sonra uslu uslu Jack'ın arkasından gittiler onlar da.

Ormanın içine dağılırken sinirliydiler. Jack, domuzların geçtiğini gösteren, sökülmüş darmadağın kökleri hemen buldu. Çok geçmeden domuzun peşine düştüler. Jack, öteki avcıların gürültü etmemeleri için bir işaret verdi, tek başına ilerledi. Mutluydu. Ormanın nemli karanlığını, rahat ve eski bir giysi gibi sırtına geçirmişti. Usulcacık bir yamaçtan inerek deniz kıyısına, dağınık ağaçların bulunduğu kayalık bir yere vardı.

Domuzlar, şişkin yağ tulumları gibi orada yatıyor, ağaçların altındaki gölgeliğin keyfini sürüyorlardı şehvetle. Esinti olmadığı için tedirgin değildiler. Jack, gölgeler kadar sessiz olmayı öğrenmişti artık. Usulcacık uzaklaşıp, gizlenen avcıların ne yapacaklarını söyledi. Sessiz, sıcak havada terleyerek, ağır ağır ilerlediler. Ağaçların altında, bir dişi domuzun kulağı tembel tembel oynuyordu: Analığın derin mutluluğu içinde, ötekilerden biraz uzakta, sürünün en irisi yatmaktaydı. Kara ve pembeydi. Karnından sarkan kocaman memelere, bir sıra domuz yavrusu yapışmıştı; uyuyorlar, başlarını memeye sokuyorlar, ciyak ciyak bağırıyorlardı.

Sürüye on beş yarda yaklaşınca, Jack durdu. Uzanan kolu, dişi domuzu gösterdi. Herkes anladı mı diye, arkasına baktı bir soru sorarcasına. Öteki çocuklar başlarını salladılar. Bir sıra kol, arkaya doğru gitti.

"Hadi şimdi!"

Domuzlar ayağa fırladılar. Ancak on yarda uzaktan, uçları ateşte sertleştirilmiş mızraklar, seçilen domuzun üstüne fırlatıldı. Domuz yavrularından biri, delirmişçesine bir çığlık atarak denize fırladı; Roger'in mızrağını da beraberinde götürdü. Dişi domuz, boğuluyormuş gibi ciyakladı, sendeleyerek ayağa kalktı. Şişman böğrüne iki mızrak saplanmıştı. Çocuklar, bağıra çağıra ileriye atıldılar; domuz yavruları etrafa dağıldı. Dişi domuz, yan yana dizilmiş ilerleyen çocukların safını yardı; çalıları çatırdata çatırdata ormana daldı.

"Peşine düşün!"

Domuz geçidinde hızla koştular. Ama orman öyle karanlık, ağaçlar birbirine öyle dolanmıştı ki, Jack küfrederek onları durdurdu. Ağaçların arasında bir iz aramaya başladı. Bir süre bir şey söylemedi. Soluması öylesine yabansıydı ki, öteki çocuklar onun karşısında dehşete düştüler; tedirgin bir hayranlık içinde, birbirlerine bakakaldılar. Çok geçmeden Jack, bir bıçak saplarcasına parmağını yere doğru indirdi:

"İşte!"

Ötekiler yerdeki kan damlasını incelemeye vakit bulamadan, Jack dönüp başka bir yöne gitti. İzlere dikkatle bakıyor, yarı kopmuş bir dala dokunuyordu. Gizemli bir biçimde doğru yoldaydı; dişi domuzun peşinden güvenle gidiyordu. Öteki avcılar da arkasından geliyorlardı.

Sık bir çalılığın önünde durdu:

"Burada."

Çalılığı sardılar; ama dişi domuz, böğrüne bir mızrak daha alarak gene kaçtı. Mızrakların sarkan sapları, bedenine çaprazlama saplanan keskin uçları, dişi domuz için bir işkenceydi. Bir ağaca çarpınca, mızraklardan biri, daha da derin girdi. Artık açıkça görülen kan damlaları döktüğü için, avcıların herhangi biri, kolayca onun peşinden gidebilirdi. Bu puslu, korkunç, sıcak ve nemli öğleden sonrası, sürüp gitti. Kan kaybeden, çıldıran dişi domuz, önlerinde tökezleyerek kaçıyor; avcılar, bu uzun kovalamanın ve dökülen kanın heyecanı içinde, ona şehvetle bağlanmışçasına peşinden gidiyorlardı. Onu görüyorlar, neredeyse yanına sokuluyorlardı kimi zaman. Ama dişi domuz, kalan gücünü topluyor, ileriye fırlıyor, gene önlerine geçiyordu. Dişi domuz, pırıl pırıl çiçekli, kelebeklerin birbirinin çevresinde oynadıkları, havanın sıcak ve esintisiz olduğu bir açıklığa düşe kalka vardığında, avcılar onun tam arkasındaydı.

Dişi domuz, orada sıcaktan çarpılmışçasına yere yıkıldı ve avcılar üstüne üşüştüler. Bilmediği bir dünyadan gelen bu korkunç saldırı, dişi domuzu deliye döndürdü; ciyak ciyak bağırıyor, kıvranıyordu. Her bir yan gürültü, kan ve korkuyla dolmuştu. Roger, hayvanla çocukların meydana getirdiği yığının çevresinde koşuyor, domuzun eti görülür görülmez mızrağını batırıyordu. Jack, dişi domuzun tepesine binmiş, bıçağını aşağıya aşağıya indiriyordu. Roger, hayvanın bedeninden mızrağını sokabilecek bir yer buldu; mızrağını oraya itti, olanca gücüyle abandı. Mızrak, yavaş yavaş girmeye başladı. Dişi domuzun korkulu ciyaklamaları, tiz bir çığlığa dönüştü. Derken Jack, hayvanın gırtlağını buldu ve sıcak kan, ellerinin üstüne fışkırdı. Dişi domuz, çocukların altına çöktü. Çocuklar tüm ağırlıklarıyla, doymuşçasına üstünde kaldılar. Açıklığın ortasında kelebekler, kendi dünyalarında dans edip duruyorlardı hâlâ.

Sonunda, öldürmenin heyecanı yatıştı. Çocuklar geri çekildiler. Jack ayağa kalkıp, ellerini uzattı:

"Bakın."

Jack kıkır kıkır güldü, ellerini hızla salladı. Jack'ın kanla kirlenmiş avuçlarına bakıp, çocuklar da güldüler. Sonra Jack, Maurice'i yakalayıp, kanı onun yanaklarına bulaştırdı. Roger, mızrağını geri çekmeye başladı; çocuklar ancak o zaman mızrağın tam nereye girdiğinin farkına vardılar. Robert, kahkahalarla karşılanan bir sözle, durumu saptadı:

"Tam kıçına!"

"Duydunuz mu?"

"Ne dediğini duydunuz mu?"

"Tam kıçına!"

Derken Robert avcı, Maurice de dişi domuz oldu. Maurice içine giren mızraktan kaçmaya çabalayan hayvanı canlandırırken öylesine tuhaftı ki, çocuklar katıla katıla güldüler.

Sonunda, bu oyundan bile bıktılar. Jack, kanlı ellerini bir kayaya sürerek temizlemeye başladı. Sonra ötekiler seyrederken, dişi domuzu kesmeye koyuldu. Karnını yardı, renkli bağırsaklarının sıcak torbalarını çekip çıkardı, kayanın üstüne yığdı. Çalışırken, bir yandan da konuşuyordu:

"Eti kumsala götüreceğiz. Ben, büyük kayaya geri dönüp, onları şölene çağıracağım. Böylece vakit kazanmış oluruz."

Roger konuştu:

"Şef..."

"Ha?"

"Ateşi nasıl yakacağız?"

Jack çömelip, kaşlarını çatarak dişi domuza baktı:

"Onlara bir baskın yapıp ateş alacağız. Dört kişi olmalı: Henry, sen, Billy ve Maurice. Yüzümüze boya sürüp, usulcacık yaklaşacağız oraya. Ben söyleyeceğimizi söylerken, Roger yanan bir dalı kapabilir. Ötekiler, geldiğimiz yere götürsünler bunu. Ateşi orada yakacağız. Sonra da..."

Duraksayıp ayağa kalktı; ağaçların altındaki gölgelere baktı. Yeniden konuştuğu sırada, sesi alçalmıştı:

"Ama avımızın bir parçasını bırakacağız, şey için..."

Başını çevirdi, arkasında duran Roger'e, "Bir değneğin iki ucunu da sivrilt" dedi.

Çok geçmeden ayağa kalktı. Dişi domuzun kanayan başını ellerinde tutuyordu:

"Şu değnek nerede?"

"İşte."

"Değneğin bir ucunu toprağa batır. Ha... Orası kayaymış. Şu çatlağa sok. Tamam."

Jack, başı tuttu; değneğin sivri ucunu, dişi domuzun yumuşak gırtlağına soktu. Değnek ağzı deldi. Jack geri çekildi. Baş orada takılı kaldı. Değnek boyunca biraz kan sızıyordu aşağıya doğru.

İçgüdüsel bir tepkiyle, çocuklar da geri çekildiler. Orman çok sessizdi. Kulak verdiler; sineklerin dökülen bağırsaklar üstünde vızıltısı duyuluyordu ancak.

Jack'ın sesi bir fısıltıydı:

"Domuzu kaldırın."

Maurice ile Robert, bir sopayı şiş gibi boydan boya domuzun içine soktular; ölü hayvanı kaldırıp, beklediler. Kuruyan kanın üstünde sessizce dururken, bir şeyden kaçarcasına, sinsi bir hal gelmişti çocuklara ansızın.

Jack, yüksek sesle konuştu:

"Bu baş, canavar içindir. Bir armağandır bu."

Armağanı kabul eden sessizlik, çocukları dehşet içinde bıraktı. Gözleri donuk, hafif sırıtan baş, orada kaldı; dişleri arasındaki kan kararmaktaydı. Çocuklar, olanca güçleriyle ormanda koşarak, açık kumsala doğru kaçtılar ansızın.

Simon, yaprakların gizlediği küçük esmer bir heykelcilik gibi olduğu yerde kaldı. Gözlerini kapatsa da, hayvanın başını gene görüyordu. Dişi domuzun yarı kapalı gözleri, yetişkinlerin o sonsuz ve duygusuz vurdumduymazlığıyla donmuş gibiydi. Bu gözler, her şeyin kötü olduğunu söylüyordu Simon'a.

"Bunu biliyorum."

Simon, yüksek sesle konuştuğunun farkına vardı. Gözlerini çabucak açtı. Sinekleri ve dökülen bağırsakları umursamadan, hatta bir değneğe takılmış olmanın rezilliğini umursamadan, garip gün ışığında eğlenircesine sırıtmaktaydı bu baş.

Simon, kuru dudaklarını diliyle ıslatarak, başka yana baktı.

Canavara sunulan bir armağan. Canavar gelip, bu armağanı alır mıydı acaba? Sanki baş da aynı şeyi düşünüyordu. "Kaç" diyordu baş sessizce, "ötekilerin yanına git. Aslında bir şakaydı bu... Ne diye aldırıyorsun? Sadece yanılmıştın, işte o kadar. Belki biraz başın ağrıyordu; belki yediğin bir şey dokunmuştu. Geri dön, çocuk" diyordu baş sessizce.

Simon, ıslak saçlarının ağırlığını hissederek yukarıya doğru baktı, gökyüzünü seyretti. Gökyüzünde ilk kez bulut vardı. Kül rengi, krema rengi, bakır rengi bulutlar, kabaran kocaman kuleler gibi adanın üstüne yayılıyordu. Bulutlar, toprağın üstüne çöküp oturmuştu sanki. Bu boğucu, bu işkence edici sıcaklığı, bulutlar yaratmaktaydı her an. Müstehcen başın sırıtıp kanadığı yerden kelebekler bile kaçıp gittiler. Simon, gözlerini dikkatle kapadı, yere baktı, sonra görmemek için gözlerini eliyle korudu. Ağaçların altında gölge yoktu; inci renginde bir durgunluk her bir yanı kaplamıştı. Öyle ki, gerçek bilinen şeyler, anlatılması olanaksız bir hayale dönmüştü. Bağırsaklar, testereler gibi vınlayan sineklerle örtülü, kara bir yığın olmuştu. Bir süre sonra bu sinekler, Simon'u buldular. Tıka basa yiyip doydukları için, onun derecikler gibi akan terine kondular, içtiler. Burun deliklerini gıdıkladılar, bacaklarının üstünde birdirbir oynadılar. Sinekler yarı karaydılar, yarı ışıldayan yeşil ve sayısızdılar. Simon'un önünde, değneğe takılı duran Sineklerin Tanrısı, sırıtıyordu. Sonunda Simon dayanamadı; başını kaldırıp, Sineklerin Tanrısı'na baktı. Beyaz dişleri gördü, donuk gözleri gördü, kanı gördü. Simon'un gözleri, o çok eski, o yadsınmaz bilgiyi kabul etti. Simon'un sağ şakağında bir damar, beynini dövercesine zonklamaya başladı.

Ralph ile Domuzcuk kuma uzanmış, ateşe bakıyorlar; duman çıkarmayan korların içine, küçük çakıl taşları atıyorlardı.

"O dal bitti."

"Eric'le Sam nerede?"

"Biraz daha odun taşımamız gerek. Yeşil dalımız da kalmadı."

Ralph, içini çekip ayağa kalktı. İskele biçimindeki büyük kayanın üstündeki hurma ağaçları gölgesizdi. Her bir yandan birden geliyormuşa benzeyen garip bir ışıktan başka bir şey yoktu. Ta yukarılarda, şişip kabaran bulutlar arasında, bir top atılırcasına gök gürledi.

"Bardaktan boşanırcasına yağmur yağacak."

"Ya ateş?"

Ralph ormana koştu; kocaman bir yeşil dalla geri döndü; dalı ateşe attı. Dal çatırdadı, yapraklar kıvrıldı, sarı bir duman yayıldı.

Domuzcuk parmaklarıyla, gelişigüzel bir küçük biçim çizdi kumda:

"Dert şu ki, ateşi besleyecek kadar kalabalık değiliz. Eric'le Sam bir tek kişi sayılıyor; çünkü her şeyi beraber yapıyorlar onlar."

"Elbette."

"Ama bu doğru değil. Anlamıyor musun? İki kişiymiş gibi çalışmaları gerek."

Ralph bunu düşündü; Domuzcuk'un doğru söylediğini anladı. Bir yetişkin adam gibi düşünemediğinin farkına varınca, kendi kendine kızdı, gene içini çekti. Gittikçe daha kötü oluyordu bu ada.

Domuzcuk ateşe baktı:

"Yakında bir yeşil dal daha gerekecek."

Ralph yuvarlanıp sırtüstü yattı:

"Domuzcuk. Ne yapacağız?"

"Durumu onlarsız idare edeceğiz."

"Ama ateş…"

Ralph kaşlarını çatıp, yanmamış dalların karışık beyaz ve kara uçlarına baktı. Düşüncesini tam olarak belirtmeye çalıştı:

"Korkuyorum."

Domuzcuk'un başını kaldırıp ona baktığının farkındaydı. Beceriksizce konuşmasını sürdürdü:

"Canavardan değil korkum. Yani ondan da korkuyorum ama ateş sorununu hiç kimse anlamıyor gibi. Sen boğulurken, biri sana bir ip uzatsa; bir doktor, bu ilacı iç, çünkü içmezsen ölürsün dese... Verdiklerini alırsın öyle değil mi? Yani bunu demek istiyorum."

"Alırım, elbette."

"Görmüyor mu bunlar? Anlamıyorlar mı? Duman işareti olmazsa, burada öleceğiz. Şuna bak!"

Küllerin üstünde bir sıcak dalgası titremekteydi; ama en küçük bir duman izi yoktu.

"Bir ateşi bile yanık tutamıyoruz. Onların umurunda değil! Dahası da var..."

Yoğun bir dikkatle, Domuzcuk'un terli yüzüne baktı:

"Dahası da var: Kimi zaman benim de umurumda değil. Ya ben de ötekiler gibi olursam... Ya ben de umursamazsam. O zaman ne oluruz biz?"

Derin bir sıkıntıya düşen Domuzcuk, gözlüğünü çıkardı:

"Bilmiyorum, Ralph. İşleri yoluna koyup devam etmek zorundayız. İşte bu kadar. Büyükler böyle yapardı."

Artık derdini söylemeye başlayan Ralph, durmadan içini döküyordu:

"Domuzcuk, bozuk olan nedir?"

Domuzcuk, hayretle Ralph'a baktı:

"Yani şey mi demek istiyorsun?.."

"Hayır, o değil... Yani... Neden her şey böyle bozuluyor?"

Domuzcuk, gözlüğünün camını ağır ağır silerek düşündü. Ralph'ın onu artık iyice kabul etmeye başladığını anlayınca, gururdan yüzü pembeleşti:

"Bilmiyorum, Ralph. Herhalde onun yüzünden."

"Jack'ın mı?"

"Jack'ın!"

Jack adının söylenmesi de yasaklar arasına girmişti artık.

Ralph, ağırbaşlı bir halle, evet dercesine başını salladı:

"Evet" dedi. "Onun yüzünden herhalde."

Yakınlarındaki orman, bir patlama olmuşçasına gürültüyle doldu. Beyaz, kırmızı ve yeşil yüzlü şeytanımsı biçimler, uluyarak ormandan fırladılar. Küçükler, çığlık çığlığa kaçtılar. Göz ucuyla bakan Ralph, Domuzcuk'un koştuğunu gördü. Biçimlerden ikisi ateşe saldırınca, Ralph kendini korumaya hazırlandı; ama onlar, yarı yanık dalları kapıp kumsalda koşarak uzaklaştılar. Öteki üçü, gözlerini Ralph'a diktiler, kıpırdamadan durdular. En uzun boylusunun Jack olduğunu gördü. Jack çırılçıplaktı; üstünde boyadan ve bir kuşaktan başka bir şey yoktu.

Ralph, nefes alabilecek duruma gelince, sordu:

"Ne oluyor?"

Jack, bu soruyu duymamış gibi, mızrağını havaya kaldırıp bağırmaya başladı:

"Dinleyin hepiniz. Ben ve benim avcılarım, üstü yassı bir kayanın yanında, kumsalda oturuyoruz. Ava gidiyoruz, şölenler veriyoruz, hoş vakit geçiriyoruz. Benim kabileme katılmak isterseniz gelin, beni görün. Kabileye girmenize belki izin veririm, belki de vermem."

Jack duraklayıp, çevresine bakındı. Yüzünü örten boya maskesinin arkasında, utançtan da kurtulmuştu, kişiliğinin bilincinden de. Herkesle göz göze gelebiliyordu. Ralph, ateşten artakalan korların yanı başında, yarışa başlamaya hazır bir koşucu gibi dizüstü çökmüştü. Saçları ve kirliliğinden ötürü, yüzü yarı yarıya görülmüyordu. Eric'le Sam, orman kenarındaki bir hurma ağacının arkasında durumu gözetliyordu. Yüzme havuzunun yanında, küçüklerden biri, buruş buruş kıpkırmızı yüzüyle avaz

avaz bağırıyordu. Ve Domuzcuk, elinde sıkı sıkı tuttuğu büyük şeytanminaresiyle, iskele biçimindeki büyük kayanın üstüne çıkmıştı.

"Bu gece bir şölen veriyoruz. Bir domuz öldürdük, et var. Canınız isterse, gelip bizimle yiyebilirsiniz."

Tepelerinde, bulutların uçurumları arasında, gök gene gürledi. Jack ile yanında duran ve kim oldukları bilinmeyen iki vahşi sendelediler, başlarını kaldırıp yukarıya baktılar. Sonra toparlandılar. Küçük çocuk, hâlâ bağırmaktaydı. Jack, bir şey bekliyordu. Yanındakileri sıkıştırarak fısıldadı:

"Hadi... Şimdi söyleyin."

İki vahşi bir şeyler mırıldandılar. Jack, sert bir sesle konuştu:

"Haydi!"

İki vahşi, birbirlerine baktılar; beraberce mızraklarını havaya kaldırıp, aynı anda konuştular:

"Şef, söyleyeceğini söyledi."

Sonra üçü de döndü; koşarak uzaklaştı.

Ralph ayağa kalktı; vahşilerin yok olduğu yere baktı. Eric'le Sam geldiler; dehşete düşmüşçesine fısıldıyorlardı:

"Sandım ki..."

"... Ben de..."

"... Korktum."

Domuzcuk, denizkabuğu hâlâ elinde, kayanın üstünde duruyordu.

Ralph, "Jack, Maurice ve Robert'ti bunlar" dedi. "Amma da eğleniyorlar!"

"Az kalsın astım oluyordum."

"Yuh senin astımına!"

"Jack'ı görünce, denizkabuğuna saldıracağından emindim. Neden böyle düşündüğümü bilmiyorum..."

Çocuklar, beyaz denizkabuğuna sevgi dolu bir saygıyla baktılar. Domuzcuk, denizkabuğunu Ralph'a verdi.

Küçükler alışık oldukları bu simgeyi görünce, geri dönmeye başladılar."

"Burada değil."

Törenimsi bir havaya gerek olduğunu hisseden Ralph, büyük kayaya doğru yöneldi. Ralph, kucağında şeytanminaresi, önden gidiyordu. Onun arkasında, çok ağırbaşlı bir halle Domuzcuk yürümekteydi. Domuzcuk'un arkasında ikizler, ikizlerin peşinden de küçükler ve öteki çocuklar geliyordu.

"Oturunuz hepiniz. Ateş almak için, bize bir baskın yaptılar. Çok hoş vakit geçiriyorlar. Ne var ki..."

Beyninde ansızın bir kepenk hızla inince, Ralph şaştı. Bir şey söylemek istemişti; ama kepenk inivermişti.

"Ne var ki..."

Çocuklar, ağırbaşlı bir halle ona bakıyorlardı. Ralph'ın yetersizliği konusunda kuşkuya düşüp, tedirgin olmamışlardı henüz. Ralph, o aptal saçlarını gözünün önünden itti, Domuzcuk'a baktı:

"Ne var ki... Ha... Ateş! Ateş elbette!"

Ralph gülmeye başladı; sonra durdu ve rahat rahat konuştu:

"En önemli şey ateştir. Ateş olmazsa, kurtulamayız. Yüzüme savaş boyaları sürüp, vahşi olmayı ben de isterdim. Ne var ki, ateşi söndürmemek zorundayız. Bu adada en önemli şey ateştir. Çünkü, çünkü..."

Ralph gene duraksadı. Çevresindeki sessizlik, şaşkınlık ve korkuyla doldu.

Domuzcuk, ısrarla fısıldadı:

"Kurtulmak."

"Evet, tamam. Ateş olmazsa kurtulamayız. Onun için, ateşin yanında kalıp, duman yapmalıyız."

Ralph susunca, kimse bir şey demedi. Bu kayanın üstünde öyle parlak söylevler verilmişti ki, Ralph'ın sözleri küçüklere bile pek basmakalıp geldi.

Sonunda Bill, denizkabuğunu almak için elini uzattı:

"Şimdi ateşi orada tepede yakamıyoruz... Orada tepede yakamadığımız için, ateş sönmesin diye daha çok kişi gerekiyor. Bu şölene gidelim, ateşle başa çıkamadığımızı söyleyelim onlara. Sonra, ava çıkmak falan filan... Yani vahşi olmak demek istiyorum... Bu çok hoş, çok yaman bir oyundur herhalde..."

Eric'le Sam, denizkabuğunu aldılar:

"Bill'in dediği gibi, çok eğlenceli olmalı... Bizi çağırdığına göre..."

"... Şölene çağırdı..."

"... Et... Çıtır çıtır..."

"... İsterdim et yemek..."

Ralph elini kaldırdı:

"Neden biz de et bulmuyoruz?"

İkizler birbirlerine baktılar. Soruyu Bill yanıtladı:

"Cengele gitmek istemiyoruz."

Ralph yüzünü buruşturdu:

"O... Biliyorsunuz... Gidiyor."

"O bir avcıdır. Onların hepsi avcı. Onlar başka."

Bir süre kimse konuşmadı. Sonra Domuzcuk, gözlerini kuma dikip homurdandı:

"Et..."

Ağırbaşlı hallerle oturan küçüklerin, eti düşündükçe ağızları sulanıyordu. Tepelerinde, gök gürültüsünün topları yeniden atıldı ve hurma ağaçlarının kupkuru yaprakları, ansızın esen rüzgârda çatırdadı.

"Aptal bir küçük oğlansın sen" dedi Sineklerin Tanrısı. "Cahil ve aptal bir küçük oğlandan başka bir şey değilsin."

Simon, ağzında şişen dilini oynattı ama bir şey söylemedi.

"Öyle değil mi?" diye sordu Sineklerin Tanrısı. "Aptal bir küçük oğlandan başka bir şey değilsin."

Simon, aynı sessiz sesle karşıladı bu soruyu.

"Peki öyleyse" dedi Sineklerin Tanrısı. "Koşup ötekilerle oynasan, daha iyi olur. Onlar, kafadan çatlak sanıyorlar seni. Ralph'ın seni kafadan çatlak sanmasını istemezsin, değil mi? Sen Ralph'ı çok seversin, değil mi? Domuzcuk'u da, Jack'ı da?"

Simon, başını hafif kaldırmıştı. Gözlerini ayıramıyordu Sineklerin Tanrısı'ndan ve Sineklerin Tanrısı gözlerinin önünde boşlukta asılıydı.

"Ne yapıyorsun burada, tek başına? Korkmuyor musun benden?"

Simon titredi.

"Sana yardım edecek kimse yok. Ben varım ancak. Bense, canavarım."

Simon, ağzını zorla kımıldattı; duyulabilecek bir söz söyledi:

"Bir değneğe takılmış domuz başı."

Baş, "Canavarın avlanıp öldürülebilecek bir şey olduğunu sanmak da nereden aklınıza geldi!" dedi.

Ormanda ve Simon'un belli belirsiz görebildiği başka yerlerde, bir kahkahanın gülünç taklidi çınladı bir iki saniye.

"Sen biliyordun, değil mi? Sizlerin bir parçası olduğumu biliyordun? Sizlere öyle yakın, öyle yakın, öyle yakınım ki! Her şeyin bozuk gitmesinin nedeniyim ben. Bunu biliyorsun, değil mi?"

Kahkaha yeniden ürperircesine çınladı.

"Hadi" dedi Sineklerin Tanrısı; "ötekilerin yanına git de, unutalım bu olup bitenleri."

Simon'un başı boşlukta sallanmaktaydı. Değneğe takılı rezil şeye özenircesine, gözleri yarı kapalıydı. Bir nöbet geçireceğini biliyordu. Sineklerin Tanrısı, bir balon gibi şişiyordu.

"Gülünç bir şey bu. Oraya gitsen de gene ancak benimle karşılaşacağını pekâlâ biliyorsun... Onun için kaçmaya kalkma!"

Simon'un bedeni bir yay gibi gerilmiş, kaskatı kesilmişti. Sineklerin Tanrısı, bir öğretmen sesiyle konuştu:

"Yeterince ileri gitti bu iş. Benim zavallı yolunu şaşırmış çocuğum, benden daha mı iyi bileceksin yoksa?"

Bir duraklama oldu.

"Haberin olsun öfkeleneceğim. Anladın mı? Seni istemiyorlar. Anladın mı? Biz eğleneceğiz bu adada. Anladın mı? Biz eğleneceğiz bu adada! Onun için, bir haltlar çevirmeye kalkma, benim zavallı yolunu şaşırmış çocuğum, yoksa..."

Simon, koskocaman bir ağzın içine bakar buldu kendini. Bu ağzın içinde bir karanlık vardı, yayılan bir karanlık.

"...Yoksa" dedi Sineklerin Tanrısı, "seni yok ederiz. Anladın mı? Jack, Roger, Maurice, Robert, Bill, Domuzcuk ve Ralph. Yok ederiz. Anladın mı?"

Simon ağzın içindeydi. Düştü, bayıldı.

9

Bir Ölüme Bakış

Adanın üstünde bulutlar birikmekteydi. Gün boyunca dağdan sürekli yükselen sıcak bir hava akımı, ta yukarılara, on bin ayak yüksekliğe fırladı. Dönen buhar yığınları, havadaki elektriğin üstüne yığıldı, gökyüzünü patlayacak hale getirdi. Akşamın erken saatlerinde güneş batmış, gözleri kamaştıran madensi bir ışıltı, berrak gün ışığının yerini almıştı. Denizden esen rüzgâr bile sıcaktı; serinlik getirmiyordu. Suların, ağaçların, kayaların pembe yüzeylerinin renkleri silindi; gökyüzünü, beyaz ve kahverengi bulutlar kasvetle kapladı. Tanrılarına üşüşüp, onun başını kapkara yapan; dökülen domuz bağırsaklarını, ışıl ışıl parlayan bir kömür yığınına döndüren sineklerden başka, her şey canlılığını yitirmişti. Simon'un burnunda bir damar çatlayıp kan fışkırınca bile, sinekler ona ilişmediler; dişi domuzun lezzetini daha tatlı buldular.

Burnu kanayan Simon'un baygınlığı, yorgun bir uykuya döndü. Gökyüzünde toplar atılırken, akşamın geç saatlerine dek, sürüngen bitkilerden örülmüş hasırın içinde yatıp kaldı. Sonunda uyandı; yanağının karanlık toprağa değdiğini belli belirsiz gördü. Yanağı toprakta, donuk donuk önüne bakarak gene kıpırdamadan yattı. Sonra döndü, ayaklarını gövdesine doğru çekti, tutunup ayağa kalkabilmek için sürüngen bitkileri yakaladı. Bitkiler sarsılınca, sinekler, sanki bir şey patlamış gibi, uğursuz bir gürültüyle bağırsakların üstünden kalktılar; sonra yeniden yapıştılar bağırsaklara. Simon ayağa kalktı. Yeryüzünden olmayan bir ışık vardı her bir yanda. Sineklerin Tanrısı, kapkara bir top gibi takılıp kalmıştı değneğe.

Simon, yüksek sesle konuştu açıklığa:

"Bundan başka yapacak ne var ki?"

Hiçbir şey karşılık vermedi. Simon, açıklık yere sırtını çevirdi; ormanın alacakaranlığına girinceye dek, sürüngen bitkiler arasında emekleye emekleye ilerledi. Ormanın ağaçları arasında bezgin adımlarla yürüdü. Yüzü ifadeden yoksundu; ağzının ve çenesinin etrafında kan pıhtılaşmıştı. Sürüngen bitkilerin iplerini kaldırıp, toprağın durumuna göre kendine yön seçerken, için için bazı şeyler söylüyordu ara sıra.

Çok geçmeden, ağaçları saran sürüngen bitkiler azaldı. Ağaçların arasına, yer yer incimsi bir ışık süzüldü gökyüzünden. Şimdi bulunduğu yer, adanın belkemiği gibiydi; dağın altında, ormanın sıkı bir cengel olmaktan çıktığı, biraz yüksekçe bir yerdi. Burada, üstünde çalılar ve büyük ağaçlar dağılmış, geniş alanlar vardı. Ormandan çıkınca, toprağın yükselişi, Simon'u yukarıya doğru götürdü. Simon, yorgunluktan ara sıra sendelediği halde hiç durmadan yolunu sürdürdü. Gözlerinde her zaman parlayan ışık sönmüştü; yaşlı bir adam gibi, bezgin ve kararlılıkla yürüyordu.

Ansızın esen bir rüzgârla sendeledi. Açıklık bir yerde, bir kayanın üstünde, madensi bir gökyüzü altında buldu kendini. Bacaklarında güç kalmadığının farkına vardı; dili de hep acıyordu. Rüzgâr dağın doruğuna ulaşınca, bir şeyler olduğunu gördü: Kahverengi bulutlara karşı, mavi bir bez uçuşmaktaydı. Esen rüzgârın gücü şimdi artmıştı; ormandaki ağaçların tepesine öyle bir çarpıyordu ki, ağaçlar eğiliyor, kükrüyordu. Simon, dorukta tümseğimsi bir şeyin, ansızın oturup aşağılara, ona doğru baktığını gördü. Yüzünü gizleyip güçlükle ilerledi.

Sinekler, paraşütçüyü de bulmuşlardı. Canlıymış gibi bir hareket yapınca, bir saniye ürküyorlar, ölünün başının çevresinde kara bir buluta dönüyorlardı. Sonra, paraşütün mavi bezi çökünce, ölünün iri yarı bedeni, sanki içini çekerek ona doğru eğiliyor ve sinekler yeniden üstüne üşüşüyordu.

Simon, dizlerinin kayaya çarptığını hissetti. Sürüne sürüne ilerledi ve çok geçmeden ne olduğunu anladı. Bu ölünün gülünç bir biçimde canlıları taklit etmesinin nedeni, birbirine karışmış iplerdi. Simon, beyaz burun kemiklerini, dişleri, çürüyüşün renklerini inceledi. Katı lastiklerle bezlerin, çürüyüp dağılması gereken bu zavallı bedeni, acımasız bir biçimde nasıl bir arada tuttuğunu gördü. Sonra, rüzgar yeniden esti; ölü doğruldu, eğildi, pis pis soludu Simon'a doğru. Ellerini yere dayayan Simon, midesi boşalıncaya kadar kustu. Sonra, paraşütün iplerini kayaların arasından çekip çıkardı; böylece rüzgârın ölüyü rezil etmesini önledi.

Bütün bunlar olup bittikten sonra, sırtını çevirip kumsala baktı. İskele biçimindeki büyük kayanın yanındaki ateş sönmüş gibiydi; sönmemişse bile, hiç duman çıkarmıyordu. Kumsalın daha uzak bir yerinde, küçük ırmağın ötesinde, büyük düz bir kayanın yakınlarında, ince bir duman gökyüzüne doğru yükseliyordu. Sinekleri unutan Simon, iki elini gözlerine siper edip dumana dikkatle baktı. Bu kadar uzaktan bile, çocukların çoğunun, belki de hepsinin orada olduğu görülüyordu. Demek ki kamp yerini değiştirmişler, canavardan uzaklaşmışlardı. Simon bunu düşünürken, leş gibi koka koka yanı başında oturan bu zavallı kırık şeye baktı. Canavar zararsızdı, iğrençti ve bu haber tez elden ötekilere iletilmeliydi. Gövdesini güç bela taşıyabilen bacaklarla dağdan indi. Ne denli çaba gösterirse göstersin, gene de hep sendeliyordu.

"Suya girmek" dedi Ralph; "yapılacak başka şey yok."

Gözlüğünün tek camıyla Domuzcuk, yaklaşan bulutları inceledi:

"Gene yağacak."

Ralph yüzme havuzuna daldı. Küçük çocuklardan ikisi, bedenlerindeki kandan daha sıcak olan bu suyla avunmaya çalışarak, havuzun kenarında oynuyorlardı. Domuzcuk, gözlüğünü çıkardı; çekingen ve edepli bir halle suya girdi; sonra gene gözlüğünü taktı. Ralph suyun yüzüne çıktı; ağzına aldığı suyu Domuzcuk'a püskürttü:

"Gözlüğüme dikkat et" dedi Domuzcuk. "Cam ıslanırsa, sudan çıkıp onu silmem gerekecek."

Ralph gene su püskürttü, cama isabet ettiremedi; Domuzcuk'a güldü. Her zaman olduğu gibi, Domuzcuk'un acılı bir sessizlik içinde boynunu büküp oradan gideceğini sandı. Oysa Domuzcuk, ellerini suya çarptı.

"Yapma!" diye bağırdı. "Duydun mu!"

Öfkeyle sular savurdu Ralph'ın yüzüne.

Ralph, "Peki, peki" dedi. "Sinirlenme öyle."

Domuzcuk, ellerini suya çarpmaktan vazgeçti.

"Başımda bir ağrı var" dedi. "Havanın biraz daha serin olmasını isterdim."

"Ben de yağmur yağmasını isterdim."

"Evlerimize gitmemizi isterdim."

Domuzcuk, havuzun kenarındaki meyilli kumların üstüne uzandı. Tombul göbeğinin üstündeki sular kurudu. Ralph, gökyüzüne karşı su püskürttü. Bulutların arasında kımıldayan ışıklı bir leke, güneşin seyrini gösteriyordu. Ralph suda diz çöküp, çevresine bakındı:

"Herkes nerede?"

Domuzcuk doğrulup oturdu:

"Barınaklarda yatıyorlardır belki."

"Eric'le Sam nerede?"

"Ve Bill?"

Domuzcuk parmağıyla büyük kayanın ötesini gösterdi.

"İşte oraya gittiler. Jack'ın şölenine."

Ralph tedirgindi:

"Gitsinler" dedi. "Umurumda değil."

"Sırf biraz et uğruna..."

Ralph, akıllıca konuştu:

"Avcılık uğruna da" dedi; "bir kabileymiş gibi davranmak uğruna da, yüzlerine savaş boyası sürmek uğruna da."

Domuzcuk, suyun altındaki kumu karıştırarak, Ralph'ın yüzüne bakmadan konuştu:

"Biz de gitmeliyiz belki."

Ralph, hemen Domuzcuk'a baktı. Domuzcuk'un yüzü kızardı:

"Yani kötü bir şeyin olmasını önlemek için demek istiyorum..."

Ralph yeniden su püskürttü.

Ralph ile Domuzcuk, Jack'ın kabilesinin yanına varmadan çok önce, şölenin gürültüsünü duydular. Ormanla deniz kıyısı arasında, hindistancevizi ağaçlarının altında, çimenle örtülü ve yumuşak topraklı geniş bir şerit vardı. Bu yumuşak topraktan bir adım aşağıya atınca, kum başlıyordu. Denizin kabaran sularının hiçbir zaman kaplamadığı, üstüne sık sık basılan bu beyaz ve iyice elenmiş kum, ılık ve kuruydu. Bu kumun altında bir kayalık, lagüne doğru uzanıyordu. Kayalığın ötesinde gene kısa bir kumsal şeridi vardı, sonra da deniz. Kayanın üstünde bir ateş yakılmıştı; kızartılan domuz etinin yağları, görülmeyen alevlerin içine damlıyordu. Domuzcuk, Ralph, Simon ve domuzu pişirmekle uğraşan iki oğlan dışında, adanın tüm çocukları çimenli yerde toplanmışlardı. Ellerinde et, gülüyorlar, şarkı söylüyorlardı. Kimi otların üstüne yatmış, kimi çömelmiş, kimi ayakta duruyordu. Yüzlerine bulaşan yağa bakılacak olursa, yemek faslı neredeyse bitmişti. Birkaç çocuk, ellerindeki hindistancevizi kabuklarından su içmekteydi. Şölen başlamadan önce, büyük bir ağaç kütüğü çimenin ortasına getirilmişti. Yüzü boyalı, başı çelenkli Jack, bir put gibi kurulmuştu bu kütüğün üstüne. Yeşil yapraklara koyulmuş yığın yığın et, meyveler ve su dolu hindistancevizi kabukları vardı yanı başında.

Domuzcuk ve Ralph, otlu setin kenarına geldiler. Onları gören çocuklar, birer birer sustular. En son susan, Jack'ın yanındaki çocuk oldu. Sonunda o da sustu. Jack, oturduğu yerde döndü, bir süre onlara baktı. Açık denizdeki kayalıklarda parçalanan dalgaların homurtusu bir yana, duyulan tek ses ateşin çatırtısıydı. Ralph, başını başka yana çevirdi. Ralph'ın suçlarcasına ona baktığını sanan Sam, sinirli sinirli gülerek, kemirdiği kemiği bir yana bıraktı. Ralph, kararsız bir adım attı; parmağıyla bir hindistancevizi ağacını gösterdi; duyulmayan bir şeyler fısıldadı Domuzcuk'a. Bunun üzerine Ralph ile Domuzcuk da, Sam gibi kıkır kıkır güldüler. Ralph, ayağını kumdan kaldırarak, acele etmeden, geziniyormuş gibi yürümeye başladı. Domuzcuk ise, ıslık çalmaya çalıştı.

Tam o sırada ateşin başındaki iki çocuk, domuz etinden kocaman bir parça kopardılar; ellerinde bu et parçasıyla çimene doğru koştular ansızın. İki çocuk Domuzcuk'a çarpınca, yanan Domuzcuk avaz avaz bağırıp, zıp zıp sıçramaya başladı. Ralph ile öteki çocuklar hemen birleştiler, kahkahalar atarak rahatladılar. Domuzcuk, bu topluluğun alay konusu olmuştu yeniden; bu sayede de herkesin keyfi yerine gelmiş, herkes normalleşmişti.

Jack, ayağa kalkıp mızrağını havada salladı:

"Onlara et verin."

Ellerinde şiş tutan iki çocuk, Ralph'a da, Domuzcuk'a da tadına doyum olmaz birer et parçası verdiler. Ralph ile Domuzcuk, ağızlarının suyu akarak, sunulan eti aldılar. Yaklaşan fırtınanın gümbürtüsüyle çınlayan, gürleyen madensi bir gökyüzü altında durup yediler.

Jack, mızrağını kaldırıp gene salladı:

"Canı istediği kadar yedi mi herkes?"

Yeşil yapraklardan yapılmış büyük tabaklara yığılı, tahtadan şişlere geçirilmiş cızırdayan et parçaları vardı hâlâ. Midesinin gadrine uğrayan Domuzcuk, kemirdiği kemiği kumsala attı; eğilip biraz daha et aldı.

Jack, sabırsızlanıp yeniden konuştu:

"Canı istediği kadar yedi mi herkes?"

Mala sahip olmanın gururundan gelen bir uyarma vardı Jack'ın sesinde. Çocuklar iş işten geçmeden önce daha hızla yediler. Yemeği hemen bırakmayacaklarını anlayan Jack, tahtı olan kütüğün üstünden kalktı; salına salına çimli yerin kenarına gitti. Yüzünü örten boyaların ardından, Ralph ile Domuzcuk'a baktı. Ralph ile Domuzcuk, kumda biraz uzaklaştılar. Ralph, bir yandan yerken, bir yandan da ateşe bakıyordu. Bunun nasıl olduğunu anlamadan, donuk ışığa karşı alevlerin artık görüldüğünü fark etti. Akşam olmuştu. Huzurlu bir güzellikle değil, şiddet tehditleriyle dolu bir akşam.

Jack konuştu:

"Bana su verin."

Henry, Jack'a, içi su dolu bir hindistancevizi kabuğu getirdi. Jack, hindistancevizi kabuğunun çentikli kenarlarının üstünden, gözlerini Domuzcuk ile Ralph'a dikerek içti. Sanki iktidar, bilekleriyle dirsekleri arasındaki kabaran kaslarına yerleşmişti. Sanki otorite, küçük bir maymun gibi omuzuna tünemiş, kulağının dibinde geveze geveze konuşuyordu.

"Oturun hepiniz."

Çocuklar, Jack'ın önünde, sıra sıra otlara oturdular. Ama Ralph ile Domuzcuk, biraz aşağıda, yumuşak kumun üstünde ayakta kaldılar. Jack, onları görmemezlikten geldi şimdilik. Boyayla maskelenen yüzünü oturan çocuklara çevirdi; mızrağını onlara doğru dikti:

"Kim giriyor benim kabileme?"

Ralph, ansızın kımıldadı, tökezledi. Çocuklardan birkaçı dönüp ona baktılar.

"Ben sizlere yiyecek verdim" dedi Jack. "Benim avcılarım sizi canavardan koruyacak. Kim giriyor benim kabileme?"

"Ben şefim" dedi Ralph; çünkü beni sizler seçtiniz. Ateşi söndürmeyecektik. Şimdiyse, yiyecek peşinden koşuyorsunuz..."

"Yiyecek peşinden koşan sensin!" diye bağırdı Jack. "Elindeki şu kemiğe bak!"

Ralph, kıpkırmızı kesildi:

"Sizlerin avcı olduğunuzu söyledim. Bu sizin işiniz."

Jack, Ralph'ın varlığından hiç haberi yokmuş gibi davrandı gene:

"Kim benim kabileme girip hoş vakit geçirmek istiyor?"

"Ben şefim" dedi Ralph titreyen bir sesle. "Ya ateş ne olacak? Hem büyük şeytanminaresi de bende."

Jack, kötü kötü alay ederek, "Büyük şeytanminaresi şimdi yanında değil" dedi; "onu yanına almamışsın. Anladın mı akıllı? Üstelik o denizkabuğu geçerli değil adanın bu ucunda..."

Ansızın gök gürledi. Uzaktan gelen boğuk bir gürleme değil, zorlu bir patlamaydı bu.

Ralph, "Denizkabuğu burada da geçerlidir" dedi, "adanın her bir yanında da."

"Peki, ne yapacaksın öyleyse?"

Ralph, sıra sıra oturan çocuklara dikkatle baktı. Hayır gelmezdi onlardan. Kafası darmadağın, terler dökerek başını yana çevirdi. Domuzcuk fısıldadı:

"Ateş... Kurtulmak."

"Kim girecek benim kabileme?"

"Ben gireceğim."

"Ben."

"Ben gireceğim."

Ralph soluk soluğaydı:

"Denizkabuğunu öttüreceğim. Bir toplantı yapacağız."

"Denizkabuğunun sesini duymayız biz."

Domuzcuk, Ralph'ın bileğine dokundu:

"Gel gidelim. Bir olay çıktı çıkacak. Hem etimizi de yedik."

Ormanın ötesinde bir ışık yanıp söndü. Gök, patlarcasına öyle bir gürledi ki, küçüklerden biri ağlamaya başladı. Yere çarparken, her biri ayrı ayrı ses çıkaran iri yağmur damlaları, çocukların üstüne düştü.

"Fırtına olacak" dedi Ralph. "Buraya ilk geldiğimizde nasıl yağmur yağdıysa, gene öyle yağacak. Akıllı olan kimmiş bakalım? Barınaklarınız nerede? Ne yapacaksınız şimdi?"

Avcılar, tedirginlik içinde gökyüzüne baktılar; yağmur damlalarından sakınmaya çalıştılar. Herkes, bir huzursuzluk dalgasına kapılmışçasına sallandı, gelişigüzel şuraya buraya gitti. Yanıp sönen ışıklar, gittikçe daha fazla parladı; gök gürültüsüne dayanmanın yolu yoktu neredeyse. Küçükler çığlıklar atarak koşuşmaya başladılar.

Jack kuma atladı.

"Dansımızı yapalım! Hadi gelin! Dansımızı yapalım!"

Jack, kalın kum tabakasının içinde tökezleye tökezleye koşarak ateşin ötesindeki düz ve açık kayalığa geldi. Şimşeğin parıltıları arasında, hava karanlık ve korkunçtu. Çocuklar bağıra çağıra Jack'ın peşine takıldılar. Sözde domuz olan Roger, homurdanarak Jack'a saldırdı; Jack, yana bir adım atıp onu atlattı. Avcılar mızraklarını, aşçılar şişlerini, ötekiler de ateşte yakılacak olan odun parçalarını ellerine aldılar. Bir halka oldu ve tekdüzen bir şarkı başladı. Roger korkan domuzu taklit ediyordu. Küçükler, bu halkanın dışında koşuyor, hoplayıp zıplıyorlardı. Kendilerini gökyüzünün tehdidi altında bulan Domuzcuk ile Ralph, bu çıldırmış ama bir bakıma güvenilir topluluğa girmeye can attılar. Halka yapan çocukların esmer sırtlarına dokunabildiklerine seviniyorlardı. Bu sırtlar bir siper gibiydi; halkanın dışındaki korkuyu engelliyor, bu korkuyla başa çıkabilmelerini sağlıyordu.

"Canavarı gebert! Gırtlağını kes! Kanını dök!"

Çocukların hareketi bir düzene girdi; tekdüzen şarkı, yapay heyecanından arınıp, sağlıklı bir nabız gibi temposunu buldu. Roger artık domuzu oynamayıp avcı olduğu için, halkanın ortası bomboş kalmıştı. Kimi küçükler, ikinci bir halka yaptılar. Böylece birbirini tamamlayan iki halka, sanki yinelemekte güven varmış gibi, dönüp durdu. Bir tek varlığın nabzını ve damgasını taşıyordu ikisi de.

Yarı mavi yarı beyaz bir yara izi, karanlık gökyüzünü parçaladı. Bir saniye sonra da, dev bir kamçının sırtlarına inişi gibi gök gürültüsünü duydular. Can çekişircesine, biraz daha yüksek söylediler şarkılarını:

"Canavarı gebert! Gırtlağını kes! Kanını dök!"

Duydukları akıl almaz korkudan başka, bir istek doğdu şimdi. Direnen, yoğun, kör bir istekti bu.

"Canavarı gebert! Gırtlağını kes! Kanını dök!"

Gökyüzü, yarı mavi yarı beyaz yarayla yeniden yırtıldı; kükürtlü bir patlama, tepelerine indi. Küçükler çığlıklar attılar; şuraya buraya koşuştular; ormanın kenarından kaçtılar. Küçüklerden biri, öyle bir korkuya kapılmıştı ki, büyüklerin halkasını yardı:

"O! O!"

Halka, bir at nalı biçimini aldı. Bir şey, emekleye emekleye ormandan çıkıyordu. Karanlıklar içinde, kararsızlıklar içinde yaklaşıyordu. Canavarı görünce yükselen tiz çığlıklar, acıyla doluydu. Canavar, sendeleye sendeleye, at nalı biçimindeki halkanın içine girdi:

"Canavarı gebert! Gırtlağını kes! Kanını dök!"

Gökyüzü, yarı mavi yarı beyaz yarayla artık sürekli parçalanmaktaydı; gürültü dayanılır gibi değildi. Simon, "tepedeki ölü adam" diye bir şeyler bağırıyordu.

"Canavarı gebert! Gırtlağını kes! Kanını dök! Öldür onu!"

Sopalar hep birden indi; halkaya girenin ağzı çığlıklar atarak çatırdadı. Diz çökmüş canavar halkanın ortasındaydı; kavuşturduğu kollarıyla yüzünü örtüyordu. Bu iğrenç gürültüye karşı, "tepedeki ölü" diye bir şeyler bağırıyordu. Canavar düşe kalka halkayı yardı, kayanın dik kenarında aşağıya, suyun kıyısındaki kumların üstüne düştü. Çocuk kalabalığı, peşinden fırladı, hemen kayadan atladılar, canavarın üstüne saldırdılar; bağırdılar, vurdular, ısırdılar, yırttılar. Bir şey söylenmedi, bir şey yapılmadı, dişlerle pençeler hep parçaladı sadece.

Sonra bulutlar açıldı: Yağmur bir çağlayan gibi boşaldı. Dağın doruğundan sıçraya sıçraya gelen sular, yapraklarla dalları kopardı ağaçlardan, kumda debelenen çocuk yığını üstüne soğuk bir sağanak gibi düştü. Yığın dağıldı; çocuklar sendeleyerek uzaklaştılar. Ancak canavar kaldı orada, denizin bir adım ötesinde. Yağmurda bile görebildiler bunun ne denli küçük bir canavar olduğunu. Ve bu küçük canavarın kanı, daha şimdiden kumu lekeliyordu.

Derken güçlü bir rüzgâr, yağmuru yana doğru savurdu; ormanın ağaçlarından sular boşaldı. Dağın doruğunda, paraşüt rüzgârla kabardı, kıpırdadı. Ölü kaydı, ayağa kalktı, döndü; uçsuz bucaksız nemli havada sallana sallana aşağıya doğru indi, beceriksiz ayaklarıyla yüksek ağaçların tepelerine bastı. Alçalarak, durmadan alçalarak, kumsala doğru indi. Çocuklar, çığlıklar atıp karanlıklarda koşuştular. Paraşüt ölüyü ta uzaklara götürdü, lagünün üstünden sürükledi ve sığ kayalıkları aşıp açık denize attı onu.

Gece yarısına doğru yağmur kesildi, bulutlar dağıldı. Yıldızların akıllara sığmaz lambaları, yeniden serpildi gökyüzüne. Sonra rüzgâr da dindi. Adanın kahverengi toprağına yarıklardan akan, yapraklardan damla damla damlayan suların sesi kaldı ancak. Hava serin, nemli ve berraktı. Çok geçmeden, suların sesi bile kesildi. Canavar, solgun kumsalda yığılıp kalmıştı ve kan lekeleri yavaş yavaş yayılıyordu.

Kabaran okyanusun büyük dalgası, iç denizin kıyılarını, çok yavaşça kıpırdayan fosforlu bir çizgiye dönüştürdü. Saydam sular, berrak gökyüzünü, ışıldayan köşeli takımyıldızlarını yansıttı. Fosforlu çizgi, kum tanelerinin, küçük çakıl taşlarının arasına girdi. Küçücük bir kabarıkla gerilerek, onların her birini tuttu; sonra, duyulmayan bir şey fısıldayıp onları benimsedi, gene ilerledi.

İlerleyen berraklık, sığ suların yakın kenarlarında, ay ışığı gövdeli, ateş gözlü garip yaratıklarla doluydu. Şurada burada, daha büyükçe bir çakıl taşı, kendi havasına yapışıyor, incilerle kaplanıyordu. Kabaran deniz, yağmurun çukur çukur yaptığı kumları örttü; bir gümüş tabakası sererek, kumsalı dümdüz etti. Şimdi deniz, paramparça ölüden sızan ilk lekelere değdi; suların içindeki yaratıklar, bu lekenin kenarında biriktiler, kıpırdayan bir ışık meydana getirdiler. Sonra sular biraz daha yükseldi. Simon'un kalın telli saçları, ışıl ışıl oldu. Yanağı gümüşe döndü; omzunun kıvrımı, yontulmuş mermere. Suların emrindeki o ateş gözlü, peşlerinden buharlar sürükleyen acayip yaratıklar, Simon'un başının çevresinde uğraştılar. Ölen çocuk, kumda birazcık yükseldi; bir hava kabarcığı, Simon'un ağzından su damlarcasına ıslak bir sesle çıktı. Sonra Simon, tatlı bir devinimle, suda döndü.

Bir yerlerde, dünyanın kararan kıvrımının ötesinde, güneşle ay, dünyayı çekiyorlardı. Sağlam toprak dönerken, dünyayı kaplayan su tabakası, bir yana doğru hafifçe kabarmaktaydı. Gelgitin büyük dalgası, adanın üstünde ilerledi; sular kabardı. Hiç değişmeyen takım yıldızlarının altında, Simon'un gümüşten yapılmışa benzeyen ölüsü, ışıldayan bir yığın meraklı yaratıklarla çevrelenerek, açık denize doğru yol aldı yavaşça.

10

Denizkabuğu ve Gözlük

Domuzcuk, yaklaşanı dikkatle süzdü. Gözlüğünü çıkarıp camı ara sıra öteki yana takarsa, daha iyi görebildiğini anlamıştı artık. Ama iyi gören gözüyle bakınca, tüm bu olup bitenlerden sonra bile, Ralph'ın gene Ralph kaldığını anladı. Ralph şimdi hindistancevizi ağaçlarının altından çıktı. Topallıyordu, kirliydi, uzun sarı saçlarına sarı yapraklar takılmıştı. Yanağı şişti; gözlerinden biri kapanmış, neredeyse bir çizgi halini almıştı. Sağ dizindeki yara, kocaman bir kabuk bağlamıştı. Bir saniye durup, gözlerini kıstı; büyük kayanın üstündeki çocuğa baktı:

"Domuzcuk? Bir sen mi kaldın?"

"Küçüklerden de birkaç kişi var."

"Onlar sayılmaz. Büyüklerden yok mu?"

"Ha... Eric'le Sam var. Odun topluyorlar."

"Başka kimse yok mu?"

"Bildiğim kadarıyla yok."

Ralph, iskele biçimindeki büyük kayaya dikkatle tırmandı. Toplantıya gelenlerin oturduğu yerde, yaban otları hâlâ ezikti. Çabucak kırılabilecek büyük şeytanminaresi, oturula oturula cilalanmış görünen kütüğün üstünde hâlâ ışıldıyordu. Ralph, şef yerinin ve şeytanminaresinin karşısında toprağa oturdu. Domuzcuk, sol yanında diz çöktü. Uzun bir süre sustular.

Sonunda Ralph gırtlağını temizledi, bir şey fısıldadı.

Domuzcuk da buna karşılık bir şey fısıldadı:

"Ne dedin?"

Ralph, yüksek sesle konuştu:

"Simon."

Domuzcuk, bir şey demeden, ağırbaşlı bir halle başını salladı. İyi görmeyen gözleriyle, şefin oturduğu yere ve ışıldayan lagüne bakarak oturup kaldılar. Yeşil ışıklar ve güneş ışınlarının pırıl pırıl lekeleri, kirlenmiş bedenlerinin üstünde oynuyordu.

Sonunda Ralph ayağa kalkıp, denizkabuğunun yanına gitti. Onu okşarcasına iki eliyle birden tuttu; bir ağaç kütüğüne yaslanarak diz çöktü.

"Domuzcuk."

"Ha?"

"Ne yapacağız?"

Domuzcuk başıyla denizkabuğunu gösterdi:

"Belki sen..."

"Bir toplantıya mı çağırayım?"

Ralph, haşin haşin gülmüştü bunu söylerken. Domuzcuk kaşlarını çattı:

"Sen hâlâ şefsin."

Ralph gene güldü.

"Sen şefsin. Bizim şefimiz."

"Denizkabuğu bende."

"Ralph! Kes bu gülmeyi. Bak, gerek yok buna, Ralph! Herkes ne der sonra?"

Sonunda Ralph gülmeyi kesti. Ürperiyordu.

"Domuzcuk."

"Ha?"

"Simon'du o."

"Bunu daha önce de söyledin."

"Domuzcuk."

"Ha?"

"Bu bir cinayetti."

Domuzcuk "Kes!" diye bağırdı tiz bir sesle. "Ne işe yarar senin böyle konuşman?"

Domuzcuk ayağa fırladı; Ralph'ın tepesine dikildi:

"Karanlıktı. O şey vardı. O kahrolası dans. Şimşek vardı, gök gürültüsü vardı, yağmur vardı. Korkuyorduk!"

"Ben korkmuyordum" dedi Ralph ağır ağır; "ben neydim bilmiyorum."

Domuzcuk, "Korkuyorduk!" dedi heyecanla. "Herhangi bir şey olabilirdi. Şey değildi... Senin söylediğin gibi değildi."

Ralph, elini kolunu sallıyor; gereken sözü arıyordu.

"Ah, Domuzcuk!"

Ralph, alçak sesle, vurulmuş gibi söylemişti bunu. Domuzcuk, Ralph'ın sesini duyunca, elini kolunu sallayamaz oldu. Eğilip bekledi. Ralph, kucağında denizkabuğu, bir ileri bir geri sallanıyordu.

"Anlamıyor musun, Domuzcuk? Bizim yaptıklarımız..."

"Belki de hâlâ..."

"Hayır."

"Belki yalancıktan yapıyordu da..."

Ralph'ın yüzünü görünce, Domuzcuk söyleyeceğini tamamlayamadı.

"Sen dıştaydın. Halkanın dışındaydın. Sen aslında hiç girmedin halkaya, Görmedin mi bizim... Görmedin mi onların ne yaptığını?"

Kinle karışık bir tiksinti, aynı zamanda sağlıksız bir heyecan vardı Ralph'ın sesinde:

"Görmedin mi, Domuzcuk?"

"Pek iyi görmedim. Artık bir tek gözüm var. Bunu bilmen gerek, Ralph."

Ralph, hâlâ bir ileri bir geri sallanıyordu.

"Bu bir kazaydı" dedi Domuzcuk ansızın. "Evet öyle. Bir kaza."

Domuzcuğun sesi tizleşti:

"Karanlıktan çıktı... Öyle sürüne sürüne karanlıktan çıkması, doğru değildi. Kafadan çatlaktı o. Böyle bir şeyin başına geleceği belliydi."

Domuzcuk elini kolunu gene salladı.

"Bir kazaydı bu."

"Ne yaptıklarını sen görmedin..."

"Bana bak, Ralph. Bunu unutmalıyız. Bunu düşünürsek, işe yaramaz hale geliriz, anladın mı?"

"Korkuyorum. Bizden korkuyorum. Evime dönmek istiyorum. Ah Tanrım, evime dönmek istiyorum."

Domuzcuk direndi:

"Bir kazaydı bu. İşte o kadar!"

Ralph'ın çıplak omuzuna dokundu. Bir insan elinin ona değmesiyle Ralph ürperdi.

"Bana bak, Ralph..."

Domuzcuk, çevresine çabucak bir göz gezdirdi, sonra Ralph'a iyice sokuldu:

"Bizim dansa katıldığımızı sakın bilmesinler. Eric'le Sam bilmesin."

"Ama katıldık dansa! Hepimiz katıldık!"

Domuzcuk, hayır dercesine başını salladı:

"Biz ancak en sonunda katıldık. Karanlıkta hiç farkına varmamışlardır. Zaten ben halkanın dışındaymışım, sen öyle dedin..."

Ralph, "Ben de dışındaydım" diye mırıldandı. "Ben de halkanın dışındayım."

Domuzcuk başını eğerek, candan onayladı bu sözü:

"Tamam. Biz halkanın dışındaydık. Biz hiçbir şey yapmadık, hiçbir şey görmedik."

Bir an durakladı; sonra konuşmasını sürdürdü:

"Biz onlarsız yaparız; biz dördümüz..."

"Biz dördümüz... Ateşi yanık tutmaya yetmez bu kadar az insan."

"Elimizden geleni yaparız. Gördün mü? Bu ateşi ben yaktım."

Eric'le Sam, kocaman bir kütüğü sürükleyerek, ormandan çıktılar. Kütüğü ateşin yanına atıp, yüzme havuzuna yöneldiler. Ralph ayağa fırladı:

"Hey! Siz ikiniz!"

İkizler bir an durdular; sonra yürümeye devam ettiler.

"Suya girecekler, Ralph."

"Bir an önce söylenmesi daha iyi olur."

İkizler pek şaştılar Ralph ile karşılaşınca. Yüzleri kızardı. Ralph'ı görmüyorlarmış gibi havaya baktılar:

"Merhaba. Ne tuhaf seninle karşılaşmamız, Ralph."

"Demin ormandaydık..."

"... Ateşe odun getirmek için..."

"... Dün gece yolumuzu şaşırdık."

Ralph ayak parmaklarına baktı:

"Şeyden sonra mı yolunuzu şaşırdınız..."

Domuzcuk gözlüğünün camını sildi.

Sam, boğuk bir sesle, "Şölenden sonra" dedi.

Eric başını salladı:

"Evet, şölenden sonra."

Domuzcuk çabuk çabuk konuştu:

"Biz erken ayrıldık oradan; çünkü yorulmuştuk."

Biz de öyle..."

"... Çok erken..."

"Çok çok yorulmuştuk."

Sam, alnındaki bir sıyrığa dokundu; sonra telaşla elini indirdi. Eric, yarılan dudağını elledi.

"Evet. Çok yorgunduk" dedi Sam yeniden. "Onun için erken ayrıldık oradan. İyi bir..."

Bilinen ama söylenemeyenlerin ağırlığı çökmüştü havaya. Sam kıvrandı; sonra o iğrenç söz fışkırdı ağzından:

"İyi bir dans mıydı?"

Hiçbirinin katılmadığı o dansın anısıyla, çocukların dördü de sarsıla sarsıla titrediler.

"Biz erken ayrıldık."

Roger, Kaya Kale'yi adaya bağlayan geçide gelince, durdurulmasına şaşmadı. O korkunç geceden sonra, kabileden hiç olmazsa bazı çocukların, kendilerini korkuya karşı savunabilmek amacıyla, adanın en güvenilir yerine gidebileceklerini düşünmüştü.

Ta yukarılardan, gittikçe küçülen kaya yığınlarının birbirlerinin üstünde dengelendiği yerden, sert bir ses duyuldu:

"Dur! Kim var orada?"

"Roger."

"İlerle arkadaş."

Roger ilerledi.

"Kim olduğumu görmüştün."

"Şef, herkese kim olduğunu sormamızı istedi."

Roger gözlerini kısıp yukarıya baktı:

"Canım isteseydi, gelmeme engel olamazdın."

"Ya, demek olamazdım? Yukarıya çık da bir bak hele."

Roger, bir tahta merdiven gibi dimdik olan kayaya tırmandı.

"Şuna bak."

En tepedeki kayanın altına bir kütük sokulmuştu; kütüğün altına da bir kaldıraç. Robert, kaldıraca hafifçe abanınca, kaya inledi. Robert olanca gücüyle abansaydı, kaya, gök gürültüsü gibi bir gümbürtüyle aşağıdaki geçidin üstüne yuvarlanacaktı. Roger hayran kaldı bu duruma.

"O tam bir Şef, öyle değil mi?"

Robert, başını eğerek onayladı.

"Bizi ava götürecek."

Başıyla, ta uzaklardaki barınakları gösterdi. Sicim gibi ince bir duman, gökyüzüne yükseliyordu orada. Roger, yalıyarın en kenarına oturdu; sallanan dişini parmaklarıyla kurcalarken, karanlık gözlerle adaya baktı. Gözü, uzaktaki dağın doruğuna dikilince, Robert lafı değiştirdi:

"Wilfred'i dövecek."

"Neden?"

Robert, kuşkulu kuşkulu başını salladı:

"Bilmiyorum. Neden döveceğini söylemedi. Kızdı, Wilfred'i bağlamamızı istedi. Wilfred..."

Robert heyecan içinde, kıkır kıkır güldü:

"... Saatlerdir bağlı, bekliyor..."

"Ama Şef nedenini söylemedi mi?"

"Ben duymadım bir şey söylediğini."

Yakıcı güneşin altında, insana dehşet veren bu kayalarda otururken, bu sözü duyan Roger'in gözünün önünde yeni ufuklar açıldı. Dişini kurcalamaktan vazgeçip, hiç kıpırdamadan oturdu; sorumsuz bir gücün yapabileceği çeşitli şeyleri kavramaya çalıştı. Sonra bir tek söz söylemeden, kayanın arkasına indi; mağaranın ve kabilenin bulunduğu yere gitti.

Yarı beline kadar çıplak, yüzü beyaz ve kırmızı boyalarla maskeli olan Şef, orada oturmaktaydı. Kabile, Şef'in önünde bir yarı halka kurmuştu. Yeni dövülen ve bağları artık çözülen Wilfred, arkalarda bir yerde, gürültüyle burnunu çekiyordu. Roger, öteki çocukların yanına çömeldi.

Şef, "Yarın gene avlanacağız" dedi.

Mızrağıyla vahşilerden birkaçını gösterdi:

"Aranızdan birkaçı, mağaraya bir çekidüzen vermek ve kale kapısını korumak için burada kalacaklar. Birkaç avcıyı yanıma alacağım; size et getireceğim. Kapıyı koruyanlar, ötekilerin içeri gizlice girmelerini önleyecekler..."

Vahşilerden biri, elini kaldırdı. Şef, boyalı ve soğuk yüzünü ona doğru çevirdi.

"Neden gizlice içeri girmek istesinler, Şef?"

Gerçi Şef, bunun nedenini pek açıklayamadı ama; içtenlikle konuştu:

"Girmek isteyecekler. Bizim yaptıklarımızı bozmaya çalışacaklar. Onun için, kale kapısındaki nöbetçiler gözünü dört açmalı. Şu da var..."

Şef duraksadı. İnsanı şaşırtacak kadar pembe bir dilin, hızla şefin dudaklarının üstünden geçip, gene yok olduğu görüldü:

"Şu da var: Belki canavar gene gelmeye kalkar. Sürüne sürüne nasıl ortaya çıktığını hatırlıyorsunuz..."

Çocuklar ürperdiler. Mırıldanarak onayladılar Şef'i.

"Canavar... Canavar kılık değiştirip gelmişti. Yesin diye, ona öldürdüğümüz domuzun başını verdik, ama gene de gelebilir. Onun için tetikte olun, dikkat edin."

Stanley, kolunu kayadan çekti; soru sorarcasına parmağını havaya kaldırdı.

"Ne var?"

"Ama biz onu... Biz onu..."

Stanley kıvrandı, yere baktı.

"Hayır!"

Bunu izleyen sessizlik sırasında, vahşilerden her biri, kendi kişisel anılarından kaçmaya çalıştı.

"Hayır! Biz onu nasıl... nasıl... öldürebiliriz ki?"

İleride başka korkuların onları beklediğini sezen vahşiler, yarı rahatlamış, yarı yılmış bir halde mırıldandılar.

Şef, ağırbaşlı bir tavırla, "Onun için, dağa ilişmeyin" dedi. "Avlandığınız zaman, ona bir baş sunun."

Stanley, hemen gene parmağını kaldırdı:

"Bana kalırsa, canavar kılık değiştirmişti."

"Belki," dedi Şef.

Din bilimiyle ilgili, derinliğine tartışılabilecek bir konuydu bu.

Şef, "Canavarın damarına basmamamız daha iyi olur nasılsa. Onun neler yapabileceği önceden kestirilemez."

Kabile bunu düşününce, ansızın esen şiddetli bir rüzgâra kapılmışçasına sarsıldı. Şef, söylediğinin etkisini gördü; sert bir hareketle ayağa kalktı:

"Yarın ava çıkacağız. Etimiz olunca, bir şölen yapacağız."

Bill elini kaldırdı:

"Şef."

"Evet?"

"Ateşi neyle yakacağız?"

Yüzünü örten beyaz ve kırmızı balçık sayesinde, Şef'in kızardığı görülmedi. Şef kararsız susarken, kabile gene mırıldanmaya başladı. Sonra Şef elini kaldırdı:

"Ötekilerden ateş alacağız. Dinleyin. Yarın ava çıkıp et bulacağız. Bu gece ben iki avcıyla oraya gideceğim... Kim gelecek benimle?"

Maurice ile Roger, ellerini kaldırdı.

"Maurice..."

"Buyur, Şef."

"Neredeydi onların ateşi?"

"Eski yerinde büyük kayanın yanında."

Şef, başını salladı:

"Sizler, güneş batar batmaz uyuyabilirsiniz. Ama biz üçümüzün, yani Maurice, Roger ve benim, yapılacak işimiz var. Güneş batmadan tam önce yola çıkacağız..."

Maurice elini kaldırdı:

"Ama şeyle... karşılaşırsak ne olacak?"

Şef, bu olasılığı bir yana itti:

"Kumda yürürüz. Eğer gelirse, gene... Gene dansımızı yaparız."

"Yalnız biz üçümüz mü?"

Gene mırıltılar yükseldi; sonra sessizlik oldu.

Ralph'a gözlüğünü uzatan Domuzcuk, gene görebilecek duruma gelmek için bekledi. Odun nemliydi; üç kezdir tutuşturamamışlardı. Ralph, kendi kendine söylenerek, bir adım geriledi:

"Ateşsiz bir gece daha geçirmeyelim."

Kendi suçluluğunu hissedip yanındaki üç çocuğa baktı. Ralph, ateşin iki işe birden yaradığını ilk kez kabul ediyordu. Hiç kuşkusuz, ateşin bir işlevi de, işaret veren dumanı havalara salmaktı. Ama ateşin bir işlevi daha vardı artık: Bir ocak olmak. Onlar uyuyuncaya dek, onları avutmaktı bu ikinci işlev. Eric, odunlar tutuşup küçük bir alev çıkıncaya kadar üfledi. Beyaz ve sarı bir duman, kabara kabara yükseldi. Domuzcuk gözlüğünü geri aldı, keyiflenerek baktı dumana.

"Ah, bir radyo yapabilsek!"

"Ya da bir uçak..."

"Ya da bir gemi."

Ralph, dünyanın durumu konusunda gittikçe azalan bilgisinin artıklarını araştırdı:

"Belki kızıllar bizi tutsak alır."

Eric saçlarını arkaya doğru itti:

"Onlar daha iyidir... ötekilerden..."

Eric, ötekilerin adlarını söylemedi ama Sam, başıyla kumsalı göstererek, ikiz kardeşinin ne demek istediğini tamamladı.

Ralph, paraşüte asılı acayip bedeni anımsadı:

"Ölü bir adamdan söz etmişti..."

Dansa katıldığını açığa vuran bu söz ağzından çıkar çıkmaz, Ralph acılar içinde kıpkırmızı kesildi. Dumanı tüm bedeniyle yüreklendirircesine hareketler yaptı:

"Durma... Hadi yüksel!"

"Duman gittikçe daha ince oluyor."

"Şimdiden odun gerek, yaş olduğu halde."

"Benim astımım..."

Yanıt kendiliğinden geldi:

"Yuh senin astımına!"

Kütüklerle uğraşırsam, fena astım oluyorum. Keşke onlarla uğraşmasam, Ralph. Ama ne çare!"

Üç çocuk, ormana gidip kucak dolusu çürük odun getirdiler. Sarı ve yoğun bir duman yeniden yükseldi.

"Bir şeyler yiyelim."

Ellerinde mızrakları, beraberce meyve ağaçlarına gittiler. Pek konuşmadan, acele acele tıkındılar. Ormandan çıktıklarında güneş batmak üzereydi. Ateşte ancak korlar kalmıştı; duman yoktu.

Eric, "Artık odun taşıyamam" dedi. "Yoruldum."

Ralph gırtlağını temizledi:

"Orada dağda, ateşi söndürmüyorduk."

Oradaki küçük bir ateşti; ama buradakinin büyük olması gerekiyor!"

Ralph ateşe bir parça odun attı; alacakaranlıkta yükselen dumana baktı:

"Ateşi söndürmemeliyiz."

Eric kendini yere attı:

"Fazla yorgunum. Hem ne işe yarar ki?"

Çarpılmışa dönen Ralph, "Eric!" diye bağırdı; "böyle konuşma!"

Sam, Eric'in yanında çömeldi:

"Ama gerçekten ne işe yarar?"

Öfkelenen Ralph, anımsamaya çalıştı ne işe yaradığını. Ateş iyi bir şeydi. Her şeyden iyi bir şeydi.

Domuzcuk suratını astı:

"Ralph bunu size boyuna söyledi. Ateş olmazsa, nasıl kurtuluruz?"

"Elbette! Eğer duman olmazsa..."

Ralph, bastıran alacakaranlıkta, çocukların önünde yere çömeldi:

"Anlamıyor musunuz? Ne işe yarar radyo istemek, gemi istemek?"

Elini kaldırdı, yumruğunu sıktı:

"Bu berbat durumdan kurtulmak için, yapacağımız bir tek şey var. Herkes avcılık oyunu oynayabilir, herkes et bulabilir..."

Birer birer çocukların yüzüne baktı. Sonra, tutkusunun ve inancının en yoğun olduğu bir anda, sanki kafasında bir perde kapandı; ne diyeceğini unutuverdi. Orada diz çökmüş, yumruğu sıkı sıkı kapalı, ağırbaşlı bir halle, bir çocuktan ötekine bakakaldı. Sonra, perde hızla açıldı yeniden:

"Ha, evet. Onun için duman yapmalıyız; daha çok duman..."

"Ama ateşi yanık tutamıyoruz ki! Şuna bak..."

Sanki onlara nispet, ateş sönmek üzereydi.

"Ateşe bakacak iki kişi" dedi Ralph, neredeyse kendi kendine. "Demek ki, günde on iki saat çalışacak iki kişi."

"Artık odun getiremeyiz Ralph..."

"... Karanlıkta olmaz..."

"Geceleyin olmaz..."

"Her sabah yeniden yakarız" dedi Domuzcuk; "karanlıkta dumanı kimse göremez nasılsa."

Sam, başını sallayarak, candan onayladı:

"Durum başkaydı, ateş..."

"... Ateş yukarıdayken..."

Ralph ayağa kalktı. Baskı yaparcasına çevrelerini saran karanlığın içinde, garip bir çaresizliğe düşmüştü:

"Öyleyse, ateş sönsün bu gece."

Öne geçip kırık dökük olmakla beraber hâlâ yıkılmayan ilk barınağa doğru yöneldi. Kuru yapraklardan yapılan yataklar, gürültüyle hışırdıyordu dokundukça. Öteki barınakta, küçüklerden biri, uykusunda konuşuyordu. Dört büyük çocuk, sürüne sürüne barınağa girdiler, yaprakların arasına gömüldüler. Bir uçta, yan yana ikizler yatıyordu; öteki uçta da Ralph ile Domuzcuk. Çocuklar rahat etmeye çalışırken, yapraklar çıtırdayıp hışırdadı bir süre.

"Domuzcuk."

"Evet?"

"İyi misin?"

"İyiyim herhalde."

Sonunda barınak sessizliğe gömüldü. Ancak bir hışırtı duyuluyordu ara sıra. Kimi yeri pul pul ışıklarla aydınlanan, karanlık bir dikdörtgen vardı gözlerinin önünde. Açık denizdeki sığ mercan kayalıklara çarpan büyük dalgaların boğuk sesini duyuyorlardı. Ralph, her gece oynadığı hayal kurma oyununa daldı gene...

Tutun ki, bir jetle yurtlarına dönüyorlar. O zaman daha gün doğmadan, uçak, Wiltshire'deki o büyük havaalanına inecek. Otomobile binecekler... Hayır, her şeyin en güzeli olsun diye, trene binecekler. Ta Devon'a kadar trenle gidecekler. Sonra, Devon'daki köy evini gene kiralayacaklar. Sonra, yaban Midilli atları, bahçenin ucundaki duvara gelip Ralph'a bakacaklar...

Ralph, huzursuz, döndü yaprakların üstünde. Dartmoor, yabancı bir yerdi; Midilli atları da yabandı. Gel gelelim, yabanlığın çekici bir yanı kalmamıştı artık.

Ralph'ın düşüncesi evcilleşmiş bir kasabaya kayıverdi; vahşiliğin ayak basamayacağı bir kasabaya. Elektrik lambaları ve tekerlekleriyle, bir otobüs istasyonundan daha güvenilir bir yer olabilir miydi yeryüzünde?

Ralph ansızın, bir elektrik lambasının çevresinde kendini dans ederken gördü. Bir otobüs, ağır ağır sürünerek, istasyondan çıkmaktaydı; garip bir otobüstü bu...

"Ralph! Ralph!"

"Ne var?"

"Böyle sesler çıkarma..."

"Kusura bakma."

Barınağın öteki ucundan, karanlıkta korkunç iniltiler yükseldi. Ödleri kopan çocukların altında, yapraklar parçalandı. Birbirine sarılan Eric ile Sam, dövüşüyorlardı.

"Sam! Sam!"

"Hey... Eric!"

Çok geçmeden, gene sessizlik oldu.

Domuzcuk yavaşça konuştu:

"Buradan çıkıp gitmeliyiz."

"Ne demek istiyorsun?"

"Kurtulmalıyız."

Karanlığın baskısı ne denli ağır olursa olsun, Ralph o gün ilk kez alaycı alaycı güldü.

"Ciddi söylüyorum" diye fısıldadı Domuzcuk; "eğer yakında evlerimize dönmezsek, sapıtacağız."

"Köşeyi dönüvereceğiz."

"Kafamıza bomba inmiş gibi, sersem ve mutlu olacağız!"

"Kafadan çatlak olacağız."

Ralph, kıvrılan nemli saçlarını gözlerinden itti:

"Sen, teyzeciğine bir mektup yaz."

Domuzcuk, ağırbaşlı hallerle bu öneriyi düşündü:

"Onun şimdi nerede olduğunu bilmiyorum. Zarfla pulum da yok. Hem burada ne posta kutusu var, ne de postacı."

Bu küçücük şakasının başarısı, Ralph'ı kendinden geçirdi. Gülüşünü tutamaz oldu. Hoplaya hoplaya, kıvrana kıvrana gülmeye başladı.

Domuzcuk, gene ağırbaşlı hallerle onu tersledi:

"Söylediğim o kadar tuhaf mı yani..."

Ralph, göğsü ağrıdığı halde, hâlâ acı acı gülmekten kendini alamadı. Kıvrana kıvrana bitkin düştü. Üzüntüler içinde soluk soluğa yattı; bedeninin gene gülmekten sarsılmasını bekledi. Bu bekleyişlerden birinde, uykunun tuzağına düştü yeniden.

"Ralph! Gene gürültü ediyorsun. Ne olur, ses çıkarma, Ralph... Çünkü..."

Ralph yaprakların arasında döndü. Gördüğü düşten uyandığına şükrediyordu; çünkü otobüs yaklaşmıştı, daha yakından görülmüştü artık.

"Çünkü dedin, neden?"

"Sus... Dinle."

Altındaki yapraklar uzun uzun iç çekerken, Ralph gürültü çıkarmamaya dikkat ederek uzandı. Eric, bir şeyler inledi; sonra sustu. Yıldızların hiçbir işe yaramayan dikdörtgeni bir yana, üstlerine kalın bir battaniye örtülmüşçesine kapkaranlıktı her yer.

"Bir şey duymuyorum."

"Dışarıda kımıldayan bir şey var."

Ralph'ın başı diken diken oldu. Kanının uğultusu, her şeyi bastırdı; sonra durgunlaştı:

"Gene bir şey duymuyorum."

"Dinle. Uzun zaman dinle."

Barınağın arkasında, birkaç adım ötede bir değnek, açıkça duyulan çok belirli bir ses çıkararak çatırdadı. Ralph'ın kanı gene kükredi kulaklarında; karmakarışık görüntüler birbirini kovaladı kafasında. Bu görüntülerin tümünden oluşan bir şey, barınakların çevresinde dolanmaktaydı. Domuzcuk'un kafası omzuna değiyordu; eli, sıkı sıkı onu yakalamıştı.

"Ralph! Ralph!"

"Sus, dinle."

"Umutsuz bir acıya kapılan Ralph, canavarın onları değil de, küçükleri istemesi için dualar etti.

Dışarıdan, korkunç bir fısıltı duyuldu:

"Domuzcuk... Domuzcuk..."

Soluğu kesilen Domuzcuk, "Geldi!" dedi. "Gerçekten varmış o!"

Ralph'a sıkı sıkı sarıldı; soluyabilmek için doğruldu.

"Dışarı gel. Domuzcuk. Seni istiyorum. Domuzcuk."

Ralph'ın ağzı, Domuzcuk'un kulağına yapışmıştı.

"Bir şey söyleme."

"Domuzcuk... Nerdesin Domuzcuk?"

Barınağın arkasına bir şey sürtündü. Domuzcuk, bir an kıpırdamadan durdu; sonra astım nöbeti başladı. Sırtı bir yay gibi gerildi; bacakları yaprakları ezerek, çırpınmaya başladı. Ralph yuvarlanıp Domuzcuk'tan uzaklaştı.

Sonra, kin dolu bir hırlama duyuldu barınağın girişinde. Canlı yaratıklar, gümbürdeyerek yere atıldılar. Biri, Ralph'a takılıp tökezledi. Domuzcuk'un bulunduğu köşe, karmakarışık hırlamalar, çatırdamalar, hızla inip kalkan kollar ve bacaklarla doldu. Ralph, bir yumruk attı. Derken, Ralph ile on ya da on iki kişi sandığı ötekiler, yerlerde alt alta üst üste yuvarlandılar, vurdular, ısırdılar, tırnakladılar. İtilip kakılan, her bir yanı parçalanan Ralph'ın ağzına birinin parmakları girince, Ralph ısırdı. Bir yumruk çekilip, bir piston gibi öyle bir geri döndü ki, Ralph, tüm barınağın ışıklar saçarak havaya uçtuğunu sandı. Yana dönüp kıvrılan bir gövdenin üstüne çıktı. Yanağında sıcak bir soluk duydu. Sıktığı yumruğunu bir çekiç gibi kullanarak, altındaki ağzı üst üste yumruklamaya başladı. Yüz kayganlaştıkça, gittikçe artan bir tutkuyla, çılgınca vuruyordu. Sert bir hareketle kalkan bir diz, bacaklarının arasına çarptı. Kendisini acısına veren Ralph, yana düştü; dövüşenler, onun üstünden yuvarlanıp, uzaklaştılar. Sonra barınak, her şeyi yok eden bir kesinlikle çöktü. Kimliği bilinmeyen karanlık biçimler, yıkıntıdan çıkıp, itişe kakışa kaçıştılar. Küçüklerin çığlıklarıyla, tıkanan Domuzcuk'un solumaları, ancak o zaman yeniden duyuldu.

Ralph, titreyen bir sesle bağırdı:

"Siz küçükler, uyuyun. Ötekilerle dövüştük. Hadi, uyuyun artık." Eric'le Sam yaklaştılar; gözlerini kısıp, Ralph'a baktılar.

"Siz ikiniz, iyi misiniz?"

"İyiyiz herhalde..."

"... Ben yumruklandım."

"Ben de. Domuzcuk nasıl?"

Domuzcuk'u yıkıntıdan çekip çıkardılar; bir ağaca dayadılar. Gece serindi; korkudan arınmıştı şimdilik. Domuzcuk biraz daha rahat nefes alabiliyordu.

"Yaralandın mı, Domuzcuk?"

"Çok değil."

Ralph, acıyla konuştu:

"Jack ile avcılarıydı bunlar. Neden bizi rahat bırakmazlar?"

"Ağızlarının paylarını verdik" dedi Sam.

Sonra, dürüstlüğünden ötürü ekledi:

"Daha doğrusu, sen ağızlarının payını verdin. Ben bir köşede kendi kendime uğraştım."

Ralph, "Onlardan birinin canına okudum" dedi; "bir güzel patakladım onu. Gene gelip bizimle dövüşmeye kalkmazlar bir süre."

"Ben de birinin canına okudum" dedi Eric. "Uyandığım sırada, biri yüzümü tekmeliyordu. Galiba yüzüm kan içinde, Ralph. Ama sonunda canına okudum."

"Ne yaptın?"

Eric, gösterişsiz bir gururla anlattı:

"Dizimi kaldırıverip, bacaklarının arasına vurdum. Avaz avaz bağırışını duymanı isterdim. Yakında buralara gelmez o da. Yani biz de kötü dövüşmüş sayılmayız doğrusu."

Ralph, karanlıkta kıpırdadı ansızın, Eric'in ağzını kurcaladığını duydu:

"Nen var?"

"Bir dişim sallanıyor da..."

Domuzcuk, bacaklarını gövdesine doğru çekti.

"İyi misin, Domuzcuk?"

"Denizkabuğunu almaya geldiklerini sanmıştım."

Ralph, solgun kumsalda koştu, büyük kayanın üstüne tırmandı. Şef'in oturduğu yerin yanında, büyük şeytanminaresi hâlâ ışıldamaktaydı. Ralph, şeytanminaresine bir iki saniye baktı; sonra Domuzcuk'un yanına döndü:

"Denizkabuğunu almamışlar."

"Biliyorum. Denizkabuğunu almaya gelmediler. Başka bir şeyi almaya geldiler. Ralph... Ben ne yapacağım?"

Ta uzaklarda, kumsalın bir yay gibi kıvrıldığı yerde, üç kişi Kaya Kale'ye doğru ilerliyorlardı. Ormana dalmadan, suyun kıyısında gidiyorlardı. Yavaşça şarkılar söylüyorlardı ara sıra. Ara sıra da, kıyının kımıldayan fosforlu çizgisinin yanında, perendeler atıyorlardı. Sürekli koşan, başarısıyla kıvanç duyan Şef, önden gidip onlara yol gösteriyordu. Gerçekten bir şef olmuştu artık. Havayı bıçaklarcasına mızrağını oynatıyordu. Domuzcuk'un kırık gözlüğü sol elinde sallanmaktaydı.

11

Kaya Kale

Şafağın kısa süren serinliğinde, dört çocuk, eskiden ateşin yandığı kara lekenin çevresinde toplandılar. Ralph, çömelip üfledi. Ralph'ın soluğu, kurşuni renkli tüy gibi külleri şuraya buraya savurdu; ama bu küllerin arasında bir tek kıvılcım yoktu. İkizler kaygıyla seyrediyorlardı ve miyopluğunun ışıklı duvarının arkasında oturan Domuzcuk'un yüzü bomboştu. Ralph, harcadığı çabadan ötürü kulakları uğuldayıncaya dek üfledi durdu. Sonra şafağın ilk esintisi, onun yaptığı işi elinden aldı; külle dolan gözleri görmez oldu. Ralph geri çekildi, küfretti, sulanan gözlerini ovdu.

"Boşuna."

Eric, yüzünü bir maske gibi örten pıhtılaşmış kanın arasından, Ralph'a baktı. Domuzcuk gözlerini kısıp, Ralph'ın bulunduğu yana doğru başını çevirdi:

"Elbette ki, boşuna. Artık ateşimiz yok, Ralph."

Ralph, bir iki adım yaklaştı Domuzcuk'a.

"Beni görebiliyor musun?"

"Biraz."

Yanağının şişmesi yüzünden, Ralph'ın yumruklanan gözü yeniden kapandı:

"Ateşimizi elimizden aldılar!"

Öfkeden sesi tizleşti:

"Ateşimizi çaldılar!"

"Onlar öyledir" dedi Domuzcuk. "Beni kör ettiler. Anladın mı? Jack Merridew öyledir. Bir toplantıya çağır, Ralph. Ne yapacağımızı kararlaştırmalıyız.

"Yalnız bizim için bir toplantı mı?"

"Bizden başkası yok ki! Sam... Sana tutunayım."

İskele biçimindeki büyük kayaya doğru yürüdüler.

"Denizkabuğunu öttür" dedi Domuzcuk. "Olanca gücünle öttür."

Orman yankılarla çınladı. Yüzyıllarca önce, o ilk sabah olduğu gibi ağaçların tepesinden çığlık çığlığa kuşlar havalandı. Kumsalın her iki yanında da kimsecikler yoktu. Barınaklardan birkaç küçük geldi. Ralph, cilalanmış ağaç kütüğüne oturdu. Öteki üçü, önünde durdular. Ralph, başıyla işaret etti. Eric'le Sam sağda oturdular. Ralph, büyük şeytanminaresini Domuzcuk'un eline itti. Domuzcuk, ışıldayan denizkabuğunu dikkatle tuttu; gözlerini kırpıştırarak, Ralph'a baktı.

"Konuş, öyleyse."

"Ancak şunu söylemek için denizkabuğunu aldım: Artık göremiyorum. Gözlüğümü geri almak zorundayım. Bu adada korkunç şeyler oldu. Şef seçilmen için oy verdim ben. Şimdiye kadar bir şeyler yapan tek kişi Ralph'tır. Onun için şimdi sen konuş, Ralph. Söyle bize... Yoksa..."

Domuzcuk, burnunu çeke çeke sözünü yarıda bıraktı. O otururken, Ralph denizkabuğunu geri aldı:

"Bir ateşten başka bir şey istemiyoruz. Bu kadarını yapabiliriz sanıyorsunuz, değil mi? Tek istediğimiz bir duman işareti, kurtulabilmek için. Biz vahşi miyiz, neyiz? Şimdi işaretimiz yok. Belki gemiler geçiyordur açıktan. Hatırladınız mı, nasıl ava gittik, ateş söndü ve bir gemi geçti o sırada? Onun daha iyi bir şef olduğunu sanıyorlar hepsi. Sonra, şey... Şey oldu... Bu da onun kabahatiydi. Eğer o yapmasaydı, böyle bir şey olmazdı hiç. Şimdi de Domuzcuk göremiyor. Gelip çaldılar..."

Ralph'ın sesi yükseldi:

"Geceleyin, karanlıkta gelip ateşimizi çaldılar. Çaldılar. İsteselerdi, onlara ateş verirdik. Ama çaldılar. İşaret yok; hiçbir zaman kurtulamayacağız. Ne demek istediğimi anlıyor musunuz? Onlara ateş verirdik. Ama gelip çaldılar. Ben..."

Ralph'ın beyninde gene bir perde iniverdi; ne söyleyeceğini şaşırıp sustu. Domuzcuk, denizkabuğunu almak için ellerini uzattı:

"Ne yapacaksın, Ralph? Yalnız laf bütün bunlar, karar değil. Gözlüğümü istiyorum ben."

"Düşünmeye çalışıyorum. Tutun ki, oraya gittik; eski halimizle, yıkanmış ve saçlarımız taranmış olarak... Ne de olsa, bizler vahşi değiliz aslında. Kurtulmak da bir oyun değil..."

Ralph, şiş yanağına elini bastırdı, ikizlere baktı.

"Kendimize biraz çekidüzen verip gidebiliriz..."

Sam, "Mızrakları da almalıyız" dedi. "Domuzcuk bile almalı."

"Çünkü mızrak gerekebilir."

"Denizkabuğu sende değil."

Domuzcuk denizkabuğunu havaya kaldırdı:

"Sizler isterseniz, mızrakları alın; ama ben almayacağım. Ne işe yarar almam? Bir köpekmişim gibi, beni götürmeniz gerekecek nasıl olsa. Evet, gülün. Hadi, gülün. Bu adada öyleleri var ki, her şeye gülebiliyorlar. Güldüler de, sonunda ne oldu? Büyükler ne düşünecek bizim için. Küçük Simon öldürüldü. Bir de öteki küçük vardı; hani yüzünde leke olan. Biz buraya geldiğimiz ilk günden sonra onu hiç gören var mı?"

"Domuzcuk! Dur bir dakika!"

"Denizkabuğu bende. Jack Merridew'e gideceğim ben. Bunları söyleyeceğim ona. Konuşacağım."

"Başın belaya girer."

"Bundan beter ne yapabilir ki bana? Her şeyi olduğu gibi söyleyeceğim. Bırak da denizkabuğunu ben taşıyayım, Ralph. Eline geçiremediği tek şeyi göstereceğim ona."

Domuzcuk bir an durdu; gözlerini kısıp, çevresindeki bulanık biçimlere baktı. Eski toplantılarda otları ezenler, sanki Domuzcuk'u dinliyorlardı.

"Elimde bu denizkabuğuyla ona gideceğim. Denizkabuğunu uzatacağım. Bak, diyeceğim, sen benden daha güçlüsün; benim gibi astımın da yok. Sen görebiliyorsun, diyeceğim; iki gözün de görebiliyor. Bana bir iyilik yap da, gözlüğümü geri ver demiyorum, diyeceğim. Sen güçlüsün diye efendice davranmanı da rica etmiyorum, diyeceğim. Doğru olan doğrudur. Doğruyu yapman için sana bunu söylüyorum diyeceğim. Gözlüğümü bana ver, gözlüğümü bana vermek zorundasın diyeceğim."

Domuzcuk, yüzü kıpkırmızı, titreyerek sözünü bitirdi. Denizkabuğundan bir an önce kurtulmak istercesine, onu Ralph'ın eline tutuşturdu, gözyaşlarını sildi. Tatlı yeşil bir ışık sarmıştı çocukları. Ralph'ın ayaklarının dibinde duran şeytanminaresi incecik ve beyazdı. Domuzcuk'un parmaklarının arasından süzülen bir tek gözyaşı, denizkabuğunun zarif kıvrımı üstünde bir yıldız gibi ışıldıyordu şimdi.

Sonunda Ralph, dimdik oturdu; saçlarını arkaya itti:

"Peki. Yani bunu istiyorsan deneyebilirsin, demek istiyorum. Biz de seninle geleceğiz."

"Yüzü boyalı olacak" dedi Sam çekine çekine. "Onun nasıl olduğunu biliyorsunuz..."

"... Bize aldırmayacak..."

"... Kızarsa, canımıza okuyacak..."

Ralph kaşlarını çatıp, Sam'a öfkeyle baktı. Eskiden kayaların yanında, Simon'un ona söylediği bir sözü, hayal meyal anımsadı.

"Aptallık etme," dedi.

Sonra çabucak ekledi:

"Gidelim."

Büyük şeytanminaresini Domuzcuk'a uzattı. Domuzcuk gene kızardı ama gururdandı bu kez.

"Bunu sen taşımalısın."

"Hazır olduğumuz zaman, ben taşırım."

Domuzcuk, ne pahasına olursa olsun, denizkabuğunu taşımak isteğinin ne denli büyük bir tutku olduğunu dile getirecek bir söz aradı:

"Taşırım, Ralph. Sevine sevine. Ama bana yol göstermeniz gerekecek."

Ralph, büyük şeytanminaresini, parlayan ağaç kütüğünün üstüne koydu:

"Önce bir şeyler yemek daha iyi olur, sonra hazırlanırız."

Yağmaya uğramış meyve ağaçlarına gittiler. Yiyebilmesi için Domuzcuk'a yardım edildi. Birkaç meyveyi de yoklaya yoklaya kendi buldu. Yerlerken, Ralph öğleden sonra yapacaklarını düşündü:

"Eskiden nasılsak, öyle olacağız. Yıkanacağız..."

Sam, ağzındakileri yutup karşı koydu:

"Ama her gün yıkanıyoruz!"

Ralph, önünde duran kirli çocuklara bakıp içini çekti:

"Saçlarımızı taramalıyız. Ama öyle uzun ki saçlarımız!"

Eric, "Benim iki çorabım da barınakta," dedi. "Bir çeşit takke gibi başımıza geçirebiliriz onları."

Domuzcuk, "Bir şeyler bulup saçlarınızı bağlayabilirsiniz," dedi.

"Kızlar gibi!"

"Yok. Olmaz elbette!"

Ralph, "Öyleyse, nasılsak öyle gideriz," dedi. "Zaten onlar da aynı halde."

Eric, Ralph'ı engelleyecekmiş gibi elini uzattı:

"Ama onların yüzleri boyalı! Nasıl olduklarını biliyorsun..."

Hepsi, evet dercesine başlarını eğdiler. Yüzlerini gizleyen boyaların, onlara vahşi olmak özgürlüğünü bağışladığını öyle iyi anlıyorlardı ki!

Ralph, "Eh, ne yapalım" dedi. "Bizim yüzümüz boyalı olmayacak; çünkü vahşi değiliz biz."

Eric'le Sam, birbirlerine baktılar:

"Ama gene de..."

Ralph bağırdı:

"Boya yok!"

Anımsamaya çalıştı:

"Duman," dedi, "bizim istediğimiz duman."

Hırsla dönüp, ikizlere baktı:

"Duman diyorum size! Dumanımız olmalı!"

Bir sessizlik oldu. Arıların bin bir mırıltısı duyuluyordu ancak.

Sonunda Domuzcuk, yumuşak bir sesle konuştu:

"Elbette olmalı. Çünkü duman bir işarettir ve dumanımız olmazsa, bizi kurtarmaya gelmezler."

"Bunu biliyordum!" diye bağırdı Ralph.

Kolunu Domuzcuk'tan çekti:

"Yani sen ne demek istiyorsun..."

Domuzcuk çabucak konuştu:

"Senin her zaman söylediğinden başka bir şey demek istemiyorum. Bir ara sandım ki..."

"Bir şey sanma" dedi Ralph yüksek bir sesle. "Hep aklımdaydı söylemek istediğim. Hiç unutmamıştım."

Domuzcuk, Ralph'ı yumuşatmak istercesine başını salladı:

"Sen şefsin, Ralph. Her şeyi aklında tutarsın."

"Unutmamıştım."

"Elbette unutmamıştın."

İkizler, sanki Ralph'ı ömürlerinde ilk kez görüyorlarmış gibi merakla bakıyorlardı ona.

Belirli bir düzenle kumsalda yürümeye başladılar. Ralph, mızrağı omzunda, biraz topallaya topallaya önden gidiyordu. Işıldayan kumların üstünde, buğulanan sıcaklığın titreşimleri içinde, kendi uzun saçları ve yaraları bereleri arasında, her şeyi tam olarak göremiyordu. Ralph'ın arkasından gelen ikizler, şimdilik her ne kadar kaygılıysalar da, yenilgiye uğramaz bir canlılıkları vardı onların. Fazla konuşmadan, tahta mızraklarının saplarını yerde sürüklüyorlardı; çünkü Domuzcuk, yorgun gözlerini güneşten koruyarak yere bakarsa, mızrakların kumda kımıldadığını biraz görebildiğinin farkına varmıştı. İşte bundan ötürü Domuzcuk, büyük şeytanminaresini iki eli arasında dikkatle tutarak, yerde sürüklenen iki mızrak arasında yürüyordu. Çocuklar, derli toplu küçük bir grup halinde kumsalda ilerlerken, altlarındaki dört yassı gölge, oynaya oynaya birbirine karışıyordu. Fırtınadan hiçbir iz kalmamıştı; kumsal, iyi ovulan bir bıçak gibi, tertemizdi. Sıcakta titreşen gökyüzü ve dağ, çok uzaklarda görünüyordu. Hayal görüntüleri, açık denizdeki sığ mercan kayalıkları sanki ta yukarı doğru kaldırmıştı ve bu kayalıklar, gümüşten bir çeşit havuz gibi, gökyüzüyle deniz arasında yüzüyordu.

Kabilenin dans ettiği yerden geçtiler. Yağmurun söndürdüğü yarı yanık odunlar hâlâ kayaların üstündeydi. Ama suyun kenarındaki kum dümdüz olmuştu gene. Hiçbir şey söylemeden geçtiler buradan. Kabileyi Kaya Kale'de bulacakları konusunda hiç kuşkuları yoktu ve oraya varır varmaz, kendiliğinden durdular. Adada bitkilerin en sık olduğu yer sollarındaydı. Bu karalı yeşilli kıvrılmış bitki saplarının içine girmenin yolu yoktu. Önlerinde yüksek otlar dalgalanıyordu. Ralph tek başına ilerledi buraya gelince.

Bir yerde otlar ezilmişti; çünkü Ralph eskiden tek başına çevreyi araştırmaya gittiği sırada, ötekilerin hepsi, burada otlara yatıp onu beklemişlerdi. Adayı Kaya Kale'ye bağlayan dar geçit ve kayanın kenarındaki çıkıntı da buradaydı. Tepelerde de Kaya Kale'nin kırmızı dorukları yükseliyordu.

Sam, Ralph'ın koluna dokundu:

"Duman."

Kayalığın arkasında, dalgalanarak havaya yükselen küçücük bir duman lekesi görülüyordu.

"Bir ateş... Sanmam ki..."

Ralph döndü:

"Neden saklanıyoruz?"

Ralph, otların perdesini yarıp, dar geçide giden küçük bir açıklığa vardı:

"Siz ikiniz arkadan gelin. Ben önden gideceğim. Domuzcuk, benim bir adım gerimde olacak. Mızraklarınızı hazır tutun."

Domuzcuk, gözlerini kısıp, kendisini dünyadan ayıran ışıklı perdeye kaygıyla baktı:

"Tehlike yok mu? Burada bir yalıyar yok mu? Suların sesini duyuyorum."

"Sen bana yakın dur."

Ralph, dar geçitte ilerledi. Tekmelediği bir taş, denize fırladı. Sonra sular, emilircesine aşağıya doğru çekildi; Ralph'ın sol kolunda, kırk ayak aşağılarda, yosunlu, kırmızı dört köşe bir yer meydana çıktı.

Domuzcuk, titreyen bir sesle "Tehlikede miyim?" diye sordu; "korkunç bir şey bu..."

Ta tepelerindeki doruklardan birinin bağırdığı duyuldu ansızın. Sonra biri, savaşta atılan naraları taklit etti ve kayalığın arkasından, on ya da on iki ses, bu narayı yankıladı.

"Denizkabuğunu bana ver, hiç kıpırdama."

"Durun! Kimdir o?"

Ralph, başını arkaya devirip, tepede Roger'in karanlık yüzünü gördü.

"Kim olduğumu görüyorsun!" diye bağırdı. "Aptallık etmekten vazgeç!"

Ralph, büyük şeytanminaresini öttürmeye başladı. Yüzleri tanınmayacak kadar boyalı vahşiler, kayalığı çevreleyen çıkıntıda görülüp, dar geçide doğru ilerlediler. Hepsi mızraklıydı. Kalenin girişini savunmak için yerlerini aldılar. Ödü kopan Domuzcuk'a aldırmayan Ralph, denizkabuğunu öttürmeye devam etti.

Roger, bağır bağır bağrıyordu:

"Dikkat edin... Anladınız mı?"

Sonunda Ralph, dudaklarını denizkabuğundan ayırdı; soluk alabilmek için durdu. Tıkanırcasına ama duyulur bir sesle konuştu:

"Toplantıya çağırıyorum."

Geçidi koruyan vahşiler aralarında homurdandılar; ama bir şey söylemediler. Ralph, ileriye doğru birkaç adım attı. Arkasında bir ses telaşla fısıldıyordu:

"Beni bırakma, Ralph."

Ralph, başını yana eğip "Sen çömel," dedi. "Ben geri dönünceye kadar bekle."

Geçitte yarı yola kadar ilerleyen Ralph, durdu: Yoğun bir dikkatle, gözlerini vahşilere dikti. Yüzlerindeki boya sayesinde kendilerini özgür bilen vahşiler, saçlarını arkadan bağladıkları için, Ralph'tan daha rahattılar. Ralph, kendi saçlarını da sonradan böyle bağlamaya karar verdi. Hatta onlara beklemelerini söyleyip, bu işi hemen orada yapmak istedi neredeyse; ama bunun yolu yoktu. Vahşiler, sinsi sinsi gülüştüler biraz ve onlardan biri, mızrağıyla Ralph'ı gösterdi. Ta tepelerde Roger, ellerini kaldıraçtan çekip, ne olup bittiğini görmek için aşağıya doğru eğildi. Geçitteki çocuklar, kendi gölgelerinin yaptığı lekelerin üstünde durmaktaydılar ve gölgeleri, taranmamış bir baş kadar küçülmüştü. Domuzcuk yere çömelmişti; sırtı bir çuval gibi biçimsizdi.

"Sizleri bir toplantıya çağırıyorum."

Sessizlik.

Roger, küçük bir taş aldı; onlara değmemek için nişan alarak, taşı ikizlerin arasına attı. İkizler irkildiler; Sam neredeyse düşecekti. Roger'in gövdesinde bir güç kaynağı, bir nabız gibi atmaya başladı.

Ralph, yüksek sesle yeniden konuştu:

"Sizleri bir toplantıya çağırıyorum."

Hepsini gözden geçirdi:

"Jack nerede?"

Oğlanlar kımıldadılar, birbirlerine danıştılar. Boyalı bir yüz, Robert'in sesiyle konuştu:

"Avlanıyor. Sizi buraya sokmamamızı söyledi."

Ralph, "Ateş için geldim," dedi. "Bir de Domuzcuk'un gözlüğü için."

Önündeki grup dalgalandı; titreyen bir kahkaha yükseldi aralarından. Bu hafif, heyecanlı gülüşme, yüksek kayalar arasında çınlayıp durdu.

Ralph'ın arkasından gelen bir ses duyuldu:

"Ne istiyorsunuz?"

İkizler, fırladıkları gibi Ralph'ın yanından geçtiler; kalenin girişiyle Ralph'ın arasına girdiler. Ralph hızla döndü. Kişiliği ve kızıl saçlarından ötürü kim olduğu anlaşılan Jack, ormandan çıkmış geliyordu. Sağında solunda iki avcı çömelmişti. Kara ve yeşil boyalar, üçünün de yüzünü bir maske gibi örtüyordu. Arkalarındaki otların üstünde, bir dişi domuzun başsız ve şişman ölüsü, bıraktıkları yerde duruyordu.

Domuzcuk, inleye inleye bağırdı:

"Ralph! Beni bırakma!"

Domuzcuk, gülünç bir özenle kayaya sarıldı; her şeyi aşağıya doğru çeken denizin üstünde, sıkı sıkı yapıştı bu kaya parçasına. Vahşilerin sinsi gülüşmeleri, yüksek sesli alaycı kahkahalara dönüştü.

Bu gürültünün içinde, Jack'ın bağırdığı duyuldu:

"Sen git buradan, Ralph. Kendi yerinde kal. Burası benim yerim, benim kabilemin yeri. Beni rahat bırak."

Alaycı gülüşmeler kesildi.

Ralph, soluk soluğa konuştu:

"Domuzcuk'un gözlüğünü aşırdın. Onu geri vermek zorundasın."

"Zorunda mıyım? Kim diyor bunu?"

Ralph'ın öfkesi, bir alev gibi parladı:

"Ben diyorum! Oy verdiniz, beni şef yaptınız. Şeytanminaresinin sesini duymadın mı? Pis bir oyun oynadın bize... Ateş isteseydin, sana verirdik..."

Ralph'ın yanakları kıpkırmızı kesilmişti; yumruklanıp moraran gözü zonkluyordu:

"İstediğin zaman sana ateş verebilirdik. Ama sen, bizden ateş istemedin. Bir hırsız gibi sinsice gelip, Domuzcuk'un gözlüğünü çaldın!"

"Bunu bir defa daha söyle bakayım!"

"Hırsız! Hırsız!"

Domuzcuk bir çığlık attı:

"Ralph! Beni koru!"

Saldıran Jack, mızrağıyla Ralph'ın göğsüne vurmak istedi. Ralph, hemen Jack'ın kolunun durumunu görüp, ne yapacağını anladı; kendi mızrağının sapıyla Jack'ın silahını yana itti. Sonra mızrağının ucunu, Jack'ın kulağına indirdi. İki çocuk göğüs göğüse gelmişlerdi; hırsla soluyorlar, birbirlerini itiyorlar, gözleriyle ateş saçıyorlardı.

"Kimmiş hırsız?"

"Sen!"

Jack, Ralph'tan kopup, mızrağını ona doğru savurdu. Anlaşmışçasına, birbirlerine mızrakların öldürücü uçlarıyla saldırmayı göze alamıyor, mızrakları artık birer kılıç gibi kullanıyorlardı. Jack'ın mızrağı, Ralph'ınkine çarptı; kayıp parmaklarının üstüne indi. Ralph'ın parmakları, korkunç acıdı. Sonra, iki çocuk gene birbirlerinden koptular; yer değiştirdiler. Şimdi Jack, Kaya Kale'nin karşısındaydı; Ralph da kumsal boyunca adaya dönüktü.

İkisi de zor nefes alabiliyorlardı.

"Hadi öyleyse..."

"Hadi..."

Belalı belalı karşı karşıya dikildiler; ama dövüşebilecek kadar yaklaşmıyorlardı birbirlerine.

"Hadi gel de gör ne oluyor!"

"Sen gel..."

Yere yapışan Domuzcuk, Ralph'ın dikkatini çekmeye çalışıyordu. Ralph, gözlerini Jack'tan ayırmadan, ona yaklaştı, eğildi.

"Ralph... Buraya niçin geldiğimizi unutma. Ateş. Benim gözlüğüm."

Ralph, evet dercesine başını eğdi. Savaşan kaslarını gevşetti; rahat durup, mızrağın sapını yere dayadı. Jack, yüzündeki boyaların arkasından, sır vermeyen gözlerle onu süzüyordu. Ralph, kayalığın doruklarına, sonra da vahşiler grubuna baktı:

"Dinleyin. Şunu söylemeye geldik: Önce Domuzcuk'un gözlüğünü geri vermek zorundasınız. Gözlüksüz göremiyor. Oyun bozanlık yapıyorsunuz..."

Yüzü boyalı vahşiler kabilesi, kıkır kıkır güldü. Ralph'ın aklı karıştı. Saçını arkaya itti; gözünün önündeki kara ve yeşil maskeye bakıp, Jack'ın gerçek yüzünü anımsamaya çalıştı.

Domuzcuk fısıldadı:

"Bir de ateş."

"Ha, evet. Gelelim ateşe. Bunu gene söylüyorum. Buraya geldiğimizden beri hep söyledim."

Mızrağını kaldırıp, vahşilere dikti:

"Tek umudumuz, aydınlık olduğu sürece bir ateşin işaret vermesi. Belki o zaman bir gemi, dumanı görür, gelip bizi kurtarır, yurdumuza götürür. Ama o duman olmadıkça, bir geminin ancak bir rastlantı sonucu buraya gelmesini beklemek zorundayız. Yıllarca bekleyebiliriz. Yaşlanıncaya kadar..."

Vahşilerin, billur gibi çın çın öten, gerçeklerden kopmuş titrek gülüşmeleri yeniden fışkırdı, ta uzaklarda yankılandı. Ralph, ansızın esen bir rüzgârla sarsılırcasına öfkeyle sarsıldı. Sesi çatladı:

"Anlamıyor musunuz, yüzü boyalı salaklar? Sam, Eric, Domuzcuk ve ben... Yetmiyoruz. Ateşi yanık tutmak istedik ama yapamadık. Sizlerse, avcılık oyunu oynuyorsunuz..."

Çocukların arkasında, inci gibi berrak havada, ipince dumanın dağıldığı yeri gösterdi:

"Oraya bakın! Bir işaret ateşi mi diyeceksiniz buna? Yemek pişirmek için bir ateştir bu. Şimdi yiyeceksiniz, duman da kalmayacak. Anlamıyor musunuz? Şuralardan bir gemi geçiyordur belki..."

Ralph sustu. Sessizliğin karşısında; Kaya Kale'yi savunanların kimliklerini gizleyen boyalı yüzler karşısında yenilgiye uğramıştı.

Şef, pembe ağzını açtı; kabileyle kendi arasında duran Eric'le Sam'a:

"Siz ikiniz. Geri gelin" dedi.

Hiç kimse karşılık vermedi. Şaşkına dönen ikizler, birbirlerine baktılar. Şiddet olaylarının bitmesiyle toparlanan Domuzcuk, dikkatle ayağa kalktı. Jack, önce Ralph'a, sonra ikizlere bir göz attı:

"Yakalayın onları!"

Kimse kıpırdamadı. Jack, öfkeyle bağırdı:

"Yakalayın onları diyorum size!"

Yüzü boyalılar, sinirli sinirli, beceriksizce, Eric'le Sam'ın çevresinde dolandılar. Çın çın öten gülüşmeler yeniden duyuldu.

Eric'le Sam, uygarlığın yüreğinden kopan bir sesle, karşı koydular:

"A! Ne oluyor!"

"Doğrusu bu..."

Mızrakları ikizlerin elinden alındı.

"Bağlayın onları!"

Ralph, umutsuzca bağırdı karalı yeşilli maskeye:

"Jack!"

"Hadi. Bağlayın onları."

Yüzleri boyalı grup, Eric'le Sam'ın kendilerinden olmadığını artık anlamışlardı. Ellerindeki gücün de bilincine varmışlardı. Heyecanla, beceriksizce, ikizleri yere yıktılar. Jack'ın içine doğdu. Ralph'ın, ikizleri kurtarmaya çalışacağını sezdi. Vınlayan mızrağını, bir çember çizercesine arkaya doğru savurdu. Ralph, mızraktan güç bela kurtulabildi. Arkalarında kabileyle ikizler, bağıra çağıra debelenen bir yığın halini almıştı. Domuzcuk yeniden çömeldi. Hayretten donakalan ikizler, kabilenin arasında yere yatırıldı. Jack, Ralph'a doğru döndü; dişlerini sıkarak konuştu:

"Gördün mü? Her istediğimi yapıyorlar."

Yeniden bir sessizlik oldu. Acemice bağlanan ikizler yerdeydi. Kabile, ne yapacağını görmek için, Ralph'a bakıyordu. Ralph, gözlerini örten kâkülün arasında onları saydı; hiçbir işe yaramayan dumana baktı.

Öfkesini tutamadı. Jack'a bağırdı:

"Sen bir hayvansın! Bir domuzsun! Kahrolası, kahrolası bir hırsızsın üstelik!"

Ralph saldırdı.

Buhranın had noktasına geldiklerini bilen Jack da saldırdı. İki çocuk, birbirine çarpıp geri fırladılar. Jack, yumruğunu Ralph'ın kulağına indirdi. Ralph, Jack'ın midesini yumruklayıp, onu inletti. Gene karşı karşıya geldiler; soluk soluğaydılar, öfkeliydiler; ama kendi vahşetleri yıldırmıştı ikisini de. Dövüşmeleri sırasında sürüp giden gürültünün farkına vardılar: Kabile, tiz seslerle "yaşa!" diye bağırıyordu boyuna. Ralph, bu gümbürtünün içinde Domuzcuk'un sesini duyabildi:

"Bırak, ben konuşayım onlarla."

Domuzcuk, dövüş alanının tozu dumanı içinde ayağa kalkmıştı. Kabile, Domuzcuk'un ne yapmaya niyetlendiğini anlayınca, tiz sesler sürekli bir yuhalamaya dönüştü.

Domuzcuk, denizkabuğunu havaya kaldırdı; yuhalama biraz azaldı; sonra yeniden yükseldi.

"Denizkabuğu bende!"

Domuzcuk bağırdı:

"Denizkabuğu bende diyorum size!"

Şaşılacak bir sessizlik oldu: Kabile, Domuzcuk'un söyleyebileceği tuhaf şeyleri merakla bekliyordu.

Bir sessizlik ve bir duraklama oldu ama Ralph, bu sessizliğin içinde, havadan gelen garip bir ses duydu kulağının dibinde. Tüm dikkatini ona vermediği halde, "tak" diye bu hafif sesi yeniden duydu: Biri taş atıyordu. Bir elini kaldıraçtan hâlâ ayırmayan Roger'di taş atan. Yukarıdan bakınca Roger'in gözünde, Ralph karışık bir saç yığını, Domuzcuk da bir yağ tulumuydu.

"Size söyleyeceğim şu: Küçük çocuklar gibi davranıyorsunuz topunuz."

Domuzcuk, büyülü beyaz denizkabuğunu havaya kaldırınca, yükselen yuhalamalar gene kesildi.

"Hangisi daha iyi? Sizler gibi yüzü boyalı bir vahşi sürüsü olmak mı, yoksa Ralph gibi akıllı olmak mı?"

Vahşiler arasında büyük bir gümbürtü koptu. Domuzcuk gene bağırdı:

"Hangisi daha iyi? Kurallar yapıp anlaşmak mı, yoksa ava çıkıp öldürmek mi?"

Gene bağırışmalar ve gene "tak" diye hafif bir ses.

Bu gürültü arasında Ralph'ın sesi duyuldu:

"Hangisi daha iyi? Düzen ve kurtuluş mu, yoksa ava çıkıp her şeyi berbat etmek mi?"

Artık Jack da avazı çıktığı kadar bağırdığı için, Ralph'ın sesi duyulamıyordu. Jack gerileyip sırtını kabileye vermişti. Kabile, mızraklarla diken diken, tehlikeyle yüklü, sağlam bir kitle olmuştu. Saldırmaya niyetlenenler vardı aralarında; kendi kendilerini kışkırtıp buna hazırlanıyorlardı; dar geçidi silip süpüreceklerdi. Ralph biraz yanda, karşılarında duruyordu; elinde mızrağı, tetikteydi. Domuzcuk, Ralph'ın yanındaydı. Denizkabuğunun çabucak kırılabilecek ışıldayan güzelliği, hâlâ ellerindeydi; onu bir tılsım gibi kaldırmış tutuyordu. Gürültü fırtınası, kinle yoğrulan ve sesle yapılan bir büyü gibi, Ralph ile Domuzcuk'a çarptı, ta yukarılarda Roger, kendini koyuverdi; çılgınca bir haz duyarak, olanca gücüyle kaldıraca abandı.

Ralph büyük kayayı görmeden önce duydu. Ayak tabanlarının altında toprağın sarsıldığını hissetti; dik yamacın tepesindeki taşlar yerinden koptu. Sonra koskocaman, kırmızı canavar gibi bir şey, geçide fırladı. Kabile çığlıklar atarken, Ralph yere kapaklandı.

Kaya, çenesinden dizine kadar, yandan çarptı Domuzcuk'a. Denizkabuğu, binlerce beyaz parçaya dağılıp yok oldu. Domuzcuk, bir şey söylemeden, inlemeye bile vakit bulamadan havada uçtu; uçarken yana döndü. Kaya, iki kez zıplayıp ormanda kayboldu. Kırk ayak yükseklikten uçan Domuzcuk, denizdeki dört köşe kırmızı kayaya sırtüstü düştü. Başı ikiye yarıldı; başından bir şeyler çıktı; başından çıkanlar kırmızı bir renk aldı. Bir domuz öldürüldükten sonra nasıl hafif hafif kıpırdarsa, Domuzcuk'un kollarıyla bacakları da biraz seğirdi. Sonra deniz, ağır ağır, uzun uzun iç çekercesine yeniden soludu; kırmızı kayanın üstünde, beyaz ve pembe sular kaynadı. Ve sular geri çekildiğinde, Domuzcuk'un gövdesi de yok olmuştu.

Şimdi tam bir sessizlik vardı. Ralph'ın dudakları kıpırdadı ama bir söz çıkamadı ağzından.

Jack, kabilenin yanından ansızın kopup öne fırladı; deliler gibi avaz avaz bağırıyordu:

"Gördün mü? Gördün mü? Aynı şey senin başına gelecek! Boşuna söylemiyorum bunu! Artık senin girebileceğin bir kabile yok! Denizkabuğu yok oldu..."

Jack, eğilerek ileriye doğru koştu:

"Ben şefim!"

Ralph'ı vurmak amacıyla, kinle fırlattı mızrağını. Mızrağın ucu, Ralph'ın kaburga kemiklerinin derisini ve etini yırttı; sonra suya düştü. Acıdan çok, müthiş bir korku duyan Ralph, sendeledi ve kabile, Şef'leri gibi avaz avaz bağırarak, Ralph'ın üstüne yürüdü. Fırlatılan ikinci mızrak, eğri olduğu için yüzüne isabet etmedi. Roger, yukarıdan üçüncü bir mızrak attı. Yerde yatan ikizler, kabilenin arkasında olduklarından, görülmüyorlardı. Kimliği bilinmeyen şeytan yüzleri, dar geçitte kaynaşıyordu. Ralph döndü, koştu. Martı seslerini andıran çığlıklar duydu arkasında. Bilincinde olmayan bir içgüdüye uyarak, açıklık yerden kaçtığı için, mızraklar hedeflerine ulaşamadı. Dişi domuzun başsız ölüsünü görüp, tam zamanında üstünden atlayabildi. Sonra yaprakları ve küçük dalları çatır çatır ezerek, ağaçların arasına daldı; orman onu gizledi.

Şef, domuzun yanında durup döndü; ellerini havaya kaldırdı:

"Geri dönün! Kaleye geri dönün!"

Çok geçmeden kabile, gürültüler içinde dar geçide vardı. Orada Roger aralarına girdi.

Şef, Roger'e kızgındı:

"Neden nöbet tutmuyorsun?"

Roger, ağırbaşlı bir halle, Şef'e baktı:

"Demin indim aşağı..."

Cellatlara özgü dehşete bürünmüştü Roger. Şef, ona bir şey söylemedi; yerdeki Eric'le Sam'a baktı:

"Kabileye katılmak zorundasınız."

"Bırakın beni..."

"... Beni de."

Az sayıda mızrak kalmıştı. Şef, bunlardan birini kaptığı gibi, Sam'ın kaburga kemiklerine batırmaya başladı.

Şef, öfkeyle konuştu:

"Sizler ne demek istiyorsunuz, ha? Ne demek buraya mızraklarla gelmek? Ne demek benim kabileme katılmamak?"

Şef'in, Sam'ı mızrakla dürtüklemesi, düzenli ve tempolu bir hal aldı. Sam, avazı çıktığı kadar bağırdı.

"Başka çaresi var."

Bunu diyen Roger, Şef'in yanından geçerken, az kalsın onu omzuyla itecekti. Bağrışma kesildi. Eric'le Sam, sessiz bir korku içinde, yattıkları yerden Roger'e bakakaldılar. Roger, ne olduğu bilinmez ve sınırsız bir gücün temsilcisi olarak, ikizlere doğru ilerledi.

12

Avcıların Uluması

Ralph, üstü bitkilerle örtülü bir yerde yattı; yaralarını düşündü. Sağ kaburgalarının üstü iyice zedelenmişti; mızrağın ucunun çarptığı yer, şişmiş kanlı bir yaraydı. Kirli saçları, bir sürüngen bitkinin ince filizleri gibi, birbirine dolanmıştı. Ormanda kaçarken, her bir yanı sıyrılmış, çürümüştü. Rahat nefes alıp vermeye başlayınca, bu yaraları bereleri hemen şimdi yıkayamayacağını anladı. Suları sıçrata sıçrata yıkanırken, yalınayak gelenlerin adımlarını duymanın yolu var mıydı? Küçük derenin kıyısında ya da açık kumsalda nasıl güvende sayabilirdi kendini?

Ralph dinledi. Kaya Kale'den uzak değildi aslında ve ilk korku anında, onun peşinden geldiklerini sanmıştı. Ne var ki avcılar, belki de mızraklarını bulmak için, ormanın ancak kenarına kadar usulcacık gelmişler; sonra yaprakların altındaki karanlıktan ürkercesine, güneşli kayalığa koşmuşlardı hemen. Hatta Ralph, onlardan birini, kahverengi, kara ve kırmızı çizgili birini görmüş, Bill olduğuna karar vermişti. Ama Ralph, bunun gerçekte Bill olmadığını düşündü. Bu, bir vahşiydi. Ve bu vahşinin kişiliği, eskiden kısa pantolon ve gömlek giyen çocuğun kişiliğiyle özdeşleşemiyordu.

Öğle sonrası geçip bitti. Yuvarlak güneş lekeleri, yeşil yaprakların ve bitkilerin kahverengi liflerinin üstünde düzenle yer değiştirdiler. Ama Kaya Kale'nin arkasında hiç ses seda yoktu. Sonunda Ralph, sürüne sürüne eğreltiotlarının arasından çıktı; dar geçide giden, o içine girilmez çalılıkların kenarına kadar vardı usulcacık. Görülmemek için ayrıca dikkat ederek, dalların arasından durumu gözetledi; Robert'in, yalıyarın tepesinde oturmuş nöbet tuttuğunu gördü. Robert'in sol elinde bir mızrak vardı; sağ eliyle, bir küçük taşı havaya atıp atıp tutuyordu. Robert'in arkasında, kalın bir duman sütunu yükseliyordu. Ralph'ın burun delikleri açıldı, ağzı sulandı. Elinin tersiyle burnunu ve ağzını sildi. Sabahtan beri ilk kez karnı acıktı. Herhalde kabile, bağırsakları çıkartılan domuzun çevresinde toplanmış; kızaran domuzdan sızan yağların küllere damlayıp nasıl yandığını seyrediyordu. Herhalde olanca dikkatleriyle bu işe vermişlerdi kendilerini.

Tanımadığı başka biri, Robert'in yanına gelip, ona bir şey uzattı; sonra döndü, kayanın arkasına gitti. Robert, mızrağını yanındaki kayaya dayadı; iki elini birden kaldırıp, bir şeyler kemirmeye başladı. Demek ki, şölen başlamıştı; nöbetçinin payı da verilmişti.

Ralph, şimdilik güvende olduğunu anladı. Topallaya topallaya meyve ağaçlarının arasından geçti. Hem bu zavallı meyveleri yemek istiyor, hem de şöleni düşündükçe acı çekiyordu. Onlar yarın da şölen yapacaklardı, öbür gün de...

Kendi kendini kandırmak için boşuna uğraştı: Belki onu rahat bırakırlardı; onu yasadışı yaşayan biri sayarlardı belki. Ama sonra, mantıkla ilgisi olmayan o uğursuz düşünce ağır bastı. Büyük şeytanminaresinin kırılışı, Domuzcuk ile Simon'un ölümü, bir sis gibi sarmıştı adayı. Bu yüzü boyalı vahşiler, daha ileri gideceklerdi. Durmadan daha ileri gideceklerdi. Kendisiyle Jack arasındaki, o ne olduğu bilinmez bağı da hesaba katmalıydı. Bu bağ yüzünden, Jack onu hiçbir zaman kendi haline bırakmayacaktı, hiçbir zaman...

Ralph, üstünde benek benek güneş ışınları, eliyle kaldırdığı bir dalın altından geçecekken durdu. Tüm bedeni müthiş bir korkuyla sarsıldı, yüksek sesle bağırdı:

"Hayır. Onlar bu kadar kötü olamaz. Bir kazaydı bu."

Dalın altından geçti, beceriksizce koştu, sonra durup dinledi. Küçüklerden ikisini gördü. Ne halde olduğunu bilmediği için, ona bakan küçüklerin çığlıklar atıp kaçmalarına şaştı.

Sonra kumsala gitti. Şimdi güneş ışınları, yıkılan barınağın yanındaki hindistancevizi ağaçlarına yandan vuruyordu. İskele biçimindeki büyük kaya oradaydı, yüzme havuzu oradaydı. Yüreğindeki kurşun gibi ağır duyguyu bir yana itmesi; kabilenin sağduyusuna, gündüzün aklı başında davranacaklarına güvenmesiydi en doğrusu. Artık kabilenin karnı doymuştu. Ralph'ın yeniden denemesi gerekiyordu. Hem bütün gece burada, ıssız büyük kayanın yanında, boş bir barınakta kalamazdı. Ralph'ın tüyleri diken diken oldu; akşam güneşinde ürperdi. Ateş yoktu, duman yoktu, kurtuluş yoktu. Ralph, sırtını kumsala çevirip topallaya topallaya ormana daldı. Jack'ın yerine doğru yürüdü.

Ufukta alçalan güneş ışınları, dalların arasına savrulan ince değnekler gibi yok oldu. Sonunda Ralph, ormanda bir açıklığa vardı. Burada kayalar, bitkilerin büyümesini engellemişti. Şimdi gölgelerle dolu bir havuz gibiydi burası. Ralph, açıklığın ortasına dikilmiş bir şey görünce, fırlayıp bir ağacın arkasına saklanacaktı az kalsın. Ama bu beyaz yüzün bir kemik parçası olduğunu, domuzun kafatasının bir değneğin üstünden ona sırıttığını gördü. Ralph, açıklığın ortasına kadar yürüdü ağır ağır; gözlerini kafatasına dikti. Büyük şeytanminaresi nasıl bembeyaz ışıldıyorsa, bu kafatası da öylesine bembeyazdı, öylesine ışıldıyordu. Ve sanki duygusuzca Ralph ile alay ediyordu. Meraklı bir karınca, göz çukurlarının birinde bir şeyler yapıyordu. Bu karınca bir yana, kafatası cansızdı.

Canlı mıydı yoksa?

Ralph'ın sırtı, küçük ürpermelerle iğnelendi. Yüzünü, kafatasıyla aşağı yukarı aynı hizaya getirip, orada durdu. İki eliyle birden saçlarını kaldırdı. Domuzun dişleri sırıtıyordu. Boş göz çukurları, güçlü bir bakışla, hiç zorlanmadan, Ralph'ın gözlerine dikiliyordu sanki.

Neydi bu?

Kafatası, tüm soruların yanıtlarını bilen, ama bunları söylemeyen bir varlık gibi, Ralph'a bakıyordu. Ralph, midesini bulandıran bir korku ve öfkeye kapıldı. Olanca hırsıyla, karşısındaki iğrenç şeye bir yumruk attı. Değneğin üstündeki kafatası, bir oyuncak gibi arkaya eğildi; sonra, hâlâ sırıtarak, Ralph'ın önüne dikildi gene. Ralph, tiksinti ve kinle bağırdı, üst üste yumruk savurdu. Bir de baktı ki, parmaklarının sıyrılan oynak yerlerini yalamakta; değneğin üstünde bir şey kalmamış; iki parçaya bölünen kafatasının sırıtması da ikiye bölünmüş ve bu sırıtma şimdi altı adım ötesinde yerde duruyor. Ralph, hâlâ titreyen değneği, saplandığı kaya çatlağından çekip kopardı; savunabilmek için, onu bir mızrak gibi kendisiyle beyaz kemik parçaları arasında tuttu. Sonra, gökyüzüne sırıtan kafatasından yüzünü çevirmeden, geri geri gitti.

Ufuktaki yeşil parıltı yok olup karanlık iyice basınca, Ralph, Kaya Kale'nin önündeki çalılıklara geri döndü yeniden. Bitkiler arasından usulcacık baktı. Tepede birinin nöbet tuttuğunu, kim olduğunu bilmediği bu nöbetçinin mızrağı elinde hazır olduğunu gördü.

Ralph, gölgeler arasında diz çöktü; yalnızlığını hissetti acılar içinde. Gerçi onlar vahşiydiler; vahşi oldukları doğruydu. Ama insandılar ne de olsa ve derin gecenin korkuları pusu kurmuş, saldırıya geçmek üzereydi.

Ralph, hafif hafif inledi. Ne denli yorgun olursa olsun, kendini koyuverip, bir kuyuya düşercesine uykuya dalamıyor, kabileden korkuyordu. Cesaretle kaleye yürümenin, "pes ediyorum" demenin, hafifçe gülmenin, ötekiler arasında uyumanın yolu var mıydı acaba? Hâlâ "efendim, evet efendim" diyen, kasket giyen, okula giden çocuklarmış gibi davranmanın yolu var mıydı? Gün ışığı "evet" diyebilirdi bu soruya; ama karanlık ve ölümün dehşeti "hayır" diyordu. Ralph orada, karanlıkta yatarken, toplumun dışına atıldığını anladı.

"Aklım başımdaydı da ondan."

Koluyla yanağını ovdu; tuzun, terin, bayatlayıp ekşimiş pisliğin keskin kokusunu duydu. Solunda, aşağılara doğru emilircesine inerek, sonra gene kayanın üstünde kaynayarak, okyanusun dalgaları solumaktaydı.

Kaya Kale'nin arkasından sesler geldi. Ralph, inip çıkan denizin sesini bir yana itip dikkatle dinleyince, bildiği bir tempoyu duydu:

"*Canavarı gebert! Gırtlağını kes! Kanını dök!*"

Kabile dans etmekteydi. Bu kayadan duvarın arkasında bir yerlerde, karanlık bir halka vardı, parlayan bir ateş vardı, et vardı. Kabile keyifle yiyor, güven içinde olmanın tadını çıkarıyordu herhalde.

Daha yakından gelen bir gürültüyle, Ralph titredi. Vahşiler, Kaya Kale'nin ta tepesine tırmanıyorlardı; onların seslerini duyabiliyordu. Usulcacık birkaç yarda ilerledi; kayanın üstündeki biçimin değiştiğini, büyüdüğünü gördü. Böyle kımıldayan, böyle konuşan ancak iki çocuk vardı adada.

Ralph, başını kollarının üstüne dayadı; bir yaraya katlanırcasına bu yeni gerçeğe katlandı: Eric'le Sam, kabilenin bir parçasıydı bundan böyle. Ralph'a karşı Kaya Kale'yi koruyorlardı. Onları kurtarmanın, adanın öteki ucunda yasadışı bir kabile kurmanın yolu yoktu. Eric'le Sam, ötekiler gibi vahşiydiler; Domuzcuk ölmüştü ve büyük şeytanminaresi parçalanıp toz olmuştu.

Sonunda nöbetçi aşağıya indi. Tepede kalan iki kişi, kayanın karanlık bir uzantısından başka bir şey değildi.

Arkalarında bir yıldız belirdi; onlar biraz kıpırdayınca, yıldız bir süre yok oldu.

Ralph, kayanın girintili çıkıntılı yüzeyini bir kör gibi yoklayarak, yavaşça yan yan ilerledi. Sağında millerce uzanan belli belirsiz sular vardı ve solunda huzursuz okyanus, bir maden ocağı kuyusu kadar korkunçtu. Sular, her an ölüm kayasının çevresinde soluyor; sonra bir tarlayı beyaz çiçeklerle kaplarcasına yayılıyordu.

Ralph, kaleye girmek için kullanılan çıkıntıyı eliyle buluncaya kadar, tutuna tutuna ilerledi. Nöbetçilerin tam altındaydı; bir mızrak ucunun kayanın üstünden uzandığını gördü.

Çok yavaşça seslendi:

"Eric'le Sam..."

Karşılık veren olmadı. Duyabilmeleri için, daha yüksek sesle konuşmak zorundaydı. O zaman da ateşin çevresinde şölen yapan, gövdeleri çizgi çizgi boyalı o düşman yaratıklar, durumun farkına varacaklardı. Ralph, dişini sıkıp tırmanmaya başladı. Tutunabilecek yerleri ancak el yordamıyla bulabiliyordu. Eskiden ucuna bir domuzun kafatasının takılı olduğu değnek, rahat hareket etmesini engelliyordu, ama biricik silahından ayrılmak da istemiyordu. Yeniden konuştuğu sırada, ikizlerle neredeyse aynı hizaya gelmişti.

"Eric'le Sam..."

Kayada biri bağırdı, telaş başladı. İkizler, birbirlerine sarılmışlar, hızla anlaşılmaz laflar mırıldanıyorlardı.

"Benim, Ralph."

İkizlerin, koşup herkesi ayaklandıracağından ödü koptuğu için, başı ve omuzları kayanın üstüne dayanıncaya kadar kendini yukarıya doğru çekti. Kollarının altında, ta aşağılarda, kayanın çevresindeki suların ışıldayan çiçeklerini gördü:

"Benim, başkası değil, Ralph."

İkizler öne doğru eğilip, gözlerini kısarak, Ralph'ın yüzüne baktılar.

"Sandık ki, o..."

"... Ne olduğunu anlamadık..."

"... Sandık ki..."

Kabileye yeni ve utanç verici bağlılıkları akıllarına geldi. Eric sustu; ama Sam, görevini yerine getirmeye çalıştı:

"Gitmelisin, Ralph. Şimdi hemen git."

Mızrağını salladı; vahşileşmeyi denedi:

"Hadi çekil. Anladın mı?"

Eric başıyla onayladı; mızrağını havaya salladı. Ralph, kollarıyla kayaya tutundu, gitmedi:

"Sizi, ikinizi görmeye geldim."

Sesi boğuktu. Yaralanmayan boğazı da ağrıyordu şimdi:

"Sizi, ikinizi görmeye geldim."

Böyle şeylerin donuk acısını sözle dile getirmenin yolu yoktu. Canlı yıldızlar her bir yana serpilip gökyüzünde oynarken, Ralph sustu.

Sam kıpırdadı; tedirginlik içindeydi:

"Doğru söylüyorum Ralph, gitmelisin."

Ralph, başını kaldırıp ikizlere baktı gene:

"Siz ikinizin yüzü boyalı değil. Sizler nasıl?.. Eğer aydınlık olsaydı..."

Eğer aydınlık olsaydı, böyle şeylere boyun eğdikleri için yüzleri kıpkırmızı kesilip yanardı. Ama gece karanlıktı. Eric söze başladı; sonra ikizler, iki sesli bir müzik parçası gibi konuştular:

"Gitmen gerek; çünkü başın belaya girer..."

"... Bizi zorladılar. Canımızı yaktılar..."

"Kim? Jack mı?"

"Yoo, hayır..."

İkizler, Ralph'a doğru eğildiler; daha alçak sesle konuştular:

"Git, Ralph..."

"... Bu bir kabile..."

"... Bizi zorladılar..."

"... Çaresiz kaldık..."

Ralph'ın da sesi alçalmıştı; soluk soluğa konuşuyordu:

"Ben ne yaptım ona? Seviyordum onu... Ve kurtulmamızı istiyordum..."

Gökyüzüne yıldızlar gene serpildi. Eric, candan bir hareketle başını salladı:

"Dinle, Ralph. Akla boş ver. Akıl kalmadı..."

"Şefliğe de boş ver..."

"Kendi iyiliğin için gitmen gerek."

"Şef ve Roger..."

"... Evet, Roger..."

"Senden nefret ediyorlar, Ralph. Seni mahvedecekler."

"Yarın seni avlayacaklar."

"Ama neden?"

"Bilmiyorum, Ralph... Ama Jack, yani Şef, tehlikeli olacak diyor."

"Biz de dikkat etmek zorundayız; mızraklarımızı bir domuza fırlatır gibi, üstüne atmak zorundayız..."

"Bir çember kurup adaya yayılacağız..."

"Adanın bu ucundan ilerleyeceğiz..."

"Seni buluncaya kadar."

"Böyle işaret vereceğiz."

Eric, başını havaya kaldırdı; açık ağzının üstüne eliyle vurarak, hafifçe uludu. Sonra sinirli sinirli arkasına baktı.

"Böyle..."

"... Ama daha çok ses çıkararak, elbette."

Ralph, telaşla fısıldadı:

"Ama ben bir şey yapmadım. Ateşin sönmemesini istedim sadece."

Yarını düşünerek, bir an sustu acılar içinde. Sonra en önemli şey aklına geldi:

"Sizler ne..."

İlkin açıkça konuşamadı; ama korku ve yalnızlık, konuşmaya zorluyordu onu:

"Beni bulunca, ne yapacaklar?"

İkizler sustular. Ralph'ın altındaki ölüm kayası yeniden çiçek açtı.

"Ne yapacaklar... Ah, Tanrım! Karnım aç..."

Kule gibi dikilen kaya, sanki sallandı Ralph'ın altında:

"Peki... Ne?.."

İkizler, doğrudan doğruya yanıtlamadılar bu soruyu:

"Artık gitmelisin, Ralph."

"Kendi iyiliğin için."

"Uzak kal. Ne kadar uzak kalabilirsen, o kadar uzak kal."

"Benimle gelmez misiniz? Üçümüz beraber... Belki bir şey yapabiliriz."

Kısa bir sessizlikten sonra Sam, boğuluyormuş gibi konuştu:

"Sen Roger'i bilmiyorsun. Korkunçtur o..."

"... Şef de öyle... İkisi de ..."

"... Ama Roger..."

Oğlanların ikisi de donup kaldılar: Kabileden biri yukarıya doğru tırmanıyordu:

"Nöbet tutuyor muyuz diye bakmaya geliyor. Çabuk ol, Ralph!"

Ralph, dik kayadan aşağı kaymaya hazırlanırken, bu buluşmanın hiç olmazsa bir tek yararı olmasını istedi:

"Çok yakınlarda saklanacağım" diye fısıldadı. "Şu aşağıdaki çalılıklarda. Oradan uzak tutun onları. Bu kadar yakınları aramak hiç akıllarına gelmez."

Ayak sesleri hâlâ biraz uzaktaydı.

"Sam... Bana bir şey olmayacak, değil mi?"

İkizler gene sustular.

"Al!" dedi Sam birdenbire. "Bunu al."

Aşağıya doğru bir et parçası itildi. Ralph eti kaptı.

"Ama ne yapacaksınız beni yakalayınca?"

Yukarıdan ses çıkmadı. Ralph, kendi sorduğu soruyu aptalca buldu. Kayadan indi.

"Ne yapacaksınız..."

Kule gibi dikilen kayanın tepesinden, anlamı anlaşılmayan bir yanıt geldi:

"Roger, bir sopanın iki ucunu da sivri yaptı."

Roger, bir sopanın iki ucunu da sivri yaptı. Ralph, buna bir anlam vermeye çalıştı; ama veremedi. Öfkeye kapılıp, aklına gelen küfürlerin tümünü sıraladı art arda; sonra, esnemeye başladı. İnsan uykusuzluğa ne kadar zaman dayanabilirdi? Bir yatak özledi; çarşaflar özledi. Ama burada beyaz olan tek şey, kırk ayak aşağıdaki kayanın çevresinde ışıldayarak ağır ağır yayılan süt gibi beyazlıktı. Domuzcuk bu kayaya düşmüştü. Domuzcuk her yerdeydi: Domuzcuk bu geçitteydi. Karanlık ve ölüm, Domuzcuk'u korkunç yapmıştı. Ya Domuzcuk kırılıp içi boşalan kafasıyla sulardan çıkıp, geri dönerse... Ralph, sanki küçüklerden biriymiş gibi, hem sızlandı hem de esnedi. Elindeki değneği bir koltuk değneği gibi kullandı; değneğe dayanarak, sendeleye sendeleye ilerledi.

Sonra tüm gövdesi gerildi: Kaya Kale'nin tepesinden sesler geliyordu. Eric'le Sam biriyle tartışıyorlardı. Ama uzun otlar, hemen oradaydı. Şimdi oraya gizlenecekti; yarın da bu eğreltiotlarının bitişiğindeki çalılıkların içine girecekti. Elleriyle otlara dokundu. Geceyi burada, kabileden uzak olmayan bir yerde geçirecekti. Doğaüstü güçlerin korkusuna kapılırsa, kendini başka insanların arasında bulurdu hiç olmazsa. Ama o insanların niyeti neydi?..

Ne demekti bu? İki ucu da sivri olan bir sopa. Neydi bunun anlamı? Üstüne mızraklar atmışlar, isabet ettirememişlerdi. Ancak bir tanesi Ralph'ı yaralamıştı. Bir daha sefere de isabet ettiremezlerdi belki.

Yüksek otların arasında çömeldi. Sam'ın verdiği et aklına gelince, aç bir kurt gibi onu kemirip yutmaya başladı. Yerken, yeni gürültüler duydu: Acı çeken Eric'le Sam'ın çığlıkları, korku çığlıkları, öfkeli sesler. Ne demekti bu? Başı dertte olan yalnız kendi değildi; ikizlerin, hiç olmazsa ikizlerden birinin de başı derde girmişti. Sonra kayalıkta gürültüler yok oldu; Ralph da gürültüleri unuttu. El yordamıyla çevresini yokladı; çalılığa bitişik, serin ve ince yapraklar buldu. Demek ki, geceyi geçireceği in burası olacaktı. Gün ışır ışımaz, çalılıkların içine girecekti sürüne sürüne; kıvrılan sapların arasına sıkışacaktı. Çalılığın en sık olan yerinde öyle bir saklanacaktı ki, ancak bu işte kendisi kadar usta olan biri oraya girebilecekti; girerse de Ralph, değneğiyle ona vuracaktı. Orada oturacaktı; onu arayanlar, onu göremeden yanından geçeceklerdi; avcıların çemberi dalgalanarak, uluyarak, adaya dağılacaktı. Ralph da özgür kalacaktı.

Bir tünele girer gibi, eğreltiotlarının arasına sokuldu. Değneğini yanına koydu, karanlığa yumuldu. Vahşileri atlatabilmek için, gün ışır ışımaz uyanmayı unutmamalıydı. Uykunun ne denli hızlı geldiğinin, kendi içindeki karanlık bir yamaçtan aşağı onu nasıl yuvarlayıverdiğinin farkına bile varmadı.

Daha gözlerini açmadığı halde, uyanmıştı bile. Yakından gelen bir ses duydu. Bir tek gözünü açtı; yüzüne neredeyse bitişik olan yumuşak toprağa parmaklarını soktu; eğreltiotlarının arasından ışık süzüldü. Çok çok eski karabasanların, düşmek ve ölmek karabasanlarının artık bittiğini, sabah olduğunu tam kavradığı sırada, gene sesler duydu. Deniz kıyısından bir uluma geliyordu; ikinci bir vahşi, sonra üçüncü bir vahşi, bu ulumaya karşılık verdiler. Sesler, uçan bir kuşun çığlığı gibi, denizle lagün arasında, adanın dar kısmını kapladı, Ralph'ın yanından geçti. Ralph, hiç düşünmeden, ucu sivri değneğini hemen kaptı, sürüne sürüne eğreltiotlarının arasına döndü. Bir iki saniye sonra, çalılığın içine girerken, ona doğru yaklaşan bir vahşinin bacaklarını gördü. Eğreltiotlarına gümbür gümbür vuruldu; otlar iyice dövüldü. Ralph, uzun otların arasında ilerleyen bacakların sesini duydu. Kimliğini bilmediği vahşi, iki kez uludu; bu uluma, her iki yandan, aynı biçimde yanıtlandı ve sonra sesler kesildi. Çalılığın içine henüz giremeyen Ralph, bitkilere takılıp çömeldi ve bir süre hiçbir şey duymadı.

Sonra çalılığı inceledi. Hiç kimsenin buraya girip, ona saldırmasının yolu yoktu. Üstelik talihi yaver gitmişti: Domuzcuk'u öldüren kocaman kaya, bu çalılığa düşmüş; sonra zıplayıp, burada çalılığın tam ortasında kalmıştı; her iki yanındaki birkaç ayaklık otlar da ezilmişti. Ralph, bu çalılığın içine yerleştikten sonra, güvende olduğunu, akıllı olduğunu hissetti. Ezilmiş bitki saplarının arasında dikkatle oturup, avcıların uzaklaşmasını bekledi. Başını kaldırarak, yaprakların arasından bakınca, gözü kırmızı bir şeye ilişti. Kaya Kale'nin çok uzakta ve tehlikesiz görünen tepesi olacaktı orası. Ralph bir zafer kazandığı duygusuyla, rahat rahat yerleşti; uzaklaşan avın gürültüsünü dinlemeye hazırlandı.

Oysa hiç ses seda çıkmıyordu ve yeşil gölgelikte dakikalar geçtikçe, Ralph'ın zafer duygusu da yok oldu.

Sonunda bir ses duydu. Jack'ın sesiydi bu. Jack çok yavaş konuşuyordu:

"Emin misin?"

Jack'ın bunu sorduğu vahşi, hiçbir şey söylemedi. Eliyle bir hareket yapmıştı belki.

Derken Roger konuştu:

"Eğer bizi aldatırsan..."

Bunun hemen arkasından, birinin soluğu kesiliyormuş gibi bir ses ve acı çekenin tiz çığlığı duyuldu. Ralph, içgüdüsüne uyarak iyice çömeldi. Çalılığın dışında, ikizlerden biri, Jack ile Roger'in yanındaydı.

"Emin misin burası dediğine?"

İkizlerden biri, hafif hafif inledi; sonra tiz bir çığlık attı.

"Bunun içine mi saklanacağını söyledi?"

"Evet... Evet... Ah!.."

Berrak berrak, çın çın öten gülüşmeler, ağaçların arasına yayıldı.

Demek ki, biliyorlardı.

Ralph, değneğini eline aldı, savaşa hazırlandı. Ama ne yapabilirdi ki? Bir yol açıp bu çalılığın içine girmek için, bir hafta uğraşmaları gerekirdi. Buraya girebilen de, Ralph'ın karşısında çaresiz kalırdı. Ralph, başparmağıyla, mızrağının sivri ucunu yokladı; sevinç duymadan gülümsedi. Bir domuz gibi ciyak ciyak bağıracaktı bu mızrağı yiyen.

Kule gibi yükselen kayaya geri dönüyorlardı. Yürüdüklerini duydu; sonra biri, sinsi sinsi güldü. Bir kuş çığlığını andıran o tiz ses, avcılar çemberi boyunca yeniden yükseldi. Demek ki, birileri onu hâlâ gözetlemekteydi. Ya ötekiler?..

Herkesin soluğu kesilmişçesine, uzun bir sessizlik oldu. Ralph, mızrağını kemirdiği için, ağzında dal kabuğu kaldığının farkına vardı. Ayağa kalktı, gözlerini kısıp Kaya Kale'ye baktı.

Tam o sırada, Jack'ın sesi yükseldi ta tepeden:

"Dayanın! Dayanın! Dayanın!"

Yalıyarın tepesinde gördüğü kırmızı kaya yok oldu; bir perde açılmışçasına, vahşilerin biçimlerini ve mavi gökyüzünü gördü. Bir saniye sonra toprak sarsıldı; güçlü bir rüzgâr esercesine bir ses geldi havadan ve sanki bir devin eli, çalılığın tepesine indi. Kaya, çarpa çarpa her şeyi yıkarak, kumsala zıpladı; kırık dal parçaları ve yapraklar yağdı Ralph'ın üstüne. Çalılığın ötelerinde, kabile, "Yaşa!" diye bağırıyordu.

Gene bir sessizlik oldu. Ralph, parmaklarını ağzına soktu, ısırdı. Yerinden oynatabilecekleri ancak bir tek kaya vardı yukarıda. Ama o kaya, bir köy evinin yarısı kadar büyüktü; bir otomobil kadar, bir tank kadar büyüktü. Ralph, can çekişircesine bir acı duyarak, bu kayanın nasıl düşebileceğini açık seçik gördü: İlkin yavaş yavaş kayacaktı; Kaya Kale'nin bir çıkıntısından ötekine inecekti; sonra, koskocaman bir silindir gibi geçitte yuvarlanacaktı.

"Dayanın! Dayanın! Dayanın!"

Ralph mızrağını bıraktı, sonra gene eline aldı. Saçlarını sinirli sinirli arkaya itti. Bu küçücük düzlükte acele iki adım atıp geri döndü; dalların kırık uçlarına bakakaldı.

Gene sessizlik.

Kendi göğsünün inip çıkışına gözü ilişince, böylesine hızlı solumasına şaştı. Göğsünün hemen solunda, yüreğinin atışı gözle görülebiliyordu. Ralph, mızrağını gene yere bıraktı.

"Dayanın! Dayanın! Dayanın!"

Tiz sesler, "Yaşa!" diye bağırdılar uzun uzun.

Kırmızı kayalıkta güm diye bir şey patladı; toprak yerinden oynadı; bir yandan gürültü artarken, bir yandan da yeryüzü sürekli sarsılıyordu. Ralph havaya fırladı, yere yıkıldı, dallara çarptı. Sağ kolundan ancak birkaç adım ötede, bütün çalılık devrildi; yerden kopan kökler, çığlıklar attılar hep beraber. Ralph, bir değirmen taşı gibi ağır ağır dönen kırmızı bir şey gördü. Sonra kırmızı şey yanından geçti; gittikçe daha yavaş yuvarlanarak, bir fil gibi denize doğru yöneldi.

Ralph, bir sabanla sürülmüşçesine oyulan toprakta diz çöktü; yeryüzünün yerli yerine gelmesini bekledi. Çok geçmeden, parçalanmış beyaz kökler, kırılan dallar, çalılığın karmakarışık sık bitkileri, yerli yerini aldı. Gövdesinde, nabzının atışını seyrettiği yerde, bir ağırlık durdu.

Gene sessizlik.

Ama tam bir sessizlik değildi bu. Orada, çalıların ötesinde, bir fısıltılar duyuluyordu. Sağında, iki yerden birden, birileri dalları öfkeyle sarstı. Bir değneğin sivri ucu göründü. Dehşetli bir korkuya kapılan Ralph, aynı yere kendi değneğini sokup itti.

"Aaaaah!"

Ralph, biraz bükülen mızrağını geri çekti.

"Aah... Aaah!"

Biri inliyor, herkes aynı anda konuşuyordu. Sert bir tartışma sürüp giderken, yaralanan vahşi boyuna inliyordu.

Gürültü dinince, bir tek ses geldi. Ralph, bunun Jack'ın sesi olmadığına karar verdi.

"Gördünüz mü? Söylemiştim size... Tehlikelidir o."

Yaralı vahşi, gene inledi.

Başka ne yapacaklardı? Şimdi ne yapacaklardı?

Ralph, sapını kemirdiği mızrağa iki eliyle birden sıkı sıkı yapıştı; saçları yüzüne döküldü. Ancak birkaç yarda ötede, Kaya Kale'nin bulunduğu yönde, biri bir şeyler homurdanıyordu. Vahşilerden birinin, dehşete kapılmışçasına "Olmaz!" dediğini; ötekilerin gülmemek için kendilerini zor tuttuklarını duydu. Ralph, topuklarının üstüne çöküp çömeldi; önündeki daldan örülmüş duvara dişlerini sıktı; mızrağını kaldırıp biraz hırladı ve bekledi.

Göremediği grup, gene sinsi sinsi gülüştü. Su damlarcasına acayip bir ses duydu; sonra, sanki birileri kocaman selofan kâğıt tabakalarını açıyorlarmış gibi, bir çıtırdama yükseldi. Kuru bir dal, çatırdayıp kırıldı. Ralph, öksürüğünü zor tutabildi. Dalların arasından sarı ve beyaz dumanlar sızıyordu. Tepesindeki küçük mavi gökyüzü parçası, bir fırtına bulutunun rengini aldı; sonra duman, kabaran dalgalar gibi, her bir yanını sardı.

Biri, heyecanlı heyecanlı güldü ve bir ses bağırdı:

"Duman!"

Ralph, emekleye emekleye çalılıktan çıktı; dumandan uzaklaşmaya elinden geldiği kadar dikkat ederek, ormana doğru yöneldi. Çok geçmeden bir açıklığı ve çalılığın kenarındaki yeşil yaprakları gördü. Ralph ile ormanın arasına bir vahşi dikilmişti. Ötekilerden daha küçük görünen bu vahşi, kırmızı ve beyaz çizgilerle boyamıştı kendini; elinde bir mızrak tutuyordu. Vahşi, öksürüyor; gittikçe artan dumanın arasından görmeye çalışırken, elinin tersiyle boyalarını gözüne bulaştırıyordu. Ralph, bir kedi gibi üstüne atıldı; hırlayarak mızrağını sapladı. Vahşi iki büklüm oldu. Çalılığın arkasında bir bağrışma duydu; korkunun verdiği hızla ormana koşmaya başladı. Domuzların gelip geçtikleri bir yola vardı; orada aşağı yukarı yüz yarda koştu; sonra, başka bir yöne saptı. Peşinden gelen ulumalar, bütün adaya gene yayıldı ve bir tek kişinin sesi, üç kez bağırdı. Ralph bunun, vahşilerin ilerlemesi için bir işaret olduğunu anladı ve göğsü ateş gibi yanıncaya kadar gene koştu. Sonra, kendini bir çalının altına attı, rahat nefes alabilmek için bir an bekledi. Bir şey ararcasına, diliyle dişlerini ve dudaklarını yokladı. Onu kovalayanların, uzaktan gelen ulumalarını duydu.

Yapabileceği birçok şey vardı. Bir ağaca tırmanabilirdi. Ama bunu yaparsa, başka olasılıklardan yoksun kalıp, tehlikeye girecekti. Ralph'ı ağacın üstünde görürlerse, onlara düşen tek iş, ağacın altında beklemek olacaktı.

Ah, insanın düşünebilecek vakti olsa!

Aynı uzaklıktan gelen çifte bir uluma duyunca, onların ne yapmaya niyetlendiklerini sezdi: Ormanda bir engelle karşılaşan vahşi, böyle iki kez uluyacak; engelden kurtuluncaya kadar, çemberi bozmayacaktı. Böylece çember, hiç kopmadan, tüm adayı sarabilecekti. Onların çemberlerini o kadar kolayca yaran yabandomuzu geldi Ralph'ın aklına. Eğer gerekirse, avcılar fazla yaklaşırsa, çember daralmadan saldırıya geçebilir, çemberi yarıp geri kaçabilirdi. Ama geriye koşup nereye varacaktı? Çember de dönüp onun peşine düşecekti gene. Er geç bir şeyler yemek ya da uyumak zorunda kalacaktı. Uyanınca bir de bakacaktı ki, pençe gibi eller onu yakalamış. O zaman Ralph'ı kıstıracaktı avcılar.

Öyleyse ne yapacaktı? Ağaca mı çıksın? Bir yabandomuzu gibi çemberi mi yarsın? Hangisini seçse, durumu korkunçtu.

Bir tek uluma duyunca, yüreği hızla çarptı. Ayağa fırlayıp, okyanusun ve sık ağaçlarla kaplı cengelin bulunduğu yöne doğru koştu; sürüngen bitkilere takılıp baldırları titreyerek, bir an orada kaldı. Bu oyuna bir süre ara verseler, uzun bir duraklama olsa, düşünmeye vakit bulabilse!

Sonra, önüne geçilmez tiz ulumalar adayı sardı yeniden. Ralph bunu duyunca, şaha kalkan bir at gibi, sürüngen bitkilerin arasından fırladı, soluk soluğa kalıncaya kadar koştu. Eğreltiotlarının yanında kendini yere attı. Ağaca mı çıksın, yoksa çemberi mi yarsın? Soluyuşunu önledi bir saniye, eliyle ağzını sildi, sakin ol dedi kendi kendine. Eric'le Sam da, bu çemberin bir halkasıydılar ve nefret ediyorlardı bu işten. Yoksa nefret etmiyorlar mıydı? Ya Eric'le Sam ile karşılaşacağına Şef'le karşılaşırsa? Ya ellerinde ölüm taşıyan Roger ile karşılaşırsa?

Ralph, karmakarışık saçlarını arkaya doğru itti; iyi gören gözünün terini sildi: Yüksek sesle konuştu:

"Düşün."

Yapılacak akıllıca iş hangisiydi?

Aklı başında bir Domuzcuk yoktu artık; tartışmak için ağırbaşlı toplantılar yoktu; büyük şeytanminaresinin vakarı yoktu.

"Düşün."

Ralph'ı şimdi en çok korkutan şey, beynindeki perdeydi. O perde kapanıverirse, tehlikeyi sezemezdi, aptala dönerdi.

Üçüncü bir olasılık da saklanmaktı; öyle iyi saklanmak ki, ilerleyen çember onu göremeden geçsin gitsin.

Sert bir hareketle başını topraktan kaldırıp dinledi. Dikkatini çeken başka bir gürültü vardı şimdi: Sanki orman Ralph'a öfkelenmiş gibi, derin bir homurtuydu bu. Bu karanlık, bu kasvetli homurtunun içinde ulumalar, bir taş tahtaya yazılan yazılar gibi cızırdıyordu. Ralph, bu gürültüyü, daha önce de bir yerlerde duyduğunu biliyordu; ama nerede olduğunu anımsayacak vakti yoktu:

Çemberi yar.

Bir ağaca çık.

Gizlen, bırak geçsinler.

Daha yakınlardan gelen bir uluma, onu hemen ayağa kaldırdı; dikenlerin, çalıların arasından hızla koşmaya başladı gene. Ansızın bir açıklığa vardı ve domuzun ikiye bölünen kafatasının sırıtmasıyla karşılaştı o açıklıkta. Kafatası, derin, mavi gökyüzüne bakarak değil, adayı bir battaniye gibi örten dumana bakarak sırıtmaktaydı şimdi. Ralph, ağaçların arasından koşarken, ormanın neden homurdandığını anladı: Duman yapıp onu çalılıktan çıkartalım derken, adayı da ateşe vermişlerdi.

Saklanmak, bir ağaca tırmanmaktan daha iyi; çünkü seni bulurlarsa, belki çemberi yarabilirsin o zaman.

Saklan öyleyse.

Bir domuzun aynı şeyi yapıp yapmayacağını merak etti; yüzünü buruşturarak boşluğa baktı. Adanın en sık çalılığını, en karanlık deliğini bul, onun içine gir. Şimdi koşarken çevresine bakıyordu. Güneş ışığı çubuklar halinde, lekeler halinde üstüne düşüyordu ve ter, ışıldayan çizgiler çiziyordu kirli gövdesinde. Ulumalar artık uzaklardaydı, belli belirsizdi.

Sonunda, uygun sandığı bir yer buldu; çaresiz kaldığı için buraya saklanacaktı. Burada çalılar ve birbirlerine çılgınca dolanmış sürüngen bitkiler, güneş ışığının içine süzülemeyeceği bir çeşit hasır gibi örülmüştü. Bu hasırın altında, yan yana çıkan bitki saplarıyla çevrilmiş, aşağı yukarı bir ayak yüksekliğinde bir yer vardı. Eğer emekleye emekleye bunun içine girebilirsen, ormandan beş yarda uzakta gizlenebilirsin. Bir vahşi, aklına eser de seni bulmak için yere yatmazsa, kimse göremez seni. Vahşi, yere yatsa bile, sen karanlıkta kalırsın gene de... Ve bir felaket olur da seni görürse bile, belki üstüne saldırıverirsin; çemberi yararsın, geriye doğru kaçarsın.

Değneğini arkasında sürükleyen Ralph, yükselen bitki saplarının arasına girdi büyük bir dikkatle. Hasırın ortasına varınca, yatıp dinlendi.

Büyük bir yangındı bu. Ta gerilerde bıraktığını sandığı davul gümbürtüleri, daha yakınlardaydı şimdi. Acaba bir yangın, dört nala giden bir attan daha mı hızlı ilerler?

Aşağı yukarı elli yardalık, yer yer güneşli bir alanı görebiliyordu buradan. Bu güneşli yerler, parlayıp sönerek, göz kırpıyordu sanki. Ralph'ın beyninin içinde açılıp kapanan perdeye öyle benziyordu ki, parlayıp sönmenin kendi içinde olduğunu sandı. Ama sonradan, güneşli yerler daha da hızla yanıp söndü, donuklaştı ve yok oldu. O zaman Ralph, güneşle ada arasında kalın bir duman tabakasının yayıldığını gördü.

Çalıların altına bakıp insan eti görenler, Eric'le Sam olurdu belki. Eric'le Sam da görmemezlikten gelir, bir şey söylemezlerdi. Ralph, yanağını çikolata rengi toprağa dayadı; kurumuş dudaklarını yaladı, gözlerini kapadı. Çalıların altında toprak, hafif hafif titriyordu. Belki başka bir ses de vardı; yangının açık seçik duyulan gümbürtüsünden, bu gümbürtü içinde cızırdayan ulumalardan da daha alçak bir sesti bu.

Biri bağırdı. Ralph, yanağını hızla topraktan kaldırdı; donuk ışığa baktı. Yaklaştılar artık, diye düşündü, yüreği çarpmaya başladı. Saklan, çemberi yar, bir ağaca tırman... Eninde sonunda hangisi daha iyiydi? Dert şu ki, bunlardan ancak bir tanesini yapabilirsin.

Yangın daha da yaklaşmıştı sanki. Kalın dallar, hatta ağaç gövdeleri, ateşten toplar gibi gümbürdeyerek tutuşup patlıyordu. Akılsızlar! Yangın, meyve ağaçlarını sarmıştı neredeyse... Ne yiyeceklerdi yarın?

Ralph, yattığı daracık yerde, huzursuzluk içinde kıpırdadı. Hiçbir tehlike yoktu! Ne yapabilirlerdi ki? Döverler miydi? Ne çıkardı döverlerse? Öldürürler miydi? Her iki ucu da sivriltilmiş bir sopa.

Bağrışmaların ansızın yaklaştığını duyunca, hızla doğruldu. Karışık yeşil bitkilerin arasından, çizgi çizgi boyalı bir vahşinin acele acele çıktığını, elinde bir mızrak, saklandığı yere doğru geldiğini gördü. Ralph, parmaklarını toprağa batırdı. Şimdi hazır ol ki...

Ralph, mızrağını aldı, sivri ucunu öne doğru uzatmak istedi. Değneğin her iki ucunun da sivriltilmiş olduğunu gördü o zaman.

Vahşi on beş yarda uzakta durdu, uludu.

Yangının gürültüsü içinde bile, yüreğimin atışını duyabilir belki. Bağırma. Hazır ol.

Vahşi ilerledi; öyle ki, ancak belden aşağısını görebiliyorsun şimdi. Bu, mızrağının sapı. Şimdi onun ancak dizden aşağısını görüyorsun. Bağırma.

Vahşinin arkasındaki yeşillikten, ciyak ciyak bağırarak, bir domuz sürüsü çıktı; ormana saldırdı. Kuşlar çığlıklar atıyor, fareler tiz sesler çıkarıyordu. Hoplayan küçük bir şey, hasırın altına girdi; korkuyla sinip kaldı orada.

Vahşi, beş yarda yakında, çalılığın tam yanında durdu; uludu. Ralph çömeldi, ayaklarını gövdesine doğru çekti. Sopa elindeydi; her iki ucu da sivriltilmiş sopa; çılgınca titreyen sopa, uzayan, kısalan, hafifleyen, ağırlaşan, sonra gene hafifleyen sopa.

Ulumalar, kıyıdan kıyıya yayıldı adaya. Vahşi, çalılığın kenarında diz çöktü. Arkasındaki ormanda yanıp sönen ışıklar vardı. Vahşinin bir dizinin yumuşak toprağı ezdiğini gördü. Şimdi öteki dizi de. İki el. Bir mızrak.

Bir yüz.

Vahşi, gözlerini kısarak, çalılığın altındaki karanlığa baktı. Belliydi ki, her iki yanda ışığı görüyor; ama orada, ortadaki ışığı göremiyordu. Orada karanlık bir leke vardı ve vahşi, yüzünü buruşturarak, bu karanlığın anlamını çözmek istedi.

Uzun saniyeler geçti. Ralph, dosdoğru vahşinin gözlerine bakıyordu.

Bağırma.

Geri döneceksin.

Şimdi gördü seni. Emin olmak istiyor. Sivriltilmiş bir sopa.

Ralph bağırdı. Bir korku, öfke ve umutsuzluk çığlığıydı bu. Bacakları gerildi; ağzı köpüre köpüre sürekli bağırıyordu. Bağırarak, hırlayarak, kanlar içinde fırladı; çalılığı yardı, açığa çıktı. Elindeki değneği savurdu; vahşi yere yıkıldı. Ama bağıra çağıra yaklaşan başka vahşiler de vardı. Döndü, üstüne atılan bir mızraktan kurtuldu; sonra sessizce koştu. Önünde yanıp sönen ışıklar, birbirleriyle kaynaştı ansızın; ormanın kükreyişi gök gürlemesini andırdı. Tam yolunun üstünde yüksek bir çalılık, koskocaman bir yelpaze gibi alevleniverdi. Ralph, olanca hızıyla koşarak sağa saptı. Sol yanına sıcaklık vuruyordu ve yangın, deniz sularının yükselişi gibi hızla ilerliyordu. Peşinden gelen ulumalar arttı; bir dizi kısa ve keskin bağırışmaya döndü: Onu gördüklerinin bir işaretiydi bu. Sağında kahverengi bir biçim belirdi, sonra yok oldu. Hepsi koşuyorlar, deliler gibi bağırıyorlardı. Ralph, çalıları çatırdatarak yaklaştıklarını gördü. Solunda, yangının sıcak parlak gök gürültüsü vardı. Ralph, yaralarını, açlığını, susuzluğunu unuttu; tepeden tırnağa korku kesildi; kanatlı ayaklarla, ormanın içinden kumsalın açıklığına doğru uçan umutsuz bir korku. Gözünün önünde lekeler sıçradı. Bu lekeler, çabucak genişleyen, sonra yok olan kırmızı halkalara döndü. Kendi gövdesinin altında, sanki başka birinin bacakları artık yorulmuştu ve o korkunç uluma, tehditle yüklü yırtık pırtık bir saçak gibi ilerliyor, sanki tepesine iniyordu.

Ayağı bir köke takılan Ralph tökezledi; peşinden gelen uluma daha da yükseldi. Bir barınağın ansızın alev alev yandığını gördü. Yangın bir kanat gibi, sağ omuzuna çarptı. Suyun ışıltısını gördü. Sonra yere yıkıldı; kendini korumak için kolunu kaldırdı, merhamet dilemeye çalışarak ılık kumlarda yuvarlanıp durdu.

Ralph sendeleyerek ayağa kalktı; daha da korkunç durumlara hazırlanmak için gerildi. Başını kaldırdı; siperli kocaman bir kasket gördü. Kasket beyazdı ve yeşil siperliğin üstünde bir taç, bir çapa, altın renkli dallar vardı. Beyaz denizci giysisini, apoletleri, üniformanın önündeki sıra sıra yaldızlı düğmeleri gördü.

Bir deniz subayı, kumda durmuş, başını eğmiş, hem tetikte hem de hayretle Ralph'a bakıyordu. Arkasında bir filika vardı. İki deniz eri, filikanın pruvasını kuma çekmiş, tutuyorlardı. Filikanın arka kısmında, elinde bir makineli tüfek, başka bir deniz eri duruyordu.

Ulumalar azaldı; kesildi.

Subay, kuşkulu kuşkulu Ralph'a baktı bir süre; sonra tabancasının kabzasından elini çekti:

"Merhaba."

Ne denli kirli olduğunu bildiği için biraz utanan Ralph, çekine çekine karşılık verdi:

"Merhaba."

Subay, sanki bir soru sormuş da yanıtını almış gibi, evet dercesine başını eğdi:

"Aranızda yetişkinler... Yani büyükler var mı?"

Ralph konuşamadı; başıyla, hayır dedi. Kısa bir adım atıp kumda döndü. Gövdeleri renkli balçıkla çizgi çizgi, ellerinde ucu sivri değnekler tutan erkek çocukları, bir yarım daire biçiminde kumsalda duruyor, hiç ses seda çıkarmıyorlardı.

"Demek eğleniyorsunuz, oyunlar oynuyorsunuz" dedi subay.

Yangın, kumsalın yanındaki hindistancevizi ağaçlarına vardı, gümbür gümbür kemirip yuttu onları. Yangının bir parçası değilmiş gibi davranan bir alev, cambaz gibi sıçradı, iskele biçimindeki büyük kayanın üstündeki ağaçların tepesini yaladı. Gökyüzü kapkaraydı.

Subay, neşeli bir yüzle Ralph'a gülümsedi:

"Dumanınızı gördük. Neler yapıyordunuz öyle? Savaş gibi bir şeyler mi oldu yoksa?"

Ralph, başıyla evet dedi.

Subay, karşısındaki küçük bostan korkuluğunu inceledi. Bu çocuğun banyo yapması, saçını kesmesi, burnunu silmesi ve her bir yanına bol bol merhem sürmesi gerekiyordu.

"Hiç kimse ölmemiştir umarım. Ölü var mı?"

"İki tane yalnız. Ölüleri de yok oldu."

Subay eğildi; iyice baktı Ralph'a:

"İki tane mi? Öldü mü?"

Ralph, gene evet dedi başıyla. Ralph'ın arkasında adanın tümü, alevlerle ürperiyordu. Birinin doğruyu söyleyip söylemediğini genellikle bilirdi bu subay. Kendi kendine ıslık çaldı yavaşça.

Başka çocuklar da ortaya çıkmıştı şimdi. Ufacık şeylerdi bazıları; güneşten kararmışlardı; karınları, küçük vahşilerin karnı gibi şişti. Bunlardan biri, subaya iyice sokuldu. Başını kaldırıp baktı:

"Ben... Benim adım..."

Ama ancak bu kadarını söyleyebildi. Kendisini kurtaracak olan büyülü sözler tamamıyla silinmişti Percival Wemys Madison'un aklından.

Subay, gene Ralph'a baktı:

"Sizi alıp götüreceğiz. Kaç kişisiniz?"

Ralph, başını sallayarak bilmediğini söylemek istedi. Subay Ralph'ın tepesinden, boyalı çocuklar grubuna baktı:

"Burada patron kim?"

Yüksek sesle, "Ben" dedi Ralph.

Kızıl saçlarının üstünde çok acayip bir kara şapkadan arta kalanı taşıyan, beline de bir gözlükten arta kalan takılı bir oğlan, bir adım attı ileriye doğru; sonra fikir değiştirdi. Olduğu yerden kıpırdamadı.

"Dumanınızı gördük. Demek bilmiyorsunuz kaç kişi olduğunuzu?"

"Bilmiyoruz efendim."

Yapacağı araştırmayı göz önünde tutan subay, "Ben de sanırdım ki..." dedi; "ben de sanırdım ki, bir yığın Britanyalı çocuk... Hepiniz Britanyalısınız, değil mi? Sanırdım ki, bundan daha iyi idare edebilirlerdi durumu... Yani demek istiyorum ki..."

"İlkin öyleydi" dedi Ralph. "Sonra her şey..."

Ralph sustu.

"İlkin hep beraberdik..."

Subay, Ralph rahat konuşsun diye ona yardım etmek istedi:

"Biliyorum. Çok hoştu herhalde. Tıpkı *Mercan Adası* kitabı gibi."

Ralph sessizce subaya baktı. Eskiden bu kumsalları saran o garip güzellik, hayalinde canlanıveriyor gibi oldu bir an. Ama şimdi kuru bir odun parçası gibi kavrulmuştu bu ada. Simon ölmüştü... Jack ise... Ralph'ın gözlerinden yaşlar boşandı; hıçkıra hıçkıra, titreye titreye ağladı. Buraya geleli ilk kez kendini koyuveriyor, ağlıyordu. Duyduğu keder, tüm gövdesini ürpertti, sarstı, parçaladı sanki. Ralph'ın sesi, adanın tutuşmuş yıkıntısı karşısında, kara dumanın altında yükseldi. Ralph'ın acısı, öteki çocuklara da geçti; onlar da titremeye, hıçkıra hıçkıra ağlamaya başladılar. Ve çocukların arasında Ralph, kirli bedeni, karmakarışık saçları, silinmemiş burnuyla, çocukluk döneminin bitmesine, insan yüreğinin karanlığına ve Domuzcuk denilen o gerçek, o akıllı arkadaşın havalarda uçup ölmesine ağladı.

Bu gürültülerin arasında kalan subay duygulanmış, ne yapacağını da biraz şaşırmıştı. Çocuklar, toparlanmaya vakit bulsun diye, sırtını çevirdi, uzaktaki biçimli kruvazöre bakarak bekledi.

Sonsöz

William Golding 1911 yılında İngiltere'de doğdu. Önce fen bilimleri, sonra da İngiliz edebiyatı okuyarak Oxford Üniversitesi'nde eğitim gördü. İkinci Dünya Savaşı'ndan önce ve sonra uzun süre öğretmen olarak çalıştı. Savaşta deniz eri oldu; müttefiklerin Normandiya Çıkarması'na ve daha birçok çarpışmaya katılıp subaylığa yükseldi.

Golding, 1934'te hiç kimsenin ilgisini çekmeyen bir şiir kitabı çıkarmıştı. "Şiir yazamadığım için düzyazı yazıyorum" diyen Golding, yirmi yıl sustuktan sonra 1954'te *Sineklerin Tanrısı*'nı (The Lord of the Flies) yazdı. Bir söylentiye göre, yirmiye yakın yayınevi bu kitabı basmaya yanaşmamıştı. Ne var ki, *Sineklerin Tanrısı* basılır basılmaz, Golding büyük bir üne kavuştu. Peter Brook, 1963'te, çağımızın klasiklerinden sayıldığı için, okullarda ve üniversitelerde okutulan bu kitabın oldukça ilginç bir filmini çevirdi. Golding, *Sineklerin Tanrısı*'ndan sonra beş roman daha yazdı:* *The Inheritors, Martin Pincher, Free Fall, The Spire, The Pyramid.* Bunlar da değerli yapıtlar olmakla birlikte, belki *Sineklerin Tanrısı*'ndan daha çapraşık, anlaşılması çok daha güç olduğundan, bu ilk kitap kadar ilgi görmedi.

---

* (Yayın notu: Söz konusu beş roman Golding'in '70li yıllara dek olan romanlarıdır. Yazar, 1995'te ölümünün ardından yayımlanan *Çatal Dil* [İş Kültür] de dahil olmak üzere, sonraki yıllarda altı roman daha yazmıştır.)

Sineklerin Tanrısı'nın başlangıcını okuyanlar, bu kitabı ıssız bir adada çocukların serüvenlerini anlatan, küçükler için yazılmış bir öykü, R.M. Ballantyne'ın 1858'de yazdığı ünlü çocuk kitabı *Coral Island*'ın (Mercan Adası) çağdaş bir uygulaması sanırlar. Hatta Golding, kendine özgü buruk alaycılıkla, okuyucunun bu sanısını pekiştirmek istercesine, *Sineklerin Tanrısı*'nın başlıca iki kişisine *Mercan Adası*'ndaki çocuklardan aldığı Ralph ve Jack adlarını verir. *Mercan Adası*'nda Ballantyne, oldukça duygusal ve biraz da bön bir iyimserlikle, gemileri battıktan sonra Pasifik Okyanusu'nda ıssız bir adaya sığınan üç İngiliz gencinin, Büyük Britanya uygarlığının oldukça başarılı bir küçük örneğini nasıl yeniden kurduklarını anlatır. Golding'in kitabında da bir mercan adası ve İngiliz çocukları vardır. Ama altı ile on iki yaş arasında olan bu çocuklar, gelecekteki atom savaşı sırasında, güvenilir bir yere götürülmek üzere bindikleri uçak bir saldırıya uğradığı için bu mercan adasına düşmüşlerdir. Ve bu mercan adasında olup bitenler, Ballantyne'ın romanında olup bitenlere hiç mi hiç benzemediği gibi, *Sineklerin Tanrısı* bir çocuk kitabı da değildir. *Hamlet*'i sadece bir öç alma tragedyası ya da *Moby Dick*'i sadece bir balina avı öyküsü saymak ne denli yanlışsa, *Sineklerin Tanrısı*'nı da çocuklar için yazılmış bir serüven romanı saymak o denli yanlıştır. Hatta *Sineklerin Tanrısı*'na roman demek de yersizdir; çünkü bu kitap bir roman değil, gerçekçi bir anlatımla yazılmış olmakla beraber, bir alegoridir, yani simgesel anlamları olan bir öyküdür.

Victoria çağı yazarı Ballantyne'ın *Mercan Adası* gibi, *Sineklerin Tanrısı*'nda gördüğümüz ıssız ada da yeryüzünün cennetlerinden biridir. Çocuklar da bu adanın, okudukları *Mercan Adası*'na çok benzediğini söylerler. Ne var ki, başlangıçta bunu hiç sezinlemediğimiz halde, atom çağının çocukları, bu güzelim adayı her açıdan bir cehenneme çevireceklerdir.

Sineklerin Tanrısı, öykünün başlıca dört çocuğundan ikisinin, yani Ralph ile Domuzcuk'un tanışmalarıyla başlar. On iki yaşlarında olan Ralph, iyi huylu, zeki, güzel bir çocuktur. Deniz Kuvvetleri'nde binbaşı olan babası gelip onları kurtarıncaya kadar bu ıssız adada, yetişkinlerin baskısından uzak, çok hoş vakit geçireceklerine inandığından sevinç içindedir. Aynı sevinci paylaşmayan Domuzcuk'un gerçek adının ne olduğunu hiçbir zaman bilmeyiz. Şişmanlığından ötürü ona böyle bir ad takılmıştır. Domuzcuk, yalnız şişman olduğu için değil, neredeyse kör denecek kadar miyop olduğundan gözlük taktığı için, ikide bir nefes darlığı nöbetleri geçirdiği için ve aşağı sınıflara özgü bir şiveyle konuşan tek çocuk olduğu için ötekilerden ayrılır. Çocuklar arasında en üstün zekâlısının böyle bedensel kusurları olması ve yoksul bir aileden gelmesi, ayrıca ilginç bir ayrıntıdır bize kalırsa. Ağzını her açışında aklın ve sağduyunun sesini bize ileten Domuzcuk, çocukların durumunun korkunçluğunu gerçekçi bir gözle görür: Burası bir adadır. Ralph'ın babası da, hiç kimsecikler de, çocukların burada olduklarını bilmemektedir. Bir çaresini düşünüp kurtarılmanın yolunu bulmazlarsa, ölünceye dek burada kalacaklardır. Onun için hemen örgütlenmeleri gerekmektedir. Adanın şurasına burasına dağılmış çocukları bir araya getirmeli, kaç kişi olduklarını saptayan listeler hazırlamalı, bir toplantı yapıp kurtuluş çareleri düşünülmelidir.

Domuzcuk'un önerisi üzerine Ralph, sudan çıkardıkları şeytanminaresi biçiminde bir denizkabuğunu boru gibi öttürerek çocukları toplantıya çağırır. Toplantıda ilk alınan kararlardan biri, şeytanminaresini elinde tutana söz hakkı verilmesidir. Böylece, her toplantıdan önce öttürülen bu güzel denizkabuğu, demokratça bir düzen içinde herkesin dilediği gibi konuşmasının, yani düşünce özgürlüğünün bir simgesi olur.

Bu denizkabuğundan tüm adada duyulan bir ses çıkarabilenin doğuştan bir önder olduğunu sezmişçesine, çocuklar oybirliğiyle Ralph'ı şef seçerler. Bu karara karşı çıkan tek kişi Jack'tır. Denizkabuğunu eline almadan konuşmak isteyen, seçim yapılmadan şef olması gerektiğini küstah bir gururla açıklayan Jack'ın bir bakıma hakkı vardır; çünkü Ralph doğuştan bir önder olduğu gibi, Jack da doğuştan bir önderdir. Şu farkla ki, Ralph eşitliğe, sevgiye ve anlaşmaya inanan, iyiliğe yönelik bir önder; Jack ise kendinden başkasını hor gören, zorbaca bir baskıya inanan, kötülüğe yönelik bir önderdir. Jack görülür görülmez, onun küçük bir faşist, çekirdek halinde bir başbuğ olduğu hemen anlaşılır. Jack, katolik bir kilisenin korosunda şarkı söyleyen çocukların başıdır. Şimdi yapılan seçimde Jack'a istemeye istemeye oy veren koro üyelerinin, öteki çocuklarınkinden farklı acayip üniformaları vardır: Gümüşle süslü dört köşe şapkalar, üstüne gümüş renkli bir haç işlenmiş, yerlere kadar uzun kapkara pelerinler giyerler ve askerler gibi, ikişer ikişer, düzenli adımlarla yürürler. Sıcaktan ve açlıktan bitkin oldukları halde, onlara yere oturma iznini bile vermeyen Jack'ın sözünü dinlemek zorundadırlar.

Zorbalığa dayanan üstünlüğünü bu adaya gelmeden önce koronun başıyken kuran Jack, ileride göreceğimiz gibi, güçlendikçe zorbalığı da artırır; Leigh Lodson'un dediği gibi küçük bir Hitler'mişçesine davranmaya başlar: Ona hizmet etmedikleri, sadece meyve yiyip oyun oynadıkları, geceleri de korkudan ağladıkları için, altı yedi yaşındaki küçükleri, yaşamaları gereksiz yaratıklar sayar... Aklına esince, kulu kölesi haline gelen çocukların elini kolunu bağlatıp, hiçbir neden göstermeden onlara dayak atar; faşistlerin şatafatlı törenlere düşkünlüğüyle, yüzünü boyalarla, başını çelenklerle süsleyip, bir put gibi kurulur... Her konuşmasından sonra iki çocuğun tahta mızraklarını havaya kaldırarak "şef söyleyeceğini söyledi," demesini emreder. Domuzcuk'u görür görmez adam yerine koymaması, "şişko" diyerek aşağılaması da, faşistlerin aydınlık kafalara karşı duydukları kinin belirtisinden başka bir şey değildir.

Jack ve Ralph arasında iktidarı elde etme savaşı açığa çıkmadan önce Ralph, Jack'ın etkileyici kişiliğine kapılır; onunla dost olmak ister. Hızlı konuşamadığı, kayalara çabucak tırmanamadığı için, Ralph, Domuzcuk'a pek önem vermez ilkin. Ama olaylar geliştikçe, şefliğinin sorumluluğu altında ezildikçe, Domuzcuk'un değerini anlar. Kendisinin şef olduğunu ve Domuzcuk'un hiçbir zaman bir şef olamayacağını bildiği halde, kafasını Domuzcuk gibi işletebilme yeteneğinden yoksun olduğunun farkındadır: "Domuzcuk düşünebiliyordu. O şişko kafası adım adım ilerleyebiliyordu... O gülünç bedeninde bir beyin vardı." İşte bu yüzden Domuzcuk, Ralph'ın akıl hocası olur; tek başına bir beyin takımı işini görür. Ralph, şefliğinin sorumluluğunu artık taşıyamayacak kadar umutsuzluğa düşünce de, Domuzcuk'un direnmesi ve ona destek olması sayesinde görevini sürdürür.

İlk toplantıda olumlu kararlar alınır. Gene Domuzcuk'un önerisiyle, sahilde hemen barınaklar yapılması ve açıktan geçecek gemilere işaret vermek üzere, dağın tepesinde bir ateş yakılması kararlaştırılır. Hiçbir zaman sönmemesi gereken bu ateş, çocukların kurtuluş umudunun bir simgesi, bu ıssız adayla dünya arasında tek haberleşme aracıdır. Gel gelelim ateş yakma önerisini pek çekici bulan çocuklar, adanın büyükçe bir bölümünü ve bazı küçükleri yakarlar bu arada. Barınak yapmak için uğraşanlar ise, ancak Ralph ve Simon'dur. Sığınacak bir yerleri olması zorunluluğunu ilk kendi düşündüğü halde, aydınlara özgü bir tutum içinde, şişman bedenini yormaya pek yanaşmayan Domuzcuk, kafasını işleterek güneş saati gibi uygarlık araçlarının yapımını tasarlamayı yeğler.

Oyuna dalan çocuklar, verdikleri kararları uygulamayı ne denli savsaklasalar, ne denli beceriksizce davransalar, gene de durumu az çok idare edebilirlerdi herhalde. Ne var ki, aslında iç içe olduklarından birbirinden ayrılmaması gereken iki şey, yani Jack'ın av tutkusuyla mantık dışı bir korku, adayı korkunç bir karabasana döndürür.

Jack, çocukların et yiyebilmeleri için ava çıkmak istediğini söyler. Ama kendi de bunun farkında olmadığı halde, gerçek amacı, tıpkı savaşa benzeyen tehlikeli bir oyun oynayıp, canlı bir yaratığın kanını dökmektir. Gel gelelim, atom çağında yaşayan bir çocuk için bile, kan dökmek kolay değildir. Nitekim Jack, sürüngen bitkilere takılıp kalmış bir domuz yavrusunu öldüremez ilkin. Vuracakmış gibi bıçağını havaya kaldırır ama o bıçağın canlı bir şeyin üstüne inmesinin ne denli korkunç bir şey olacağını bildiği için, hemen davranamadığından, hayvancağız sürüngen bitkilerden sıyrılıp kaçar.

Ne var ki av, artık bir saplantı olmuştur Jack'ta. Domuzları daha kolay kıstırabileceği bahanesiyle, yüzünü gözünü renkli toprakla boyar. Hem ilkel kabilelerin adamlarına benzemek, hem de kendi benliğini maskelemek için yapar bunu. Çünkü bu boya maskesinin ardına gizlenirse, şimdiye dek boyun eğdiği tüm yasaklardan kurtulup, daha kolay kan dökebileceğini bilir.

Jack ile avcıları, domuzları yakalamanın coşkusu içinde, ateşe odun atmayı unuttukları için, dağın doruğundaki umut ateşinin sönmesiyle ilk domuzun öldürülmesi aynı saatlere rastlar. Ve tam o sıralarda, dumanı görseydi belki gelip çocukları kurtarabilecek bir gemi geçer açıktan. Ralph ile Domuzcuk acılar içinde, uzaklaşan geminin ardından bakarlarken, Jack, canlı bir yaratığı öldürmüş olmanın yabansı sevinci içindedir. Daha sonraki avlarda, özellikle bir dişi domuzun öldürülüşünde, bu sevince neredeyse cinsel diyebileceğimiz kötü bir haz da karışacaktır: Jack bıçağını dişi domuzun gırtlağına sapladıktan sonra, çocuklar hep birden kanayan hayvanın üstüne çullanırlar ve dişi domuz çocukların altında çöker: "Çocuklar tüm ağırlıklarıyla, doymuşçasına, üstünde kalırlar." Aralarında en acımasızı olan Roger, tahta mızrağını hayvanın makatına sokunca, avcılar hep birden gülüşürler.

Jack, domuzları öldürdükçe daha yabansı, daha zalim olur. Faşistlere özgü dar kafalı şovenizmle "Ne de olsa vahşi değiliz biz. Biz İngiliziz ve İngilizler her şeyi en iyi biçimde yaparlar" diye övünen bu çocuk, vahşilerin en kana susamışı gibi davranır. Daha ilk domuzu vurduktan sonra bile, ateşi söndürdüğü için onu suçlayan Ralph'a henüz el kaldırmadığından, Ralph'ın akıl hocası bildiği Domuzcuk'u yumruklayıp yere serer, Domuzcuk'un gözlüğünün bir camının kırılmasına ve çocuğun tek gözlü kalmasına neden olur. Jack daha sonraları, aklın ve sağduyunun temsilcisini tamamıyla kör edecektir.

Ne var ki, "Biz güçlüyüz, biz ava gideriz... Eğer bir canavar varsa, biz onu avlayıp yakalarız. Çevresini sararız, vururuz, vururuz, vururuz!" diye böbürlenen Jack, gizemli bir korkunun kurbanıdır aslında. Kendi domuzları avlarken, ne olduğu belirsiz kötü bir varlığın da onu avladığını sanır.

Zamanla tüm adaya egemen olan korku, altı yedi yaşındaki küçüklerin önce "yılan gibi bir şeyden" sonra da bir "canavar"dan yakınmalarıyla başlar. Kendi benliğinde de bir canavar gizlendiği için, adada bir canavarın gizlenebileceğine aklı yatar Jack'ın. Domuzcuk, küçüklerin geceleri doğal olarak duydukları korkunun bir simgesi olan bu canavara inanmaz. O, aydınlık kafasını işleterek, böyle hayal ürünü yaratıklardan değil, ancak insanlardan korkulması gerektiğini söyler. Ralph da canavara ilkin inanmaz. Ama bir süre sonra, dağın doruğuna konan korkunç şeyi gecenin karanlığında kendi gözleriyle görünce, canavarın varlığını yadsıyamaz hale gelir.

Çocukların canavar sandıkları, ölü bir paraşütçüdür aslında. Şefliğinin sorumluluğu altında ezilen Ralph, büyüklerin dünyasından küçüklere yardım edebilecek, yol gösterebilecek bir işaret beklemişti. Kara alaycılığın bir ustası olan Golding, o gece çocuklar uyudukları, bunu göremedikleri halde, büyüklerin adadaki küçüklere bir işaret verdiklerini anlatır: Adanın üstünde bir hava savaşı sürüp gittiği sırada ışık saçan bir patlama olur; ta yükseklerden düşen ölü bir paraşütçü, çocukların tek umudu olan ateşin bir daha yakılmasını engellercesine, dağın doruğuna konar. Ve paraşüt rüzgârda şiştikçe, ölü pilot canlıymış gibi devinir durur.

Çocukların canavara inanmalarıyla birlikte, Jack ile Ralph arasındaki düşmanlık açığa çıkar. Şimdiye dek hep Ralph'ın öttürdüğü denizkabuğuyla artık Jack çocukları toplantıya çağırır. Ralph'ı korkaklık açısından Domuzcuk'a benzemekle, gerçek bir şef olmamakla suçlayan Jack, bir hükümet darbesi yapıp iktidarı ele geçirmek için kıyasıya bir savaş verir. Gerekli oyları gene elde edemediği için, demokratik yöntemlere göre yenilmiş sayılsa da, aslında bu bir yenilgi değildir. Çünkü Jack, ava gitmek ve et yemek isteyenlerin peşinden gelmelerini söyleyerek, adanın öteki ucundaki Kaya Kale dediği yüksek kayalığa çekilince, büyük çocukların tümü, bundan böyle şef olduğunu açıklayan Jack'ın, yüzü boyalı vahşilerden oluşan "kabile"sine katılırlar. Böylece çocuklar, demokratik düzenden cayıp, kabile düzenine geri dönerler.

Gerçi Domuzcuk, o güzel kafasını işleterek, dağın doruğunda canavardan ötürü yakılamayan ateşin kumsalda yakılmasını önermiştir, ama Jack ile kabilesi geceleyin barınaklara bir baskın yapıp, Domuzcuk'un tek camlı gözlüğünü çalarlar. Adada ateş yakmanın tek yolu da, Domuzcuk'un gözlüğünün merceğiyle kuru yaprakları tutuşturmak olduğu için, çocukların kurtuluş umudu olan ateş artık hiç yanmayacaktır; çünkü Jack, açıktan geçen gemilere işaret vermek için değil, ancak avladığı domuzları kızartabilmek için gözlüğü çalmıştır. Böylece çocuklar, korkularının ürünü olan canavarla birlikte, belki ölünceye dek bu adada kalacaklardır.

Canavara inanmayan tek çocuk küçük Simon'dur. Herhalde kendi iç dünyası ışık içinde olduğundan, tüm çocukların ödünü koparan karanlıklardan hiç korkmadığı için geceleyin tek başına ormana giden, ara sıra bayılıp bir çeşit sara nöbeti geçiren Simon'u, öteki çocuklar kafadan biraz çatlak bilirler. Simon herkesin derdini dert edinir: Barınakların yapılmasında Ralph'a yardım eden tek çocuktur. Jack, ava katılmadığı bahanesiyle, kızartılmış domuz etini Domuzcuk'tan esirgeyince Simon kendi payına düşeni Domuzcuk'a verir; küçüklerin erişemediği yüksek dallardan en olgun meyveleri koparıp onlara sunar. Bunlar iyi yürekli insanlara özgü davranışlardır. Ama Simon sadece iyi yürekli olmakla yetinmez. Bir mistik, bir ermiştir bu küçük çocuk. Golding, kitabını bir gazeteciyle tartıştığı sırada, Simon'un "İsa'yı andıran bir kişiliği" olduğunu, sezgileriyle gerçeği görebildiğini söylemiştir. Simon yalnız gerçeği değil, geleceği de bilir. Örneğin Ralph'ın günün birinde bu adadan kurtulacağı, evine geri döneceği içine doğduğu gibi, canavarın dış dünyada değil, çocukların kendi içlerinde olabileceğini anlar. Simon, "Bizden başka canavar yok belki" derken, Golding'in de belirttiği gibi, "insanlığın başlıca hastalığını" dile getirmek ister.

Kitaba adını veren Sineklerin Tanrısı, bu hastalığı, yani insanların içindeki kötülüğü simgeler. Sineklerin Tanrısı, üstüne sineklerin konduğu ölü bir domuz başıdır: Jack, ilkel bir insanın inancıyla karanlık güçleri yatıştırmak, kendini ve kabilesini canavardan koruyabilmek amacıyla, öldürdüğü bir domuzun başını kesip iki ucu sivritilmiş bir kazığa geçirmiş, kazığı bir put dikercesine toprağa çakarak, bu kokuşmuş domuz başını canavara sunmuştur. İngilizlerin Beelzebub dedikleri şeytanın Kutsal Kitap'taki İbranice adı, Sineklerin Tanrısı anlamına gelen Ba-al-z-bub olduğu için de Golding kitabına bu adı vermiştir.

Simon, insanları çok sevdiği halde, ara sıra tek başına kalabilmek için, ormanda gizli bir yer bulmuştur kendine. O gizli yerde Sineklerin Tanrısı ile karşılaşır günün birinde. Çocukların karabasanlarına giren canavar olduğunu açıklayan Sineklerin Tanrısı, çocuklar arasında ancak Simon'un gerçeği bildiğinin farkındadır; çünkü ancak Simon canavarın çocukların içinde olduğunu, bundan ötürü de hiçbir zaman öldürülemeyeceğini anlamıştır. Sineklerin Tanrısı kahkahalar atarak, "Sen biliyordun değil mi? Sizlerin bir parçası olduğumu biliyordun? (...) Her şeyin bozulmasının nedeniyim ben. Bunu biliyorsun, değil mi?" der. Sonra da Simon'u uyarır: "Seni istemiyorlar... Biz eğleneceğiz bu adada." (Bu "eğleneceğiz" sözü, adaya ilk geldikleri sırada, Ralph'ın "Bu güzel yerde çok eğleneceğiz." demesinin korkunç bir yankısı gibidir). "Onun için bir haltlar çevirmeye kalkma, benim zavallı yolunu şaşırmış çocuğum, yoksa... Yoksa seni yok ederiz. Anladın mı?" Ve Sineklerin Tanrısı koskocaman kapkaranlık ağzını açınca, Simon, bu ağzın içine düşercesine yere yıkılır, bir sara nöbeti geçirir.

Ne var ki, Simon acı bir gerçekle, yani kendi benliğinde hiç bulunmayan kötülüğün çoğu insanların içinde var olduğu gerçeğiyle karşılaştığı halde, bu kötülüğü simgeleyen Sineklerin Tanrısı, Simon'u yutup yok edememiştir gene de. Simon kendine gelir gelmez, dağın doruğuna çıkmaya karar verir. Orada bir canavar olmadığını çoktan sezmiştir: "Simon canavarı düşündükçe, gözünün önüne bir insan geliyordu: Hem yiğit, hem de hasta bir insan." Nitekim gecenin karanlığında, bitkin bir halde, düşe kalka dağa tırmanınca, canavar sanılan şeyin aslında ne olduğunu görür. Ölü pilot gülünç bir kukla gibi devinip durmasın diye, paraşütün kayalara ve çalılara takılmış iplerini çözer. Sonra, durumu bildirmek üzere dağdan iner.

O sırada korkunç bir fırtına patlak vermiştir. Kapkaranlık gecede çıkan şimşeklerden, gök gürültüsünden ödü kopan çocukları oyalamak için, Jack çılgın bir dansa zorlar onları. Canavarı nasıl öldüreceklerini simgeleyen bu dans, çocukları korkudan koruyacak bir çeşit büyü gibidir. Bir halka yapan –ve ne yazık ki, aralarında Ralph ile Domuzcuk da bulunan– çocuklar, hep bir ağızdan "Canavarı gebert! Gırtlağını kes! Kanını dök!" diye bağıra bağıra tepinirlerken, yürüyecek hali olmadığından emekleye emekleye ilerleyen Simon, ormandan çıkar; "Tepedeki ölü adam" diye bir şeyler anlatmaya çalışarak halkanın içine girer. Ve hem korkudan deliren, hem de yabansı bir öldürme hırsına kapılan çocuklar, canavarın olmadığını müjdelemeye gelen Simon'u canavar sanıp paramparça ederler. Simon'un ölümüyle birlikte güçlü bir rüzgâr, ölü pilotun paraşütünü şişirir; paraşüt dağın doruğundan havalanır, adanın üstünden uçar, ölüyü alıp okyanusa gömer.

Gerçi canavar artık yok olmuştur, ama Jack ile kabilesinin yüreklerinde olanca gücüyle yaşamaktadır hâlâ. İşte bu yüzdendir ki, kafası en aydınlık olan çocuk, karanlık güçlerin ikinci kurbanı olacak, üçüncü kurbanın verilmesine ramak kalacak ve kitabın başlangıcında bir cennet olan bu güzel ada bir yangın yerine dönecektir.

Belirli koşullar altında yetişkinler böyle davranabilir, ama altı ile on iki yaş arasında küçük çocuklar, uygar dünyanın baskısından uzaklaşınca, nasıl böylesine vahşileşebilir, kan dökecek kadar acımasız olabilir diye düşünen birçok kişi, küçüklerde bile bu kadar korkunç bir biçimde belirdiğine göre, *Sineklerin Tanrısı*'nda kötülüğün insan yaratılışında doğuştan var olduğu görüşünün savunulduğu kanısına varıp dehşete kapılmıştır. Okuyucuların duydukları bu dehşeti doğal saymalı; çünkü çocukların tertemiz birer melek oldukları konusunda, yanlış olduğu kadar da yaygın bir inanç vardır. Oysa kendi çocukluğuna ve yakından tanıdığı çocuklara duygusallıktan arınmış gerçekçi bir gözle bakabilenler, çocukların küçük birer melek değil, tıpkı yetişkinler gibi birer insan olduğunu bilirler. İnsanlarda ise, ister büyük ister küçük olsunlar, hem iyi hem de kötü içgüdüler vardır. Anayla baba ve eğitim kurumları, çocuğu olumlu biçimde etkilemeye, iyiye yönelen içgüdülerini geliştirip kötüye yönelen içgüdülerini engellemeye çalışırlar. Uygarlığın amacı da budur aslında. Bu uygarlık süresi içinde en büyük görev topluma düşer. Oysa *Sineklerin Tanrısı*'ndaki çocuklarda, kötülüğe yönelik duygular kökünden kazılmamış, bazı yasaklarla sınırlandırılmıştır ancak. Örneğin çocukların en acımasızı olan Roger, deniz kıyısında tek başına oynayan bir küçüğü taşlamak istediği halde, adaya gelmeden önce bellediği bazı yasaklardan ötürü, bunu yapamaz ilkin. Çocuğun çevresine taşlar atmakla yetinir. Ama daha sonraları, yazarın deyimiyle "yıkılıp giden" bir uygarlığın koyduğu yasaklara aldırmadan, koskocaman bir kayayı Domuzcuk'un üstüne devirir. Roger ve öteki çocuklar, "yıkılıp giden" bir uygarlıkta değil de, barış ve sevgiye dayanan gerçekten uygar bir ortamda yetişselerdi, başka türlü davranırlardı elbette. Ne çare ki, atom ve nötron bombası çocuklarıdır bunlar. Üçüncü Dünya Savaşı'nda, tehlike bölgesinden kaçarken, uçaklarının bir saldırıya uğrayıp düşmesi sonucu bu adaya sığındıklarını unutmamalı. Bu savaş, kapitalist ülkelerle sosyalist ülkeler arasındadır herhalde. Çünkü bir ara Ralph, belki de "kızılların" onları tutsak alacağını söyleyince, çocuklardan biri, kızılların Jack'tan beter olamayacaklarını ileri sürer. Geceleyin havadaki patlamadan ve ölü pilotun adaya düşmesinden anlaşılacağı gibi, çocukların arasındaki savaş olanca hızıyla dış dünyada da sürmektedir. Çocuklar bir İngiliz kruvazörüyle adadan götürülünce, onların gerçekten kurtulduklarına inanmak da kolay değildir. Çünkü bu çocuklar bir savaş ortamına döneceklerdir gene. Hatta Jack'ın kabilesinin Ralph'ı avladığı gibi, bir düşman gemisi bir kruvazörü avlayacaktır belki de.

Sineklerin Tanrısı, İkinci Dünya Savaşı'ndan kısa bir süre sonra, bu savaşta yıllarca çarpışan insanların birbirlerine nasıl kıydıklarını kendi gözleriyle görüp, birçok umutlarını yitiren biri tarafından yazılmıştır. Ne var ki, kimi eleştirmenlerin sandığı gibi, Golding'in tüm insanların doğuştan kötü olduklarını savunduğu, umarsız ve kapkara bir kötümserliğe kapıldığı söylenemez gene de. Golding, insanların tümüyle kötü olduklarına değil, dış dünyada da, insanların iç dünyasında da iyilikle kötülüğün, aydınlık güçlerle karanlık güçlerin çarpıştığına inanır aslında. Bu kitapta, ancak Simon yüzde yüz iyi ve ancak Roger yüzde yüz kötüdür. Her insanda olduğu gibi, öteki çocuklarda da hem iyilik bulunur, hem kötülük. Ralph ile Domuzcuk'un kötü yanları, Jack'ın da iyi yanları vardır. Şu farkla ki, Ralph ve Domuzcuk'ta iyilik ağır basar, Jack'ta ise kötülük. Gerçi çocukların çoğu Jack'tan yana çıkar ama bunun gerçek nedeni yaratılıştan kötü oluşları değil, sadece güçsüz olmalarıdır. Çocuklar Ralph'ın yanında kalıp, barınakların yapımında uğraşmak ya da Domuzcuk'un akıllı sözlerini dinlemek gibi can sıkıcı işlere katlanamazlar. Yüzlerini boyayıp eğlenebilmek için, ava gidip domuz etiyle karınlarını doyurabilmek için, büyüklerden öğrendikleri savaş oyunlarına heveslendikleri için ve her şeyden fazla canavardan korktukları, onları koruyacak birini aradıkları için Jack'a boyun eğerler, kabileye katılırlar.

Çocukların güçsüzlüğünden ve korkularından yararlanan Jack'ın zorbalığı öylesine korkunç boyutlara varır ki, avladığı domuzun başını canavara sunduğu gibi, Ralph'ı da avlayıp, başını iki ucu sivriltilmiş bir değneğe geçirerek canavara sunmak ister. Sineklerin Tanrısı tamamıyla egemen olmuş gibidir çocuklara. Ne var ki, kitabı bitirip de, Simon'un akıl yolundan hiç şaşmayan ermişliğini, ayrıca ölmeden önce yücelen Domuzcuk'un kabileye meydan okurcasına uygarlığı savunmasını ve karanlık güçlere karşı sonuna kadar direnip, sonunda gene şef olduğunu açıklayan Ralph'ın yiğitliğini düşündükçe, Sinekler Tanrısı'nı yenmenin yolları olduğunu da anlarız.

Mîna Urgan

MODERN KLASİKLER DİZİSİ'NİN DİĞER KİTAPLARI

1. SİNEKLERİN TANRISI
William Golding
Çev. Minâ Urgan
2. BİLİNMEYEN ADANIN ÖYKÜSÜ
José Saramago
Çev. Emrah İmre
3. OTOMATİK PORTAKAL
Anthony Burgess
Çev. Dost Körpe
4. CASUS
Joseph Conrad
Çev. Ünal Aytür
5. KORKU VADİSİ
Arthur Conan Doyle
Çev. İpek Babacan
6. VAHŞETİN ÇAĞRISI
Jack London
Çev. Levent Cinemre
7. AFORİZMALAR
Franz Kafka
Çev. Osman Çakmakçı
8. KOPYALANMIŞ ADAM
José Saramago
Çev. Emrah İmre
9. DÖRT OYUN
Bernard Shaw
Çev. Sevgi Sanlı
10. BEYAZ DİŞ
Jack London
Çev. Levent Cinemre
11. ÜÇ ÖRNEK ÖYKÜ VE BİR ÖNSÖZ
Miguel de Unamuno
Çev. Yıldız Ersoy Canpolat
12. DÖRTLERİN YEMİNİ
Arthur Conan Doyle
Çev. İpek Babacan
13. A.B.D. / 42. ENLEM
John Dos Passos
Çev. Oya Dalgıç
14. ÜÇ BÜYÜK USTA
Stefan Zweig
Çev. Nafer Ermiş
15. KENDİLERİYLE SAVAŞANLAR
Stefan Zweig
Çev. Nafer Ermiş
16. ODA MÜZİĞİ - BÜTÜN ŞİİRLERİ
James Joyce
Çev. Osman Çakmakçı
17. KÜSKÜN KAHVENİN TÜRKÜSÜ
Carson McCullers
Çev. İpek Babacan
18. KENDİ HAYATININ ŞİİRİNİ YAZANLAR
Stefan Zweig
Çev. Gülperi Sert
19. BAHÇEDE EĞLENCE
Katherine Mansfield
Çev. Oya Dalgıç
20. A.B.D. / 1919
John Dos Passos
Çev. Oya Dalgıç
21. SATRANÇ
Stefan Zweig
Çev. Ahmet Cemal
22. BİLİNMEYEN BİR KADININ MEKTUBU
Stefan Zweig
Çev. Ahmet Cemal
23. DEMİR ÖKÇE
Jack London
Çev. Levent Cinemre
24. MOZART VE DEYYUSLAR
Anthony Burgess
Çev. Aslı Biçen
25. ÇOCUKSU BİR ŞEY
Katherine Mansfield
Çev. Oya Dalgıç
26. DÖNÜŞÜM
Franz Kafka
Çev. Gülperi Sert

27. KULE
William Golding
Çev. E. Efe Çakmak

28. ERMİŞ
Halil Cibran
Çev. Ayşe Berktay

29. ALTIN GÖZDE YANSIMALAR
Carson McCullers
Çev. İpek Babacan

30. BİR YAZARIN GÜNLÜĞÜ
Virginia Woolf
Çev. Oya Dalgıç

31. DENİZ KURDU
Jack London
Çev. Fadime Kâhya

32. KUM VE KÖPÜK
Halil Cibran
Çev. Kenan Sarıalioğlu

33. HUCKLEBERRY FINN'İN MACERALARI
Mark Twain
Çev. Bülent O. Doğan

34. MARTI
Anton Pavloviç Çehov
Çev. Ataol Behramoğlu

35. VANYA DAYI
Anton Pavloviç Çehov
Çev. Ataol Behramoğlu

36. BİR HANIMEFENDİNİN PORTRESİ
Henry James
Çev. Suzan Akçora

37. ÇOCUKLUĞUM
Maksim Gorki
Çev. Mazlum Beyhan

38. MARTIN EDEN
Jack London
Çev. Levent Cinemre

39. AYAKTAKIMI ARASINDA
Maksim Gorki
Çev. Koray Karasulu

40. BÜTÜN ŞİİRLERİNDEN SEÇMELER
Rainer Maria Rilke
Çev. Ahmet Cemal

41. BİR ELİN SESİ VAR
Anthony Burgess
Çev. Roza Hakmen

42. YİRMİ AŞK ŞİİRİ VE UMUTSUZ BİR ŞARKI
Pablo Neruda
Çev. Sait Maden

43. ŞATO
Franz Kafka
Çev. Regaip Minareci

44. YILDIZ GEZGİNİ
Jack London
Çev. Fadime Kâhya

45. MECZUP
Halil Cibran
Çev. Kenan Sarıalioğlu

46. KÜÇÜK BURJUVALAR
Maksim Gorki
Çev. Koray Karasulu

47. GENÇ BİR DOKTORUN ANILARI
Mihail Bulgakov
Çev. Tuğba Bolat

48. GİTANJALİ - İLÂHİLER
Rabindranath Tagore
Çev. Bülent Ecevit

49. DAVA
Franz Kafka
Çev. Gülperi Sert

50. BEN, CLAUDIUS
Robert Graves
Çev. Dost Körpe

51. ELLERİN ZAMANLARLA DOLU
Paul Celan
Çev. Ahmet Cemal

52. BİR KADININ YAŞAMINDAN YİRMİ DÖRT SAAT
Stefan Zweig
Çev. Mahmure Kahraman

53. DENİZ FENERİ
Virginia Woolf
Çev. Sevda Çalışkan

54. PİRAMİT
William Golding
Çev. Armağan İlkin
55. KARMAŞIK DUYGULAR
Stefan Zweig
Çev. İlknur İgan
56. GOG (I-II)
Giovanni Papini
Çev. Fikret Adil
57. KORKU
Stefan Zweig
Çev. İlknur İgan
58. ÖLÜMCÜL YUMURTALAR
Mihail Bulgakov
Çev. Tuğba Bolat
59. ÇATAL DİL
William Golding
Çev. E. Efe Çakmak
60. EKMEĞİMİ KAZANIRKEN
Maksim Gorki
Çev. Mazlum Beyhan
61. YAKICI SIR
Stefan Zweig
Çev. İlknur İgan
62. DR. JEKYLL İLE BAY HYDE
Robert Louis Stevenson
Çev. Celâl Üster
63. MUHTEŞEM GATSBY
F. Scott Fitzgerald
Çev. Fadime Kâhya
64. KÖPEK KALBİ
Mihail Bulgakov
Çev. Mustafa Yılmaz
65. GÖMÜLÜ ŞAMDAN
Stefan Zweig
Çev. Regaip Minareci
66. OLAĞANÜSTÜ BİR GECE
Stefan Zweig
Çev. İlknur İgan
67. GEZGİN
Halil Cibran
Çev. Kenan Sarıalioğlu
68. BENİM ÜNİVERSİTELERİM
Maksim Gorki
Çev. Mazlum Beyhan
69. MÜREBBİYE
Stefan Zweig
Çev. İlknur İgan
70. TANRI CLAUDIUS
Robert Graves
Çev. Deniz Betil
71. ÜÇ KIZ KARDEŞ
Anton Pavloviç Çehov
Çev. Ataol Behramoğlu
72. AY'A YOLCULUK
Jules Verne
Çev. Bertan Onaran
73. DOKTOR HASTALANDI
Anthony Burgess
Çev. Can Moralı
74. TOM SAWYER'IN MACERALARI
Mark Twain
Çev. Bülent O. Doğan
75. FELICE'YE MEKTUPLAR
Franz Kafka
Çev. Çağlar Tanyeri, Murat Sözen,
Turgay Kurultay
76. VİŞNE BAHÇESİ
Anton Pavloviç Çehov
Çev. Ataol Behramoğlu
77. BOYALI PEÇE
W. Somerset Maugham
Çev. Meltem Aydın
78. FENİÇKA
Lou Andreas-Salomé
Çev. İlknur İgan
79. SERBEST DÜŞÜŞ
William Golding
Çev. Nilgün Miler
80. CEZA KOLONİSİNDE VE DİĞER
ÖYKÜLER
Franz Kafka
Çev. Gülperi Sert

81. AMERİKA
Franz Kafka
Çev. Regaip Minareci
82. BABAYA MEKTUP
Franz Kafka
Çev. Regaip Minareci
83. ARAYIŞLAR
Lou Andreas-Salomé
Çev. İlknur İgan
84. DALGALAR
Virginia Woolf
Çev. Tülin Cansunar
85. İNGİLİZ VE AMERİKAN EDEBİYATINDA KISA ÖYKÜNÜN BÜYÜK USTALARI
Haz. Çev. Celal Üster
86. ERMİŞİN BAHÇESİ
Halil Cibran
Çev. Kenan Sarıalioğlu
87. AMOK KAŞUCUSU
Stefan Zweig
Çev. Nafer Ermiş
88. CLARISSA
Stefan Zweig
Çev. Gülperi Sert
89. DEFİNE ADASI
Robert Louis Stevenson
Çev. Nurettin Elhüseyni
90. BİR ÇÖKÜŞÜN ÖYKÜSÜ
Stefan Zweig
Çev. Regaip Minareci
91. ANNE FRANK'IN HATIRA DEFTERİ
Türkçe Söyleyen: Can Yücel
92. DOKTOR OX'UN DENEYİ
Jules Verne
Çev. Alev Özgüner
93. YALNIZ BİR AVCIDIR YÜREK
Carson McCullers
Çev. Mehmet H. Doğan
94. 80 GÜNDE DÜNYA GEZİSİ
Jules Verne
Çev. Bertan Onaran
95. İNSANIN ESARETİ
W. Somerset Maugham
Çev. Tülin Er
96. MUTLU PRENS
Oscar Wilde
Çevirenler: Roza Hakmen / Fatih Özgüven
97. ALİCE HARİKALAR DİYARINDA
Levis Carroll
Çev. Sinan Ezber
98. AY IŞIĞI SOKAĞI
Stefan Zweig
Çev. Regaip Minareci
99. PİNOKYO
Carlo Collodi
Çev. Eğemen Berköz
100. DOKTOR MOREAU'NUN ADASI
H. G. Wells
Çev. Celâl Üster
101. DUVARCI USTASI DON GESUALDO
Giovanni Verga
Çev. Neyyire Gül Işık
102. ALTINCI KOĞUŞ
Anton Pavloviç Çehov
Çev. Yulva Muhurcişi
103. LORD JIM
Joseph Konrad
Çev. Dost Körpe
104. MECBURİYET
Stefan Zweig
Çev. Gülperi Sert
105. ARTAMONOVLAR
Maksim Gorki
Çev. Ayşe Hacıhasanoğlu
106. GÖRÜNÜR KARANLIK
William Golding
Çev. Can Moralı
107. ZAMAN MAKİNESİ
H. G. Wells
Çev. Celâl Üster
108. OTTLA'YA VE AİLEYE MEKTUPLAR
Franz Kafka
Çev. Regaip Minareci
109. RUTH
Lou Andreas-Salomé
Çev. İlknur İgan
110. ZACHARIUS USTA
Jules Verne
Çev. Alev Özgüner
111. BİR KUZEY MACERASI
Jack London
Çev. Levent Cinemre

112. GEÇMİŞE YOLCULUK
Stefan Zweig
Çev. Regaip Minareci
113. LEONARDO'NUN YAHUDA'SI
Leo Perutz
Çev. Zehra Aksu Yılmazer
114. USTA VE MARGARİTA
Mihail Bulgakov
Çev. Mustafa Kemal Yılmaz
115. ÜÇ YIL
Anton Pavloviç Çehov
Çev. Yulva Muhurcişi
116. KIZIL
Stefan Zweig
Çev. Regaip Minareci
117. BİR SAFDİLİN HATIRA DEFTERİ
Arkadi Averçenko
Çev. Mustafa Kemal Yılmaz
118. KIRIK KANATLAR
Halil Cibran
Çev. Kenan Sarıalioğlu
119. LYON'DA DÜĞÜN
Stefan Zweig
Çev. Gülperi Sert
120. RAHEL TANRI'YLA HESAPLAŞIYOR
Stefan Zweig
Çev. Gülperi Sert
121. ŞEYTAN'IN GÜNLÜĞÜ
Leonid Andreyev
Çev. Barış Zeren
122. PATLAYAN KUYRUKLUYILDIZLAR
Ekspresyonist Öyküler
Çev. Zehra Aksu Yılmazer
123. CEBERUT MARTIN
William Golding
Çev. Fadime Kâhya
124. ŞEYTAN TOZU
Leo Perutz
Çev. Zehra Aksu Yılmazer
125. BOZKIR - Bir Yolculuk Hikâyesi
Anton Pavloviç Çehov
Çev. Ayşe Hacıhasanoğlu
126. OZ BÜYÜCÜSÜ
L. Frank Baum
Çev. Volkan Yalçıntoklu
127. ÂDEM'DEN ÖNCE
Jack London
Çev. Levent Cinemre
128. İSTANBUL TRENİ
Graham Greene
Çev. Hüseyin Gündoğdu
129. ATEŞ YAKMAK
Jack London
Çev. Levent Cinemre
130. YAHUDA İSKARİOT
Leonid Andreyev
Çev. Mustafa Kemal Yılmaz
131. HOMEROS'UN KIZI
Robert Graves
Çev. Deniz Betil
132. MESELENİN ÖZÜ
Graham Greene
Çev. Mîna Urgan
133. KADRANSIZ SAAT
Carson McCullers
Çev. Can Moralı
134. HAYATIM
Anton Pavloviç Çehov
Çev. Yulva Muhurcişi
135. KIZIL KAHKAHA
Leonid Andreyev
Çev. Mustafa Kemal Yılmaz
136. DÜNYALAR SAVAŞI
H. G. Wells
Çev. Celâl Üster
137. PETER PAN
J. M. Barrie
Çev. Çiçek Öztek
138. UYANIŞ
Kate Chopin
Çev. Burcu Şahinli
139. CANAVAR
Stephen Crane,
Çev. Osman Çakmakçı
140. İNSANLIĞIN YILDIZININ
YÜKSELDİĞİ ANLAR
Stefan Zweig
Çev. İlknur İgan

141. DENİZLER ALTINDA YİRMİ BİN FERSAH
Jules Verne
Çev. Berna Günen

142. KÜÇÜK KADINLAR
Louisa May Alcott
Çev. Cevdet Serbest

143. KASSANDRA
Christa Wolf
Çev. İlknur İgan

144. HAYATIN MUCİZELERİ
Stefan Zweig
Çev. Gülperi Sert

145. BUZULLAR ARASINDA BİR KIŞ
Jules Verne
Çev. Alev Özgüner

146. OLALLA
Robert Louis Stevenson
Çev. Celâl Üster

147. BENJAMIN BUTTON'IN TUHAF HİKÂYESİ
F. Scott Fitzgerald
Çev. Bülent O. Doğan

148. GİZLİ BAHÇE
Frances Hodgson Burnett
Çev. Osman Çakmakçı

149. BARAGAN'IN DİKENLERİ
Panait Istrati
Çev. Bertan Onaran

150. KARANLIĞIN YÜREĞİ
Joseph Conrad
Çev. Bülent O. Doğan

151. DOKUZLA DOKUZ ARASINDA
Leo Perutz
Çev. Zehra Aksu Yılmazer

151. DOKUZLA DOKUZ ARASINDA
Leo Perutz
Çev. Zehra Aksu Yılmazer

152. KIZIL VEBA
Jack London
Çev. Levent Cinemre

153. AŞKIN SONU
Graham Greene
Çev. Hüseyin Gündoğdu

154. AY VE ALTI PENİ
W. Somerset Maugham
Çev. Bülent O. Doğan

155. KARA KEŞİŞ
Anton Pavloviç Çehov
Çev. Mustafa Kemal Yılmaz

156. SARI ODANIN ESRARI
Gaston Leroux
Çev. Kenan Sarıalioğlu

157. KÜÇÜK PRENS
Antoine De Saint-Exupéry
Çev. Deniz Resul

158. GERİYE BAKIŞ 2000'DEN 1887'YE
Edward Bellamy,
Çev. Fadime Kâhya

159. BİR ZANAATLA BEKLENMEDİK KARŞILAŞMA
Stefan Zweig
Çev. Gülperi Sert

160. SOKAK KIZI MAGGIE BİR NEW YORK HİKÂYESİ
Stephen Crane
Çev. Nilgün Miler

161. AELITA
Aleksey Tolstoy
Çev. Mazlum Beyhan

162. KİRA KİRALİNA
Panait Istrati
Çev. Bertan Onaran

163. 1984
George Orwell
Çev. Bülent O. Doğan

164. HAYVAN ÇİFTLİĞİ
George Orwell
Çev. Can Moralı

165. HİÇBİR YERDE
Christa Wolf
Çev. Regaip Minareci

166. BREZİLYA
Stefan Zweig
Çev. Zehra Aksu Yılmazer

167. ÜÇ HAYAT
Gertrude Stein
Çev. Ferit Burak Aydar

168. GEORGE'UN ANNESİ
Stephen Crane
Çev. Sevinç Kayır

169. AZİYADE
Pierre Loti
Çev. Ali Faruk Ersöz

170. BİR DİLİM BİFTEK
Jack London
Çev. Levent Cinemre

171. SAHAF MENDEL
Stefan Zweig
Çev. Gülperi Sert